寂寞的月亮

江苏凤凰文艺出版社
JIANGSU PHOENIX LITERATURE AND ART PUBLISHING, LTD

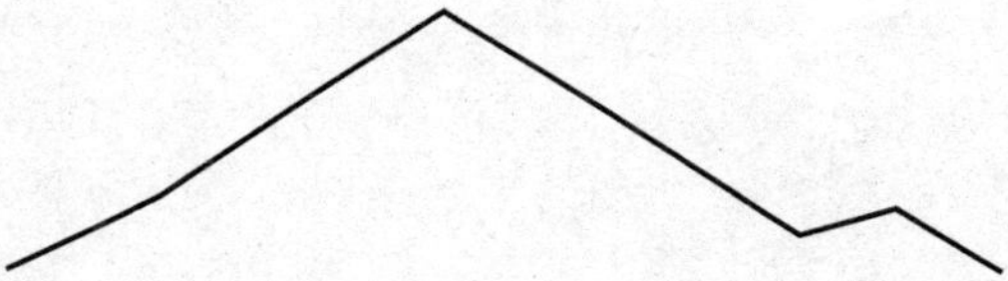

汪建中 著

代序：文学和社会进步与发展

/阿来

在电脑上敲下这个题目的时候，我自己差点哑然失笑。

之所以差点失笑，是因为乍听之下，这个题目属于经济学家或工程技术专家，只有他们才心甘情愿把自己紧缚在隆隆前行的时代列车之上。这辆列车由技术与经济的力量推动，前行的速度越来越快。而我这样的人，在这辆风驰电掣的列车上却时常会产生失重之感，眩晕、不适，想半途下车，去看清楚因为速度太快而从眼前一掠而过的那些景物与图像，更想看清楚，是不是有人在铜管乐队高奏的进行曲声中，被前进不已的时代落下了。但是，大多数时候我们还是留在车上，即便偶尔在某个中途站点下车停留盘桓一阵，好像也不是为了离开，而是为了等待另一条路线上的列车疾驰而来。

如此的原因非常简单，因为在中国这样一个东方国度，一个曾经深受那些在某个历史时期走在了前面的国家或大公司所剥夺、所伤害的国度，每一个人都有与生俱来的落后恐惧症。这种恐惧症曾被一个英明的政治家总结成一句非常通俗的话：“落后就要挨打。”

这是一句被所有中国人高度认同的话。

虽然说如今是民主观念大行其道的时代，但真正的实行还是在单一国家的政治实体的内部，而超越出这个尺度时，“落后就要挨打”还是世界政治格局的一种真实写照。中国人也将此理解为对个人境况的一种描述。从很遥远的古代起，中国的知识分子常常把国家这个词的构成调换一下位置，叫作“家国”。大多数时候，他们并不是要强调先家后国，而是家在国中、家赖国存的意思。如此一来，社会的进步被视为个人生存与发展的前提也就顺理成章了。

我们成长于这样一种文化中间，历史的经验也强化着这种差不多是与生俱来的观念。所以，作为一个中国作家，非但不会自外于社会的进步与发展，而且，会把自己所得到的种种发展机会，包括越来越充分的文学表达的可能性，视为社会进步与发展的一个结果。

作为一个中国的少数族裔的作家，这种经验无疑更加牢固。

我们的父辈，或者再上一辈人，除了自己生存的那一方小小的土地，对广大的世界一无所知。就在五十多年前，我家乡深山中的一个部落首领，还问一个代表中央政府的官员：“中国大，还是我的领地大?”

这个部落首领不过统辖着一片两三千平方公里的山地和这块山地中生活的几千更加蒙昧的子民。但他还是很骄傲地向中央政府的官员发问：“中国大，还是我的领地大?”在社会的闭锁没有松动以前，这个部落就是我的部落，这个人天生就是我们部落中最为英明、最为伟大、最为智慧的人。

如果这种闭锁的社会没有被打破，那么，我今天最大的可能就是替世袭了这位首领位置的他的后代放牧。我所熟悉的就是我的爷爷、我的外公，他们也非常熟悉的几座雪山、一条河流以及这些雪峰与河流之间的那些高山牧场。如果我运气再好一些，那么，可能出家成为某一个寺院里的一个喇嘛。除了熟练地诵读一些经文，我的所知也不会更多。至多是因为不用出汗劳作，而产生出一种虚妄的高贵之感罢了。

所以，我肯定是一个对社会进步与发展抱持着赞赏态度的人。

前些年，我的一本书在美国出版。不久后，出版社给我来了一封信，说一个美国的人类学家对这本书感到失望，不只是失望，简直就是愤怒。因为他看到一个在过去时代里长期固化的文化标本产生了变化，而作为这个标本中一个微小的构成的人，非但没有对此强烈抗议，而竟然对这样的变化表示了赞许。

我的回应很简单。我希望持这种论调的人复苏一个人最基本的“理解的同情”。最简单的方式就是两个人互换一下位置。这个人来做我，我来做他。如果他如我一样来自于一个蒙昧已久的社会，而到这一代人时，他们面前终于出现了种种新的可能性，我会为他庆幸。或者，让我的儿子去美国做教授，让他的儿子到西藏放羊。这个世界，不同的人，不同的国家，都有发展与进步的权利。而不是基于某种叫作“文化”的理由，任一些人与国家时时进步，而要另外一些人与社会停滞不动，成为一种标本式的存在，来满足进步社会中那些人对所谓“文化多样性”的观感。

从纯理论的角度出发，我也是一个文化多样性的拥护者，也非常强烈地希望在社会进步的同时，传统的文化能受到更多珍视与传承。可是，发轫于西方并席卷全球每一角落的全球化，并不只是一场跨国、跨洲、跨文化的经济洪流，同时，它也是政治的，更是文化的。全球在同一种经济规则与政治规则下总体运行的构想，就来自于一种对进步与发展高度迷恋的文化。这种文化造成的结果，就是这个世界没有人敢于停下脚步，包括创造了这种文化的文化中的那些人。这种取得了种种优势，包括道德优势的文化来势凶猛，迫使所有文化都来参与“对话”。这种对话，唯一的结果就是弱势的文化被“说服”。今天在这里，我也是来“对话”的，但我的意见会真正被倾听吗？所以有这样的疑问，是因为当先行的文化给这个世界规定了统一的标准，还有文化能真正自外于“进步”，而遗世独立吗？

近百年来，一代代中国作家都在呼吁、赞许社会的进步。还有相当多的人身体力行，传播社会进步的思想，积极参与推动社会的进步。其中，创造了新的白话文学的最优秀的那些作家，大多数都是先在西方接受了教育，然后，回到自己的国家，以在西方接受的种种思想观念来观察中国这个停滞已久的社会。他们都无一例外地支持社会的变革，渴望社会的进步。

甚至中国近代的革命，也首先始于文学方式的革命——语言的革命与内容的革命。虽然这些发起文学与思想革命的作家们，分属于不同的政治阵营，各自秉持不同的政见——也就是对社会发展与进步路径的看法不同，但不会有人反对发展与进步。我们甚至可以说，自百年以前的五四新文化运动以来，中国作家就是这个国度里最为追求进步的一群人。作为他们的后辈，我们这一代作家身上自然流淌着他们的热血。

如果说我们和前辈有所不同，那就是当中国在政治上获得了真正的独立，经济也取得了超乎寻常的发展，我们不会再一味呼唤与期待进步，也不再一味为每项具体进步而欢呼，而是把注意力更多地转向在这个高速发展过程中产生的种种问题。

历史地看，由哥伦布们开始的大航海时代以来，这个世界上一些国家与族群的进步与繁荣的前提，是另一些国家与族群被剥夺与牺牲。同样地，即便是在一个国家、一个民族的发展过程中，在其社会的内部，大致相同的情况还会上演。那就是国家以大多数人利益的理由，而忽视一些个人的权益。进步的时代，也会有悲剧产生，那是个人的悲剧——没有搭上飞速前进的时代列车的人的悲剧，或者是不能适应高速运行速度的个人的悲剧。有些时候，这样的悲剧甚至是群体性的，一些少数族裔，一些特殊的社群，一些地区，都可能被作为进步的“代价”，被忽略，被遗忘。

我的长篇小说《空山》，就表现了城市化进程中，乡村的破碎与牺牲。

这种破碎是伦理的、文化的、环境的，更是关于人心的、情感的。在社会进步的同时，失去稳定的社会、人们情感的荒芜以及对个人命运失去自主，都让我们不再对社会进步一味保持乐观肯定的看法。

作为作家，有责任提醒这个社会，真正的进步是所有人共同的进步与发展，也有责任使公众注意，真正的进步不只是经济与技术的，更应该是政治与文化的。历史地看，假进步与发展之名，一些国家与民族被剥夺；现实地看，一个民族与国家的进步，并没有充分地从历史中获得经验，继续以进步与发展的名义，牺牲环境，牺牲一些特定的人群。一个作家，特别是一个后发国家的作家，在赞同并参与社会进步发展的同时，有责任用自己的写作提醒这个社会，进步与发展，不能再是社会达尔文主义式的胜利。无论是个人还是文化，都应该被珍视，被“同情的理解”所观照。

当然，这样的局面的出现，还只是一部分人的理想。但毕竟，我们已经怀抱有这样的理想。

目录

无边风月

无言之美

百年儒雅

大地的收藏

无边风月

江南烟雨

江南这个词，每每看到和读到，都感觉特别酥骨，特别温润。究其原因，大约是因为有太多的柔婉与妩媚，有太多的缠绕与梦呓。

在江南，随便捡拾一样事物来说事，都盈溢着无穷的酥骨感与温润感。比如：小桥、流水、垂柳、幽巷、茶楼、酒肆、庭院、古镇等等。往广阔里说，比如西湖、太湖、千岛湖、秦淮河等等。再往深里说，比如：秦淮八艳、扬州烟花、吴越佳人、江南才子……而这一切的一切，无不把江南匀染成了一首首千古绝唱的艳丽宋词。

最最叫人酥骨得不知如何是好的，是在这些已经让人非常酥骨的人文景观和人文事物上，还点缀有若隐若现、迷迷蒙蒙的烟雨！

在如此的景物里，又沐着如梦似幻的烟雨，我的第一感觉是：酥了。第二感觉是：醉了。第三感觉是：要融化了，要飘飘若仙了。

天哪！这样的感觉实在是太要命了！

我好歹也是一条汉子，虽不曾高唱大江东去，但也吟咏过残阳如孤狼，群山似盆景。然而在江南，尤其是江南的烟雨中，一切的豪壮与悲歌，只能化作江南疏影里的浅吟与低唱。曾经的粗鲁、狂放、冷峻，在江南的烟雨中，统统化为乌有，取而代之的，是烟雨亭前的薄酒，是烟花三月里的柔曼。即便你是一个大漠深处的冷血剑客，一旦沐浴在江南的烟雨中，你曾经三步一杀、七步一死的冷酷，都会在瞬间化作红袖曼舞下的温柔、缠绵与多情。

那些滴滴答答的，不是江南的烟雨；那些窸窸窣窣的，也不是江南的烟雨。江南的烟雨，是烟状的，是雾状的，是润物细无声的。它比最柔薄的纱幔还要柔薄，它隐隐约约地透明着，若有若无地飞扬着。它梦一样地弥漫着，香芬一样笼罩着，它让远山迷蒙得更加悠远，让西湖柔媚得有点失真，让那些打着雨伞的莲花一样的江南女子犹如在水墨画里、在唐诗宋词里、在吴越歌声里，它让那些古典的建筑浸泡在无边无际的薄梦里……

在这样的烟雨中，最大的愿望就是渴望遇到一个红颜，最好是柳如是那样的：多情、妩媚、坚贞而又决绝。要是真的如此，人生一世，完全可以别无他求了。是的，还求什么呢？生在梦里，活在梦里，醉在梦里，缠缠绵绵在梦里，最后死亦是死在温柔的梦里。能够在这样的梦里酥心酥骨地过完一生，真是值了。

在江南的烟雨中，没有大志就没有吧，没有雄心就没有吧。其实，世间的一切大志和雄心，到头来不都是为了酥心酥骨地终老？

我想，这样的心态，不只是我才有的，古人远比我懂得江南烟雨的绝妙，更懂得极乐的江南和江南的极乐。他们要骑鹤下扬州，要在江南的客船上卧听夜半的钟声，要在烟雨的柳巷品味迷离的箫管，要在云袖曼妙的身影里浅吟低唱，甚至要在秦淮的酒红冰蓝中醉生梦死。

作为今人，在江南的烟雨中，比起古人来，我实在是逊色多了，我没有骑鹤，没有醉卧客船，我只是在烟雨中盼望，盼望遇见柳如是那样的千古红颜。但是，我还没有寻到，我不知道她是真的已经逝去，还是尚未出生，或者在一个比江南烟雨更加美妙的地方？都说苏杭美人冠天下，此话不假。在苏杭，尤其在烟雨迷蒙的晨昏，在那些古典得如印象派绘画的小巷里，随时可见身着旗袍的年轻妇人，摇曳着走过。她们莲步盈盈，姿态盈盈，仿佛全是来自烟雨深处的大宅，仿佛全是要去赴约今夜的舞会，或者去做新婚妹妹的伴娘。但是，这些美人不是我的，不是的，她们已名花有主，已为人妻或已为人母。我只能静坐在窗前，看她们在烟雨中牵手，看她们在烟雨中与稚儿嬉戏，看她们打着花雨伞梦一样走过稀疏的绿柳、幽长的小巷，然后梦一样消失在淡淡的烟雨里。

此刻的心情，除了惆怅，还是惆怅。我知道，这惆怅来自江南，来自江南的烟雨，来自这片专门滋生柔情与醉意的土地。面对一湖烟雨，满山迷蒙，渴念着难以渴念的人儿，此情此景，真是点点滴滴，才下眉头，又上心头。

有什么办法呢，在江南的烟雨中，再伟岸的男人都会变得幽柔而多情，越王是如此，白居易和苏东坡是如此，就连左宗棠、曾国藩和胡雪岩他们亦是如此的啊！何况我这样的庸碌之人。

在整整一个三月中，我被江南的烟雨酥骨得不知所以，又在烟雨的惆怅中渴念得牵肠挂肚。现在想起来，真是值了。能够在天堂般的苏杭沐浴三月的烟雨，能够在烟雨中饱赏那么多莲步轻摇的江南女子，就是此刻赴死，我也无憾了。

哦，江南的烟雨，烟雨的江南。

绝顶长风

已不知道有多少次登临绝顶，泰山、峨眉、青城、五台、华山、衡山、雁荡、嵩山……数不清的名山，曾经被我一一踏在脚下。登临绝顶，众山真的就小了，小得犹如一大堆袖珍的盆景。当然，珠峰没有攀过，盖因那里太过寒冷，太过荒凉。寒冷与荒凉到极致的绝顶，是神界，是仙界，这样的绝顶，峻极于天，哪里是吾辈所能企及？于我而言，能把三山五岳悉数征服，就足矣。

登临绝顶，最大的快乐不是一览众山小，而是面迎浩浩长风。

那是一种看不见的东西，却又实实在在地可感可触、可听可闻。它来自于一个难于预测的地方，在不知吹拂了多少生灵与圣灵之后，涌到绝顶，吹拂着我，让我衣袂飘飘、长发飘飘，神情亦飘飘。面对这样的长风，就感到“三山五岳渺何许？云烟汗漫空玲嶙”这句诗，写得实在是太妙。

每次登临绝顶，都感到，真正的过客不是我，恰恰就是那些无影无形的浩荡长风。说它是长风，是因为不知道它来自哪里，又要去向何处，在吹拂我之前，是怎样的一种状态。是飓风？是龙卷？还是徐徐春曲、猎猎秋吟？我想，这一切都有可能，因为它们是风，是天地之气。既然是风，就一定会风行万里，就一定会风卷残云，乃至威风凛凛。否则，它就是一阵病风，而病恹恹的风，又哪里称得上是风？

让我庆幸与快慰的是，每次登临绝顶，迎接我的都不是狂飙，也不是龙卷，而是春风那样的徐徐着，它的刚烈、它的粗暴、它的无敌、它的蛮横，在我面前竟然全都变得那样温顺，那样服帖，犹如一只被驯服了的凶猛的鹰鹫。

没有猎猎飒飒的风，头上的云，就是一片祥云，山间的雾，安静得犹如一场远梦。让我纳闷的是，在绝顶，按理说风应该更加猛烈，因为它已经翻越了所有的障碍，面对壮阔与众小，就应该释放出风的本性。但是，我所登临过的绝顶上的风，全都失去了风的本性，化作了一缕缕温情脉脉的绕指柔。

那么，它的刚烈与霸道究竟到哪里去了？它的粗暴与蛮横又消失在了何处？

在吹拂过我之后，那些风又依次飘走了。我依然不知它们要飘向哪里。它们就这样柔柔地飘来，又柔柔地飘走。

我想，它们飘走后，也许会用更加温情的心性抚慰天下，也许又会突然释放出狰狞的本性，在一个我不知道的地方制造狂飙，掀起龙卷，将祥和的天地搅动得一片昏暗，直至翻江倒海。

每次我登临绝顶，所遇到的风，都很温柔。我想，这一定不是我比风厉害，多半是风也知道我太怕风，心存余悸，所以才不忍让我再度惊吓，一再受伤。或者，风也知道这样的名句，“海到尽头天作岸，山登绝顶我为峰”。

秋月无边

一年之中，唯有两样景物最为美丽，一个是春花，一个是秋月。

春花之美，美在她用色彩和芬芳告诉我们：春天回来了，大地初暖了，山河苏醒了，人间又有融融春意了。

而秋月之美，实际上已经超越了月亮本身，成为我们追思文化和想念亲人的一个诗意符号。如果将无数关于秋月的诗文和传说统统剥去，我们再抬头望月，除了看见一团惨白外，再也看不见什么。所以，秋月之美，是美在形而上的，不是美在形而下的。

春花和秋月之美，已经成为我们民族一个普遍的审美需求，但是，对于这样两种景物，却有一个人至死都不大了然，这个人是南唐的末代皇帝，他叫李煜。

李煜不喜欢春花秋月，是因为江山易主，大地改性，往日的九五之尊已烟消云散。于是，伴着凄凄惨惨的心境，他写道：

春花秋月何时了？往事知多少。

小楼昨夜又东风，故国不堪回首月明中。

雕栏玉砌应犹在，只是朱颜改。

问君能有几多愁？恰似一江春水向东流。

李煜在词中有这样的愁怨，完全可以理解。只是，一个被俘的君王，那种亡国之痛，易主之恨，用“恰似一江春水向东流”来形容，实在是太过于文弱，太不匹配他那些曾经叱咤风云、席卷天地的祖先了。

就是这样一首在文弱中写出的愁愁怨怨的词，却成了李煜的绝唱，更成了朝廷结束他生命的理由。对于这首词，新主子以怨恨太深为由，将他毒死在异国他乡的营帐内。那一年，他才四十二岁，一个才华横溢的生命，就这样终止在了人生的中年。好多年了，想起来都还在为他深深惋惜。

我作为一介布衣，与成为俘虏的李煜皇帝相比，当然要洒脱得多，闲适得多。也许正是这样，我就没有他那样的愁绪，更没有他那样的亡国之悲。可能也正是因为如此，我写不出像《虞美人》那样绝唱千古的词来。

不过不要紧，作为一个阅读者和欣赏者，在千年之后为李煜的《虞美人》发几声或长或短的叹息，也该算是他的一个异代知音了吧？然后，在清幽的月下，独自望望月，梳理梳理往昔在一些地方赏月时的心情。

这么些年来，因各种事由走过一些地方，如今梳理起来才发现，它们好多都与月亮有关，而且它们都美得无可比拟，而且千姿百态。比如有西湖十景之称的平湖秋月和三潭印月，比如庐山牯牛岭上的月照松林，比如金沙江、岷江、长江汇合处的三江揽月，比如扬州瘦西湖的二十四桥明月夜，还比如峨眉山上的峨眉秋月，等等。这些地方，都与月亮有过太密的关联，太美的牵扯。至今我都不太清楚，到底是月亮成全了这些绝世美景，还是这些美景加重了月亮的诗意？或者，它们在互相衬托，彼此辉映？

从构图学的角度来看，由于有月亮的存在，就大大强化了上述景观的诗意美。如果没有那一轮月亮来点缀，在画面的构成上，在留白处，不仅不完美，还是一个巨大的审美遗憾。而对于月亮来说，如果没有那些绝世美景来呼应，比如在荒凉的戈壁滩上，举头看到的月亮立即变得索然无味，而且凄凉无比，死寂得没有一点活力可言。从这层意义上来看，月亮与景观，是互美着的，是交织着的，它们在天地间共同创作出了一幅幅醉美千年的天然“月景图”。

看这些“月景图”的时候，心情是随着景观的变化而变化的。比如在金沙江、岷江、长江交汇处看月景，岸边的芦苇起起伏伏，在秋风的吹拂下凄凄楚楚地摇曳，而月亮又恰恰在摇曳的芦苇间若隐若现，这样的时候，面对芦苇摇曳着的剪影，面对三江的苍茫与迷离，即使没有李煜那样的亡国之叹，也有着李清照那样的心绪和私语了。这是一种凄绝之美，由三江的壮阔、芦苇的凄迷、明月的清冷，共同组成一幅在唐诗宋词里才能看到的那种画面。最要命的是，自己恰好就在这样的画面里，成为一个犹如独钓寒江雪似的生命点缀和心灵感应。在如此的境况里，除了长久地沉默，我真不知道还能做些什么。当然，这种沉默与命运的苦难无关，纯粹是被景观中释放出的那种天然的愁绪所感染，而这样的感染，最为地道，最为纯真，也最为本能。

比如在峨眉山上望秋月，其心境又迥然不同了。那是因为金顶的浩荡，云海的壮阔，明月的灿烂，在这样的时候，想必每一个来这里赏月的人，其心情都该如当年的李白了。不同的是，李白把赏月的心情写出来了，而我们只是珍藏在一种感觉里。在李白的眼里，峨眉山月是可以照耀秦川的，是可以灿然长安的。于是，我们的诗人这样唱道："一振高名满帝都，归时还弄峨眉月。"我的几个朋友，几乎每年中秋都要到峨眉山顶赏月，不为别的，只为峨眉山月的光明与磊落。他们虽然没有写诗来赞美，却是真真切切如李白所吟"归时还弄峨眉月"了。弄峨眉月什么呢？弄它的坦荡与高洁、明晰与清丽。在峨眉山看月，不仅可以净化心灵，还可塑造人格，提升审美。

又比如，在扬州的瘦西湖望月，由于有杜牧的著名诗句存放在那里，二十四桥的明月夜，就显得格外凄美。面对这样的桥，这样的月，这样的夜晚，诗人不问别的什么，只声调微弱地如此问道："玉人何处教吹箫？"诗人问的玉人是谁？是朋友还是歌女？是红颜还是小妾？诗人没有说明白，注解里也没有讲清楚。因此，二十四桥就成了一座挂满了问号的桥，桥上的明月，也成了疑问最多的明月。在这样铺满问号的地方赏月，其心境，大抵是：半醉半醒瘦西湖，如梦似幻明月夜了。

再比如，在四川的剑门关看月，那种感觉，是很悲壮的。因为，这个地方最容易勾起人对于蜀国的怀想。在这座关口前，姜维死在了这里，庞统死在了这里，邓艾也死在了这里，当然，死在这里的还有许多无名将士。在这样一个曾经发生过殊死恶战的古战场望月，一声长长的浩叹是必然的。浩叹之后是悲壮，悲壮之后是落寞，落寞之后是凄凉，凄凉之后是久久的沉默……于是，举头望月，不禁潸然泪下——英雄不再，风云不再，空留下我，在剑门关下守月。但月很寂寞，山很寂寞，一道雄关把大门敞开了那么多年，也没有盼回远征的英雄。在如此的时刻，就情不自禁地对着月亮默诵起这样的诗句来："江畔何人初见月？江月何年初照人？人生代代无穷已，江月年年只相似。"

总的来说，月与景呈现出的审美氛围，大多比较凄清，比较凄楚，很少让人有热血沸腾的心灵呼应。就算是在天下最美的平湖秋月处赏月，情景交融出的也不过是一种小家碧玉似的帷帐柔情、深闺闲愁。而在最具王者气象的泰山上赏月，按理说该产生出一种气吞山河的襟怀来的，可给我的感觉是，月下的泰山，原是一个寂寞了千年的王者，而它的寂寞，没有人知道，更无人能理解。我还在长城的烽火台上赏过月，在这个曾经无数次升腾过狼烟的所在地，放眼望去，大地无言，山河失语，天地苍茫。往昔那些激越的马蹄，已被一次次落日带走，淹没在岁月的地平线下，剩下一轮孤月，寒冷地照着逶迤在群峦上的漫漫历史。而在孤月与长城之间，弥漫着的是尘埃落定后的生命反思。因此，在长城上赏月，其实是在解读历史深处那些最叫人伤感的点点滴滴。

由于有几千年的历史文化来渲染，中国的月亮，比任何一个国家都更富于凄绝之美，无论是阴晴还是圆缺，所呈现出的都是“举头望明月，低头思故乡”那样一种愁绪。这种愁绪，大多又不是仅仅为自己，而是为那些远逝的生命、苍茫的岁月。这样的愁绪，似乎就大大提升了中国人赏月时的审美高度，把本来万分形而下的事情，变得格外地形而上了。

秋月无边，既是一种空间物质形态，更是一种人文意识形态。作为一个中国人，在这样的形态里怀古、乡愁、思亲、幽怨，就完全能够理解。

月下的伤感，是最真实的伤感，因为那是一种天人合一的自然情怀。另外，月下的伤感又是最不真实的，因为人们不仅仅是为自己伤感。因此，我总觉得李煜在月下的伤感，是真实的，而李白在月下的伤感，可能就不是真实的。虽然他俩都是伟大的诗人，但由于心境迥异，产生出的心灵感应，就有天壤之别了。

这正如一首歌的歌词所唱：“天上一个月亮，水里一个月亮……”

檐前秋雨落

立秋刚过，秋风就迫不及待地瑟瑟起来，秋雨也随之争先恐后地淅淅沥沥。独坐檐下，透过微风斜雨眺望远山，远山却是迷迷蒙蒙又迷迷离离，往日那些斑斓的色彩和坚硬的线条忽然全都隐去，隐成淡淡的一抹山脊、几带云烟，在天边铺展为一轴米芾的山水，或是一部黑白影调的片子。

房顶上的瓦，是层层叠叠的灰色，是沟沟槽槽的古典；滴滴答答的雨声，该是汉朝编钟的韵脚，叮叮然从古长安的深宫大院传来，为这部黑白影片配乐，声声入耳，入心，更是入魂入魄。

雨，是云朵的闺女。云，是大地的嫁娘。嫁娘嫁到天堂，与日月怀胎，用星星滋补，被秋风催生，生出一群名叫秋雨的女子，霏霏然就到了人间。点点滴滴，滴滴点点，落在瓦上，溅起一层薄薄的雨烟，如梦，梦在今天，梦在这古镇一如迷幻阵的房顶。倏忽间，雨水又漫漶开去，顺着沟沟与槽槽在檐口处积成一溜雨珠，欲滴未滴，似坠非坠，晶晶莹莹挂在那里。这是雨珠做的小小灯笼，莹莹珍珠，半晌了才滴下一粒，坠下一颗，在石板地上啪嗒一声，就溅起一朵小小的水花。水花很小，小小的如梦似幻，小小的叫人疼爱，使人心空，却又倏忽烟消云散，沿着青石板向着檐沟缓缓流去。

这时候，一街的房檐都坠落着雨珠，一街的青石板上，幽幽地啪嗒，冥冥地啪嗒，这边的啪嗒声才刚刚收场，那边的啪嗒声又次第响起。好一场大珠小珠落在玉盘，叮叮然当当然，在长街短巷里隐隐回响，犹如千张万张古琴，在湿漉漉地奏鸣。

最是凄楚的，是镇外的一塘残荷，昔日争相妩媚的荷花们如今不知都去了哪里，往日那些团团紧接团团的荷叶，不再葱绿，不再肥厚，再也觅不到杨万里《小池》那样的意趣，唯剩满塘的残枝败叶，在秋雨中孤零零地忧伤。这是唐诗里薛涛的忧伤，是宋词中易安的忧伤，是黛玉姑娘是可卿姑娘是湘云姑娘那样的泪湿香魂的戚戚忧伤呵！残荷，残荷，残残地在荷塘，冷冷地在荷塘，悲悲戚戚地在荷塘，秋风来，秋雨亦来，如此娇媚的荷怎敌得住风浸雨淫、瑟瑟与潇潇？

还有镇口一排稀疏的梧桐，那些浓绿的叶还不待入诗，便纷纷在秋风秋雨中飘然而去，一片片，旋旋地落下，凄凄地落下，落一地湿润润的秋景，更落了一地无言的秋愁。雨打梧桐，水浸残叶，多少年了，为何就没有止境，让那些多情的红男与绿女，哀伤了一季又一季？这样的秋风秋雨，这样的桐叶飘零，不知流干了多少痴情男女热乎乎的眼泪，更不知诱发过他们多少掩面而悲的抽泣！这样的秋悲秋愁，似乎全都收在一部《红楼梦》里了，装不下的，这就进了《西厢记》《金瓶梅》或是《桃花扇》。《水浒传》当然不会有，那是一群江湖大侠，铁血汉子，一杆义旗鼓荡着他们千古的家仇与国恨。如此的仇恨，区区秋风秋雨，又怎么敌挡得住？秋愁，不属于梁山泊，不属于李逵。李逵的板斧，冲锋在前，劈杀着风雨飘摇的大宋江山，挥舞着一段英雄的豪气。

檐前秋雨落，点点滴滴，虽是萧瑟，却仍是掩不住它千古的美丽。青石板上次第滴答着又次第绽放着的小小水花，每一朵都晶莹剔透，每一朵都蕴含着秋天成熟的风韵，朵朵连接着朵朵，漾漾地开，灿灿地开，啪啪嗒嗒水淋淋地就开了呢！那是谁家的妇人，踏着一街的小水花走来，又踏着一路的小水花走去，撑着的雨伞，是一朵开在秋雨中的莲，是一蓬打开的诗意，在小巷里款款又款款，步态莲莲，身段盈盈。整个小镇的怀旧情调就这样被一把雨伞撑着，被无数把雨伞撑着，穿过弯弯曲曲的巷子，被秋雨滴答成一街的美丽与风情。那些恋人，在霏霏细雨中相拥而行，一把雨伞把两颗心重叠在一起，秋雨中的爱，原来可以心贴心地依偎，原来可以手握手地取暖。檐前秋雨落，淋淋漓漓的雨帘，朦朦胧胧的雨幕，帘前幕后滴答着的，是古镇的淡远与浪漫。

如此的秋雨中，最好是蜗居在家，沏一壶茶，当然是龙井；最好是邀约三五好友，一同品尝当年乾隆倍加珍爱的西湖佳茗。那茶汤，绿得淡雅；那茶型，乖巧得可人；那茶味，自是西湖烟雨的味道，自是清朝帝王们赞美过的那一种味道了。或者，抽出宋词，读读易安，看看她那年在雨打芭蕉时的愁到底有多重，她那条载愁的船儿如今驶向了哪里。

其实，真正的至美，是与红颜一道临窗听雨，听它的滴答，听它的淅沥，听它霏霏的秋声、漓漓的秋声，听它潮潮润润的秋声和迷迷蒙蒙的秋声……然后，看檐前的雨珠，一颗颗圆了，又一颗颗落下，接着，屋外的青石板上就传来清脆的啪嗒……啪嗒……啪啪嗒嗒……

秋天之美

这些天翻阅唐宋列位大家描述秋天的诗词，读着读着，不禁悲从中来，越读越是感到天地晦暗，人生没有意义。即便是读辛弃疾和苏轼这样一些豪迈词人的秋词，也没有读出生命的亮色。比如：

相逢不用忙归去，明日黄花蝶也愁。

——苏轼《九日次韵王巩》

觉人间、万事到秋来，都摇落。

——辛弃疾《满江红·游南岩和范廓之韵》

面对秋天，豪放派大家们的感受都如此悲凉，杜甫、王维、李煜、柳永、易安等人，就更不用说了，怎一个凄凄惨惨戚戚了得。

从世界史上来看，唐宋算是很强盛的了。但唐宋的强盛，好像与众多大文豪无关，因为他们的命运大多如秋风扫落叶，不是被贬职就是被放逐，一生都春风得意的，没有几个，更多的文人如杜甫、白居易、苏轼、辛弃疾，空有一腔报国之志，徒有一世铁血征战之梦。因此，面对潇潇落木，迎着猎猎秋风，他们自然悲从中来，并将一腔的悲秋化作一行行啼血的诗句，直指苍穹。

在抛开世间的诸多不平和人生的诸多不幸之后，我们来看秋天，其实，秋天是很美丽的。

它的美首先是一种通透。这种通透主要体现在秋高气爽。秋天到来的时候，往辽阔的大地上一站，面对浩荡山河，仰望万里蓝天，我想，即便你不太喜欢秋天，也不得不承认这就是一种秋高气爽的通透感觉。秋高气爽而又目穷千里的感觉，不仅使人在瞬间获得无穷的爽朗与舒坦，还能获得无尽的豪迈与伟大。因此，通透的秋天之美，可以让生命的内核变得灿烂，变得明亮。

其次是它的饱满。秋天是饱满的，这从那些沉甸甸的谷穗、玉米、高粱上，就能大致知道。其实，秋粮上的饱满，还只是物质上的，还没有升华到精神的层面。要在精神的层面获得秋天的饱满，必须登临绝顶，放眼千山万水，这时候就会发现，在春夏或冬天都难以看清楚的山河大地，此刻全都层次分明地一一展现在眼前：群山逶迤、江河奔涌、天地圆润、万物爽朗，全都饱满得没有缺陷。在这样的饱满里，纵然是失意百年、落魄一世，也会陡然生出“天生我材必有用”之慨的。

再就是它的宁静。在一年四季里，最宁静的，当然是秋天。春天的不宁静，是由于有无数的花花草草在争春中喧闹与折腾，而这种喧闹与折腾，又显得过分张扬，过分功利。夏天呢，就更不用说了，那些雷电、暴雨、洪流、狂风，几乎把夏天闹腾得难以喘息了，哪里还有宁静可言？相比之下，秋天就是宁静的了，它的宁静，是真宁静，是大宁静，没有半点胡夸，更没有一丝伪饰。这样的宁静，让人聆听谷粒落地的声音，让人感知苹果坠落的响动。那是一种幸福的响动，是一种甜蜜的响动。为了这种响动，秋天退去了所有嘈杂的声音，甚至停止了云彩的流动，它让这种宁静来为我们放大一切成熟之果的坠落之声。在这样的宁静里，大地变得坦然，天空变得高远，就连那些南飞的大雁，其扇动着的翅膀，全都是那么舒缓与从容，悠然地滑过长空，给大地投下两行宁静的身影。

还有就是它的内敛。我总觉得，秋风扫落叶与秋天的内敛品质有关。应该说，秋风扫去的，是浮华，是虚饰，是累赘。扫去残枝败叶后，我相信秋天也知道光秃秃的树枝不美，但它宁肯赤裸裸地展示这种“不美”，也不要满树丫的浮华与虚饰。也许，秋天也知道浮华与虚饰只能风骚一季，唯有那些铜枝铁干，才能傲然千年，才是栋梁之材。也许正是因为这样，秋风要无情地横扫落叶，让那些栋梁之木坦坦荡荡地接受秋阳的抚慰与检阅。

在我看来，秋天还有一种美就是仁爱。古今的文人和非文人们总是喋喋不休地向它发牢骚、吐愁绪、诉衷肠，好也罢，歹也罢，任凭吐露，它都一一接纳，它毫无怨言，毫无嗔色，一如既往地秋高气爽、长空万里。我以为，这样的仁爱，是老者的风度，是智者的风度，否则，在面对那么多指责、辱骂、冷眼乃至唾弃时，它不会如此包容，如此宽厚。是的，秋天是一个睿智的老者，它用仁爱带给了我们最大限度的能见度，它用宽容给我们营造了最澄澈的清明度。面对这样一个老者，我们除了感受它的美，更重要的是享有了一种平和，一种大度，一种沉潜，一种浩然。

是的，在剔除掉世间的诸多不平和人生的诸多不幸之后，我们再来客观地看秋天，秋天真的很美，而它的美，是可以消解不平与不幸所滋生出的诸多怨气与愁肠的。

罨画池听雨

罨画池，作为一处极为精致的园林，其名字取得实在美妙而贴切。就是没有去过罨画池的人，一听这名字，眼前浮现的也应该是一幅幅高古的图画，精雅的丹青。今春三月踏青的时候，我就是在“罨画池”这个美名的一再诱惑下而去崇州的。

去的时候，一路上愉悦的心情实在难以述说。因为，在罨画池儒雅的牵引中，我一路上步着杜甫的后尘、裴迪的后尘、赵卞的后尘、范成大的后尘，以及那个长吟过“红酥手，黄縢酒，满城春色宫墙柳”的大诗人陆游的后尘。步着这样一些人的后尘，而又是去罨画池做一番文化意义上的畅游，所以，即便是一路风尘仆仆，心情也愉快如彩蝶，逍遥似春燕了。

罨画池不大，她浓缩了江南园林精华中的精华，小得可人，雅得大度，幽得深厚。进得园来，简直是一步一景，更是一步一惊。琴鹤堂带来的愉悦都还没有收场，问梅山馆的惊喜又向我扑来；湖心亭的美景才刚刚开始欣赏，望月楼的画卷又为我次第展开了。在罨画池里，脚下的曲径引我又诱我，两旁的奇花拥我更醉我，举目处是老树横空，回眸处是新绿拥娇红，是小桥接了短亭，是涟漪揉着楼影，是游鱼栖于鸟巢，是绿水浣着白云。左看似画，右看似画，前后左右看了，居然就是画了。画中有窗，窗中含画，人在画中，化于人中，画来化去，又都归化于画。楼阁亭台前的假山盆景，浓缩了巴山与蜀水，微缩了长江与黄河，一个偌大的中国就这样被神奇地微缩了进去，让人一看，竟然忍不住幽幽地怀古。如此盆景中的神州大地，若是置于案头或陈于书架，我瘦弱的胸怀，也定会有“上马击狂胡，下马草军书”的英雄气概。

正当我陶醉在罨画池的美景中时，天空忽然下起了雨。先是点点滴滴，继而是窸窸窣窣，接着是噼里啪啦。好在我正在望月楼里，否则，这一场春雨将逼我于狼狈中四处躲雨。

此刻，雨点紧一阵慢一阵地敲打着望月楼上的瓦片，叮叮当当又窸窸窣窣，疑似宋人赵卞的那一张古琴还在嘈嘈切切地奏鸣，一声声，抒发着一代廉吏心中的梦境。而在烟雨中翱翔着的白鹤，好像就是赵卞当年养着的那一只。白鹤在罨画池的上空兜了几圈后，停在湖心亭的亭尖上，以金鸡独立的优雅与我遥对着共听这一场湿漉漉的琴声。在如此的情景里，我不知道当年赵卞是否也遥对着白鹤如痴如醉地鼓琴，不知道当年那只白鹤是否依然金鸡独立，在春雨中静听琴弦上的云卷云舒、潮起潮落？

按节令计算，这该是今年最后的一场春雨，滴滴答答，迷迷蒙蒙，把罨画池笼罩得格外旖旎而缠绵。湖边的柳，绿得蓬勃而婆娑，春燕们翻飞在柳丝和雨丝间，似要把这最后的春雨沐浴得个淋淋漓漓。园子里的那些梅，还在春雨中休整，所有的枝脉和叶脉都在努力地孕育今年冬天的梅香。那些梅，该是陆放翁的梅，该是唐婉的梅，是红酥手遥抚过的梅，是黄縢酒缭绕过的梅。如今，梅还在，那一段缘，那一份情，不知缠绕在哪里？如今长亭还在，回廊还在，整个罨画池还在，陆游祠还在，唯有主人陆放翁不在了，独留下我，在满园春雨中空空地等待。

茶，浓了，又淡了。雨，去了，又来了。整整一个下午，我被这雨殷殷地挽留在罨画池里。留我的，还有湖边的柳、园里的梅和楼前的株株红海棠。罨画池的一切都在留我呵，留我在这里听雨，从春雨听到秋雨，从翩翩少年听到耄耋老叟，留我年年岁岁在这里看白鹤翱翔，听水淋淋的音乐，再海棠、荷花、秋菊、梅香一路闻下去，再在“红酥手，黄縢酒”的缠绵里追逐大诗人那多情的背影。

遥想当年的陆游，他渴望在这里长年居住下去，甚至打算在这里终老。巴山、蜀水、罨画池、梅花、海棠，这一切的山川风物、人文气象，对陆游来说，实在应该是静养灵魂的绝佳之处。然而命运一再地捉弄着他，罨画池只是他一生中的一个暂居地，一个驿站，一个逗号，更多的时候，他在神州的大地上漫无边际地浪迹。故国已破碎，沈园又不堪回首，“东风恶，欢情薄，一怀愁绪，几年离索”，一切的美梦与渴求都在岁月的风雨里化成了三个字：错、错、错……

错、错、错，莫、莫、莫，陆放翁这些发自心灵深处的叹息，声音很低沉，语气很微弱，但它引发的生命的共振，却持续了八百多年，还会一直共振下去。此刻，凝神听雨，瓦片上的雨声，犹如陆放翁的声声叹息："错、错、错"，声声都在荡人魂魄，催人思索。八百多年了啊，八百多次的春雨与秋风，花开与花落，沧海与桑田，我的放翁啊，你是否依然豪迈如苏轼，英武如岳飞？是否已经与唐婉结成了连理，了却了前世的遗恨与悲歌？

雨，一直在淅淅沥沥地下，雨中的罨画池，又多了几分妩媚。这时，我是多么想备一桌好酒好菜，在这春雨中与陆放翁对饮，于对饮中听听这春雨，看看这春雨，淋淋这春雨，尝一尝这霏霏的春雨。只可惜放翁不在了，虽有好酒，但缺少了他，酒亦寂寞，雨亦寂寞。寂寞的，还有这望月楼，还有那问梅山馆，整个罨画池已经在风雨中寂寞八百年了，如此漫长的寂寞，试问人间，哪里还有？

好在罨画池还在，而且日新月异，海棠还在，梅魂还在，那些犹如宫墙柳的柳树还婆娑在我的眼前，沿着这些景物，我依然能够清晰地追逐陆放翁的身影，依然能够感觉到他一腔爱国的热血在澎湃。这热血，从宋至今，一直不曾冷却，一直在激情地燃烧。

这雨似乎不知劳累，淋淋漓漓了整整一个下午，还在淋淋漓漓，此刻瓦片上雨声还噼里啪啦地响，一园子的雨声依然在为我奏着交响曲。在这春雨的交响和飘洒中，蜀州的大地有福了，今年一定会有一个好的收成。透过雨雾，我仿佛看见了一大片秋天的金黄。这田野里的金黄是赵卞和陆游期盼了千百年的，终于要在今年金灿灿地铺满蜀州大地。

听雨，听春雨，听这贵如油的液体浸润着如诗如画的家园，实在是妙不可言，妙不可言呢！

寂寞的月亮

在我的视野里，真正寂寞的，恐怕就是月亮了。她那么孤单地悬在天空，星星离她那么遥远，地球离她那么遥远，就连一直在给她光和热的太阳，也总是离她那么遥远。这样的遥远里，我们的地球，总是在挡着她的光亮，偶尔漏给她一点点光线，像是在施舍一个孤儿，但她却无比地开心，冲着我们弯着嘴角甜甜地笑起来。但是，地球似乎又太狠心，似乎不允许她笑得太久，就又一次遮挡着太阳的光线，让她回归到一片黑暗之中。这样的时候，我看见，月亮好像是哭了，弯弯的嘴角，那么地让人疼，叫人怜……在苍茫的天空，在浩瀚的宇宙，她，为什么就如此地寂寞呵？

我看见那些从月球上发回来的照片和科学家们的考察报告，在月亮上面，永远都是冰天雪地的样子，永远都是戈壁荒原的样子，是的呵，她没有树，没有水，没有植物，没有空气，甚至连一点儿小虫子的生命也没有。月亮什么也没有过，月亮只有月亮自己，孤孤单单地悬挂在天上，那么空旷与寒冷，已经有数亿万年了吧？这是何等漫长的寂寞呵！这样的寂寞，恐怕只有月亮才能够承受了。

在月亮的上面，有山峰，但那些山峰依然是寂寞的；有峡谷，可那些峡谷仍然是寂寞的。而她的那些平原，广袤地铺展开去的，却不是伊甸园那样的美，不是江南水乡那样的美，而是无尽的荒凉与永恒的寂寞。月亮上没有风，她连听一听风儿鸣响的权利都没有了；月亮上还没有雨，她连听一听雨、看一看流水的资格都没有了。月亮，不仅是寂寞，而且是太寂静，太死寂了，心中的喜乐与悲苦，都不知道该去向什么述说。

关于月亮，从古到今，有很多的传说，什么“嫦娥奔月”，什么“吴刚伐桂”，但是月亮压根儿就没有过这些的呵，那些传说，不过是我们人类吃饱了肚子后的附会罢了。月亮什么也没有，她只有她自己，在深不可测的太空中，无止无尽地寂寞着。在我们的地球上，许多人出生了，又老死了；许多花儿开了，又谢掉了；许多山沉入海底了，又有许多新的山从海底生长了出来……而月亮，一点儿也没改变，依然如亿万年前那样无尽头地孤独与寂寞着。

月亮如此地寂寞着，又什么也没有，是她已经死了吗？从科学家们的报告来看，她没死，是活着的，而且活得很好，她只是活得太寂寞、太冷清、太孤独了。

是的呵，月亮她从内到外都是寂寞的，寂寞地在天空中独自忍受黑暗、空洞与寒冷，连离她最近的地球，在我们看来都离她那么地遥远。也许，她正是为了排解寂寞，才不停地围绕着地球旋转的吧？如果是这样，那她的寂寞就更加地让人疼了。可是，我们疼过或关心过月亮的寂寞吗？没有呢。我们看不到她的时候，总是在心头埋怨着她，甚至是不停地指责着她。很多年了，月亮总是这样被我们埋怨和指责着，月亮总是在忍气吞声，而她又总是没有一点点怨言，一如既往地用她的光为我们照亮黑夜，用她的圆希望人间团圆和美满。她就是这样把自己的一切毫无保留地给了我们，她总是希望每一个游子能够平安回家，总是祝福所有的有情人能够成为一生一世的相亲相爱的眷属，总是盼望每一个家庭能够和和睦睦与十全十美。除此之外，她还为我们带来许多浪漫的诗意，装点我们的家园和生活，让我们一代一代在这诗意的家园中生生息息，爱和创造。据说，在明月之夜，那些蟊贼、小偷和不良分子们，其犯罪的概率都小了许许多多。由此看来，明洁而光辉的月亮是在叫人类从善，是在把人性、友爱和道德撒向人间。是的，这就是月亮，她在广寒宫忍受着永恒的寂寞，却总是把一腔的美好与祝福呈献给我们。

但是，很多年了，我们太不理解月亮的寂寞了，太不关心月亮的孤独了，我们只知一味地从她那里获取月光、得到诗意、索取浪漫来满足我们的需要，可是我们，似乎从来就没想到过她的寂寞与孤独。为了月亮，我们的确是写过很多诗文，但一篇篇翻开来看，那不是写给月亮的，不是的，那是我们借助月亮来写给我们自己的。我们还借助月亮唱过许多歌，然而，这些歌曲，没一首是专门唱给月亮的。是的，我们不仅没有为月亮付出过什么，还无止境地利用和榨取月亮。我们的这些行为，与无私而光洁的月亮相比，是多么地自私、贪婪和无耻呵！

面对我们人类的种种不是，月亮总是很大度，很高尚，她从不计较和埋怨，始终是洁白、纯净、无瑕地高悬在天空中，给予我们无声的启示与祝愿。

也许，这样的月亮才叫作月亮，而不是随便一颗什么星星。也许正是因为这样，她才值得我们前赴后继地去仰望、去等待、去盼望，甚至去呼唤吧……

然而，月亮又似乎根本就不在意这些，似乎从来就没把自己的充实、快乐和幸福寄托在别人的赞美或肯定上。她独自悬挂于天，不为众星捧月而圆，不为众人遥望而亮，更不为地球的遮挡而缺或圆。她就是她，寂寞地悬挂于天，孤独地洁白于太空，圆也是她，缺也是她，阴也是她，晴也是她。是的，她不会因为什么而改变，更不会因为什么而消失。她会永远在天上，在芸芸众生难以企及的高度，独步于天庭，以天马行空的风采，拥抱寂寞，把一片光辉洒向人间。

因此，在亿万年的寂寞中，她银色的圆，是太阳神奖励给她的一枚勋章!

读　山

我以为，世间最难读懂的，就是山了。因为它无字，所以不知道该怎样读起；还因为它绵延起伏，逶迤千里，不知道该从哪里开始阅读；再就是，很多山都云遮雾障，读一日下来，还是云里雾里，不知所云。

但是，一旦读懂了山，就读懂了这个世界，读懂了人生。

应该说，山有多么伟岸，它的苦难就有多么巨大。比如珠峰，它是全世界最高大的山峰，正因为这样，珠峰承受的灾难也是全世界最大的。据说，它从前是一片大海，由于地壳的运动，它一次次被从海底翻腾起来。在大地翻腾的过程中，它经受了所有群山都难以想象和承受的冲击与折磨，这才一点点地成了今天的模样。珠峰处于太平洋板块和印度洋板块的交汇点上，两大板块产生出的巨大冲撞，使它从海底耸出水面，又从水面耸立成全世界最高的山峰。实在不知道那是一种什么样的力量，居然把一个深藏海底的板块活生生挤压成一座伟大的山。在两大板块的冲撞中，一定发生过让我们无法想象的剧烈地震，一定撕裂过大地，一定吞没过河流，一定使很多的鱼类、兽类乃至植物失去生命，而珠峰本身，也经历了我们难以置信的创痛，这才浩浩然雄立天下、俯视苍生，这才巍巍然对峙群峰、引领山系。

在全世界，珠峰最高，被称为世界屋脊，但是它的峡谷也最深，成为天下奇观。它一方面最高，一方面又最深，这就加倍扩大了它的雄奇，也加倍放大了它的艰险。如此一来，珠峰就不仅仅是伟岸，它还有深不可测的一道道危险。

珠峰最高，但它也最冷。它的冷，可以把石头冻成钢铁，把流水冻成利刃，把云雾冻成屏障，把太阳冻成雪糕。因为它高，所有的植物都离它而去，躲在山下繁衍生息；所有的动物都不理它，在雪线以下追逐猎物；甚至就连氧气也都躲避着它，让它在半真空状态里忍受煎熬……珠峰最高，但它也最孤独。它的孤独是所有群山中最最荒凉的孤独，在那里随便询问一枚石子，其答案都是亿万年的寂寞；在那里任意叩问一条冰川，回答都是无言的孤寂。

都说“天下名山僧占多”，但珠峰这样举世无双的名山，僧侣不来，尼姑不来，道士亦不来，只有珠峰自个儿在那里为人间抵御风雪，支撑云天，传递大爱。

珠峰是山，但它给人的感觉又不太像山，更像一位白发苍苍的老人。这位老人异常沉默，异常坚韧，再大的苦难，再厉的风暴，他也不吭一声，无言地独自承担。望着他的满头白发，我深信，他是一个智者，了悟峡谷的阴险，明辨天地的冷暖。他用脊背抵挡印度洋的热浪，用胸膛阻挡大西北的寒流，在寒冷与酷热之间，他越发地刚毅了，刚毅了亿万万年。

亿万万年，这是一个怎样漫长的岁月啊，在其间，多少人逝去了，多少人又降临人间，多少朝代谢幕了，多少朝代又登台表演。

与珠峰相比，我们的苦难，就算不得苦难；我们的地震，就算不得地震，顶多算是大地微微眨一眨眼睛，轻轻动一动嘴唇。因为，珠峰明白，真正的苦难，是造山！

黄　河

一

那风起云涌般的波浪，在黑白的琴键上起伏跌宕地涌出。

那弯来折去的河岸，在扑腾的十指间跳跃成绕来绕去的旋律。

那些瀑布，轰鸣犹如雷电，磅礴一如暴雨。

那些浪花，闪烁成高高低低的音符，射向灵魂，射向肝胆。

那些难以沉淀的滚滚黄沙，被一根指挥棒挥舞得澎湃而激昂，浩然于天地，席卷着古今。

在那些翻腾的旋涡里，风在吼，马在叫，一部历史在咆哮……

——这就是你吗，黄河？

是呵，

这就是我们的黄河——从西到东、从峡谷到平川、从青藏高原到齐鲁大地，它就这样义无反顾而又我行我素地横穿着中国，沉沉浮浮着五千年的文明，还有那些英雄，那些豪杰，那些侠客，那些游魂，那一个始终都不肯下跪、不肯屈服、不肯忍辱的民族……

今夜，

在富丽堂皇的音乐大厅，从刘诗昆的指头间，一股脑地奔腾向我，把我卷走……

二

为了一睹它的容颜，解读它的风韵，在黄河第一湾，我曾独自从黎明一直坐到夕阳西下。

在宽广的大草原上，黄河很静，静得使我不相信它就是黄河。

在碧蓝的天空下，它很清澈，清澈得叫我怎么也无法把它与那泥沙翻卷、惊涛拍岸的黄河联系在一起。

但是，

它的的确确就是黄河，哺育了中华，培育过文明。

在旭日下和夕阳里，它静静地泛着波光，红红的，柔柔的，羞羞答答的，朦朦胧胧的，像个闺阁玉女，更像个村间的小姑娘，通体都透着纯真与无瑕。谁会料到，它一出山，立即一脸的愤怒，浑身的激情，满腹的狂野。

我去的时候，正是夏天，黄河第一湾的岸边开满了各色花朵，艳丽而芬芳。黄河在这妩媚里有了它的第一湾，又完成了它的第一湾，夹带着高原的风、阳光和花香，静静地、柔柔地、清清澈澈而又大大方方地流向了远方。

三

前些年，为了拍摄一部大型纪录片，曾乘飞机从空中拍摄过黄河。飞机沿着黄河由西向东飞着，我们也就从西到东拍摄着黄河。

机翼下的黄河，其实很纤细，黄黄的如一条小小的溪流。这条溪流，在山谷间弯来绕去，时而不见了，时而它又出来了，时而它又往回走，时而它又憋足了劲头地往前跑，仿佛在与我们捉迷藏，又似在拿我们开心，逗我们玩耍。

在空中看黄河，除了看得更全更远而外，其实感受不到黄河的气概，体验不到它的汹涌。后来下了飞机，来到壶口瀑布，才算真正感受到什么叫作黄河。

那轰鸣声，打老远就能听到，像是雪崩，像是海啸，像是千万匹骏马在大地上奔腾，像是无数战鼓在一齐擂响，有一种先声夺人的霸气，威震天地的气概。

走近它的跟前，整个心灵，立即被它俘获。

它这哪里是在流淌？

简直就是在愤怒，在咆哮，在呐喊，在挣扎，在反抗，在示威，仿佛是揭竿而起，似乎是席卷千军，又好像要吞没天地古今。

水——

这凄柔的、妩媚的、液态的东西，一旦汇聚成了浩荡的群体，它就会一泻千里，一路之上，有悬殊它就愤怒，有风雨它就呼号，有不平它就有歌声！……

站在壶口瀑布边，弥漫的水雾，弄了一头一脸，湿淋淋的，时间一长，它就滴答滴答往下滴。在这水雾里，有一股巨大的寒气，在逼你，在推你。在这样的逼和推中，人就格外地清醒，格外地想沉默。

在壶口瀑布，就是独自一人，待上个十天半月，也不会觉得寂寞，因为可以读它的呼号，读它的愤怒，读它的激情，还可以读它水雾间的彩虹，狂涛里的歌声。

于是，

就有了一腔怀古的幽情，想那上下五千年的沉浮，想那环球八万里的风云。这时候，就渴望变成一块石头，在壶口瀑布的岸边——

站立千年……

四

在整个黄河流域中，最使人感到苍凉的地段，就是黄土高原。

在这里，黄河卷走了无法计算的黄土，黄河切割出难以数清的沟壑。

在这里，黄河水来了，又去了，留下一些浪花，却又带走大量肥沃。站在黄土高原上，就会发现，黄河养育了黄土高原，又剥夺了黄土高原；黄河滋润了黄土高原，又剐瘦了黄土高原。东边是山沟沟，西边是山沟沟，大沟沟里又套着小沟沟。这些沟沟峁峁，是黄土地满脸的皱纹，荒凉、贫瘠而苍老。

在这无边的皱纹里，人，渺小得像蚂蚁，从土洞里哧溜一下就钻了出来，劳作一天后，又哧溜一下钻进土洞里去。他们就这样哧溜着钻进钻出，一代代，仿佛永无止息。难怪他们的头发上总有那么多的黄土，也难怪他们的耳孔里会有那么多的尘埃……

这时候，就听见有信天游的歌声，在远处的山梁上凄凉而悲切地回旋。那旋律，像催泪弹，催得人想哭。

在这当口——

就想问问那唱歌的汉子："你的信天游里，咋就总是悬挂着一轮苍茫的落日？"

就想问问牵着牛的老汉："大伯，黄水有多长？黄土有多厚？黄风黄沙黄日子，弄黄了你多少个春秋？你牵着的牛，咋就净是骨头？"

就想问问河边的婆姨："你的脸，咋与这河水是一个颜色？你脸上的皱纹，为啥就像凝固的波涛？"

就想问问那小妹子："你这蓝花花的头巾里，是不是包裹着哥哥的信天游？"

黄河……黄土……

黄土……黄河……

千古黄河谣，一曲信天游，半边土窑洞——总是那样的地老天荒，又总是如此天长地久。

黄河水呵黄土地，在这高天厚地间，你们究竟还要相拥多少年才算是断守？

五

如今在黄河里，除了兰州一带外，已经不大看得见羊皮筏子了。

那是一种用羊皮做的古老而原始的船，在黄土高原那一段黄河里，迎波逐浪，缝合两岸，又沿滔滔黄河上上下下。

由于黄土高原缺乏造船的树木，又没有竹子可做竹筏，因此，羊皮筏子这东西，就被高原人发明出来，当作了交通工具。羊皮筏子很轻，羊皮有多轻，它就有多轻，便于携带，随时可以上岸，随时可以下河。

看羊皮筏子在黄河上颠簸，真是惊心动魄。在宽阔的河面上，急流滚滚，总觉得筏子客难以掌控，好像随时有翻船的危险。它忽儿在浪尖上飞跃，忽儿又在浪谷底消失，正担心它时，它却又冒了起来，随着一声声吆喝，立即就有了“轻舟已过万重山”的感觉。

这样的羊皮筏子，现在是很难再见到了，能够见到的，是河边的水车。

水车是一种古老的车水工具，它那巨大的圆圈，往河边上一竖，顿时有了不尽的诗意，给那平庸的山水增添了灵气和魅力。它靠河水的推力而转动，反过来又舀着河水，有一种“吃里扒外”的感觉。

在黄河岸边，有不少这样的水车，它们日夜旋转着，吱呀着，哗啦着，勤勤恳恳地舀着河水，一瓢又一瓢，浇灌着黄土，滋润着庄稼。

这水车，在黄河岸边，旋转出了千年的吉祥。

这水车，在黄土地上，咿呀出了一支古老的歌谣。

最是好看的，还有一景，那就是帆船。帆船也是一种古老的交通工具，因其古老，那已成褐色的帆，在黄河的映衬下就格外地有滋有味，有情有调。尤其是船队一来，一帆接着一帆，浩浩荡荡，扬起豪情，鼓满东风，沿着黄河，昂首挺胸，箭一样远去。

黄河因船帆而有了活力。

船帆又因黄河而有了意义。

在黄河边，看帆船，看水车，看羊皮筏子，就觉得黄河特别温馨与大度，就感到水车能够旋转，船帆能够升起，是一件特别幸福而又美妙的事情。

六

黄河并非一味地温顺，更多的时候，它像一个暴君。

它在大地上乱冲乱撞，四处耍横，八方撒野，既不讲人情，又不讲道理。它狂野地奔流着还嫌不过瘾，还要把西北的泥土肆无忌惮地裹卷。

其他河流可以在低洼处流淌，黄河不，它偏要高出地面，超越常规，鄙夷自然，以示它的霸气。

全世界有那么多河流，唯有中国的黄河是如此蛮横。

它不高兴了，就决口，把北方的大地淹成一片汪洋。

它不痛快了，就溃堤，搞得你饥荒连年，瘟疫四起。

有人说黄河是母亲。母亲怎么会这样？黄河真是我们的母亲吗？我知道，歹毒的是后娘，冷血的是后宫！

黄河把中国人得罪了几千年，至今还在得罪。

黄河把中国人欺负了几千年，至今还在欺负。

于是，中国人愤怒了，一代代都在整治着它，围追堵截着它。但是，你整北边，它就往南边奔跑；你再整南边，它又往北边奔跑。许多年来，我们就这样在黄河两岸跳来跳去，但是，依然没有把它整治服帖。

因此，它一河的涛声，似在嘲笑。

黄河就是这样，悲喜难测，喜怒无常。它想怎么折腾就怎么折腾，它想如何咆哮就如何咆哮。黄河，这条黄色的巨龙，随便一摇头，任意一摆尾，就能让这个泱泱大国心烦和头疼。

很多年来，黄河流域就有祭祀河神的风俗：祈望它息怒，乞求它保佑。

但是我说：它不是神，是河，是水，与其花费祭祀的钱，不如打二两烧酒壮胆，好与它斗争！

如果把这样泛滥的黄河都当成母亲，那么，它的儿子，该是什么德行？

七

但是，现在黄河开始断流了。它，不再愤怒。

它不愤怒了，我们却开始了愤怒。

唯有那些牛不知道愤怒，它们在黄河的河道里悠闲地漫步，还有那些羊，可以在河道里自由地来来去去。

据说，现在在黄河的河床上，可以踢足球，可以举办运动会。因为，它干涸了。因此有人建议，奥运会在黄河的河床上举办，该是世界第一。

或者，把一级方程式的赛事弄到黄河的河道里举办，无数的赛车，一路呼啸，从中国的西部一直奔驰到中国的东海之滨，这该有多好?!

要不，就把每年在北京长安街上举行的马拉松赛，弄到黄河的河道里来举办，反正这河道闲着没用处。在黄河的河道里跑，能够跑出波涛的激情，急流的风采，多好！

黄河断流了，中国的北方，从此不再担心水患，可以安稳地睡去，把若干年都没有睡好的觉，统统补回来。然后，做个好梦。

但是，梦之后，北方，你该怎么办?

梦醒之后的北方呵，你将到哪里去?

在你的庄稼干死的时候，牲畜渴死的时候，人因缺水而奄奄一息的时候，我的北方呵，你该到哪里去?

到那时，北方最后的一滴水，真的就是我们自己的——

眼泪……

八

黄河这一辈子，好像真的是与中国人过不去。

中国人这几千年，好像也一直与黄河过不去。

黄河水总是在与中国人斗，中国人也总是在与黄河水斗。斗来斗去，斗成了这个世界最最大的传奇。

但是，这个传奇太离谱，要么就水患千里，要么就干旱千里……这是黄河的错还是中国人的错呵？

也许，在流淌了亿万年后，黄河真的是累了，倦了，它要休息休息？

也许，在奔腾了亿万年后，黄河真的是疲了，烦了，它想宁静宁静？

如果真是这样，那倒是好了！但是，黄河，正在弃我们而去！它用一种远离在逃避着我们的贪婪，它用一种干涸在对我们进行无声的抗议！

那河道上干裂出的一道道口子，大张着，朝着天，想要说什么，喊什么？

是不是想为我们高唱一曲《保卫黄河》？

黄河呵，有人说你的源头在牧马汉子的酒壶里，但是，没有了水，那酒壶还有什么意义？

还有人说黄河的源头在史书里，但是，史书已经封存，许多篇章已经散失……

李白说："黄河之水天上来。"黄河你真的是从天上来的吗？但是，这天，它又在哪里？

今天，站在黄河干涸的河道上，我说——黄河之水从中国人的心里来！但是，这心，已经麻木，已经干涸……

那么，黄河，你真的要告别我了吗？真的要远去了吗？在告别之前，你能不能再一次用你狂放的波涛声，把中国吼醒？

西藏的阳光

对于西藏，最不好描述的，就是她的阳光。说她灿烂，但怎样的程度才算是灿烂？说她明媚，但怎样的亮度才算是明媚？是的，灿烂和明媚这样的词，过分通俗，实在一般，用这样的词汇去描述西藏的阳光，显然是愧对了那轮充满了雄性风采的太阳。在被西藏的阳光晒得发红时，晒得发黑时，照射得完全睁不开眼睛时，我才觉得这阳光是那么刚烈，那么威猛。她是一种光的倾泻、光的奔腾、光的瀑布，从九天之上，狂野地飞泻而下，将一个辽阔的青藏高原，照射得山是山，水是水，树是树，草是草，一点不黏糊，丝毫不朦胧，没有暗角，唯有亮堂、清晰、分明，使人宁静，也叫人疯狂。

在西藏的阳光下，我就想喊，想吼，或者是胡乱狂叫，而且声音是越大越好，最好是在峡谷间撞出金属般的回声，最好是经久不息，让这歇斯底里的狂叫声，梭子一样在密密麻麻的光线中穿来穿去，织一条光与声的哈达，献给这个世界屋脊和她的民族。就想大声唱歌，让飞出胸膛的歌声被这阳光晒亮，晒红，晒得像一匹野性十足的枣红马，在山野间奔驰，在旷野里扬鬃，给西藏高原留下一串心灵之马激越的蹄音。

在如此明丽的阳光下谈恋爱，与心爱的人儿在一起，总有一种彼此拥抱着滚过整整一面山坡的冲动。是的，在西藏，没有搂抱着恋人滚过几次山坡，这哪里够得上热烈，称得上爱情？因此，藏民族的爱，阳光一样强烈，阳光一样亮堂，阳光一样炽热。在这样的爱中，什么山盟海誓，什么卿卿我我，就显得文弱，变得萎靡，唯有阳光一样热烈与灿烂的爱，才配这高原，才会有高原人的风采。

在刚烈而威猛的阳光里，就是再萎靡、再猥琐的灵魂，也会被晒得强健与粗犷。所以，那些藏族汉子，全都那么健壮，像松，像塔，像大山，与他站在一起，立即感到矮小、单薄、寒碜。而那些藏族姑娘，全都那么健美，她们脸蛋上的高原红，像霞，像火，像太阳，冲着你一笑，你立即感到无限的温暖，不尽的热情。面对着粗犷而又厚实的藏族人，就觉得西藏的阳光是一把刻刀，一定要刻出这样的人，才足以匹配西藏，才足以立足高原；就觉得西藏的阳光是补品，唯有祖祖辈辈都被她补着，才有这样的血统，才有如此的强健；就觉得西藏的太阳是一个巨大的喷头，喷出那么多阳光雨，把偌大一个西藏高原，洗得明净，洗得透亮，让人一看，就透着心窝地舒畅。

在西藏的阳光里，那些山，钢蓝；那些树，翠绿；她的空气，没有浮尘，吸上一口，淤积在肺腑深处的浊气，立即被荡尽。她的河流，那么清澈，那么明净，每一朵浪花都晶莹得脱俗，每一层波浪都透明得纯真，那些漩涡，回旋着的似乎不是水，而全是明净、清澈、鲜亮等等这样一些词汇。在这样的环境里，藏民族的房子，就显得尤其艳丽和华贵。那些房屋，几乎所有的窗户都是大红色的，被阳光一照，那一个个红色的窗户就像是一个个相框，站在房子外看，它里面镶嵌着藏族姑娘甜美的笑脸；站在房子里看，它里面镶嵌着雪域高原的风光。在这个相框里，牛羊在远处的山坡上吃草，河流在它们的身边静静地流淌，那些翠绿得淌汁的树叶，在微风中悠然地轻摇着，像在舞蹈，像在歌谣，又像在述说。而那远处的人家，就成了这个相框里的风景之一，依然是红红的窗户，红红的房檐，红红的廊柱。因此感到，这边山坡的藏家与那边山坡的藏家，就彼此成为风景，你看这边的房子是那么艳美，我看那边的房子还是那么艳美。在如此艳美的相框里，藏族人，就世世代代繁衍与生息，直到永远。

最使人感到神圣的，是阳光下的寺庙。那些寺庙，或是在山坳里，或是在山坡间，或是在山顶上，无论在哪里，全都是那么庄严、肃穆、宁静而圣洁，而且十分透亮与醒目。在晨曦中，当整个高原还是一片黛青色，寺庙就已经非常明亮了，它洁白的墙、朱红的窗、五彩缤纷的檐，似有圣光，又像有神韵，以一种“万绿丛中一点红”般的灿然，吸引着心灵，呼唤着灵魂。而在黄昏中，从云霞里射出的夕光，奇就奇在正好照射在寺庙上。这时候，寺庙的四周，沉静下来了，幽暗下去了，呈现出一片宁静的墨蓝。在无边的墨蓝中，唯有寺庙，光辉得像在燃烧，明亮得像在雄浑地唱着一曲不朽的圣歌。望着此刻的寺庙，就觉得它与阳光融为一体了，或者，是太阳派来的使者，是神灵献给西藏的灵魂，否则，它就没有这么耀眼，没有这么光亮，就不会如此地灵光四射，辉耀苍茫。在这一刻，我终于明白，那一代又一代的朝圣者，为什么要跋涉千山万水来朝拜心中的圣地，因为这明净、这透亮、这辉煌，是天堂里才能有的，走向天堂，其实就是走向明净与辉煌。

在太阳完全沉下去后，天空中依然还有余光，这时候，站在远处瞭望，那山崖上寺庙的剪影、经幡的剪影，是暗红色的，像远梦，像圣歌，像凝固的钟声，又像圣者的背影，或者像天堂的幻影。望着寺庙和经幡的剪影，心头的浮躁就被抹去，血管中的欲望就彻底沉寂，剩下来的，只有神圣与庄严，满当当地装满心灵。这样的时刻，不愿离去，只想坐在剪影的对面，遥遥相望，静静地想，深深地去感受、去领悟、去发现……西藏的阳光勾勒出的寺庙与经幡的剪影，雄浑、苍茫、悠远、厚重而又深邃，潜心读上一个黄昏，就足以影响漫长的一生。

如果说阳光是因为有物体的折射才变得有意义，那么，西藏的阳光如此地光亮，是不是因为她的山、水、人本来就明净得如镜子，所以这里的阳光才无比地灿烂与辉煌？如果是这样，那么朝拜山，朝拜水，朝拜神，其本义就是在朝拜太阳。

是的，世间的一切朝拜，归结拢来，就是在朝拜光明，而太阳就是光明的象征。在西藏这块土地上，无论是土著民族，还是来自远方的游人，她的阳光，总会使人感到神圣，总能把人变得神圣……

月光下的村庄

要知道我的村庄有多美，是在月光下才能够明白的。尤其是在十五的夜晚，月亮圆得不能再圆的时候，看我银光笼罩下的村庄，那种银亮的静美，会使人不忍心把目光移开。

在这样的夜晚，我喜欢爬到山冈上去，坐在山崖边的那块大石头上，遥遥地俯瞰我的村庄。在这个位置上，我的村庄就一览无余了，在平日里难以看清楚的角落，此刻都能尽收眼底，在月光的浸泡下成为一幅有着远年意味的图画。

那些弯弯的梯田，一层一层地依着山势螺纹般地向上盘绕着，每一层梯田里，都有一轮月亮，同样地圆着，微风一吹，水面就荡漾着涟漪，把月光荡漾得碎银子似的。看着满梯田都是碎银子，就觉得我的村庄是那么富有，富有得把银子到处堆放，随处乱扔了。

在这明亮的月光下，村人们还没有休息，零星地有人在犁田。坐在山冈上远远望去，那月下的犁田，就成了风景画里最美妙的一笔：牛在前面拉着犁头，农夫在后面掌着犁把，在间隙的吆喝声中，翻动着一弯田里的银光。由于离得远，那犁田的农夫和牛就显得异常渺小，像是被谁在不经意间随手点上去的。但是，这一点比什么画都要生动，因为，他在动，隐约还可听到哗哗的犁田声和农夫的吆喝声，一声声传入耳里，就又像在看一部有声的黑白电影。最有趣的，是在这时候有小女子出得门来，朝着犁田的爹大声喊道："爹，吃夜饭啦!"喊声刚落，整个山坳里就回荡着"吃夜饭啦"的声音，久久不息。在这喊声回荡了几个来回后，山坳里紧接着又回荡起小女子她爹的声音："好呵!"于是，她爹收拾起犁头，在田边洗净了腿上的泥，扛着犁，赶着牛，慢悠悠地踏着月光回家去了。

在皎洁的月光下看农舍，又是另一番美。那些农舍，星星点点地散落在山坡间，农舍上青青的瓦片，泛着光，幽蓝幽蓝的。这边山坡上的瓦是幽蓝幽蓝的，那边山坡上的瓦还是幽蓝幽蓝的。在幽蓝的瓦片下面，是窗户。窗户里的灯，橘红橘红的，异常地醒目与温馨。这橘红的灯光从窗户里射出来，与银色的月光一混合，梦一样勾勒出竹枝的剪影，在微风中摇曳。而在那些房顶上间隔着的亮瓦，依然透出橘红的光，星星点点的，把个幽蓝的瓦片映衬得更加地幽蓝起来。一百多户农舍都幽蓝着，且又分布在山山坡坡间，且又隐隐约约在竹林里，就觉得我的村庄像是被谁故意设计成这样的，否则，不会如此的疏疏离离、飘飘然然而又大大方方。

离我最近的那户农舍，在房顶的瓦片上漫步着的黑点，是黑猫；白点，是白猫。我隐约听见它们发情的叫声，长一声短一声的，像在欢乐中哭。我知道，这是它们在闹洞房了，几个月后，就会有一群花白相间的小猫围绕在它们的身边。果然，它们在叫唤一阵后，便不再叫了。我知道，它俩是结婚去了，是进洞房去了。那对猫能够在十五的月亮下结婚，把月光当作它们洞房里的烛光，真是浪漫而又诗意十足啊！在我的村庄，就连猫也是喜爱月光，并专挑月色皎洁的夜晚成婚呵。

村口的那棵巨大的黄葛树，在没有月光的夜晚，我是不敢独自从它的下面经过的，总以为在它黑森森的影子里，藏着什么妖怪或是魔鬼。但是，在月光明亮的夜晚，它就不再可怕。此刻坐在山冈上遥遥地望着它，我这才发现它原来是那么地和蔼可亲。它那巨伞一样张开着的树冠，不再绿，也不再黑，而是银色的，每一片叶子，都像是小小的镜子，反射着月光，闪闪烁烁着，波光粼粼的。在这样的闪烁中，黄葛树显得异常高贵，而且是那样雍容、大度、气派。在它闪烁的光斑后面，偶尔传出几声鹧鸪鸟的叫声，把我的村庄啼叫得格外地宁静而幽雅起来。

在这样的夜晚，村边的那条小溪，银亮亮的，瘦长瘦长的，十分醒目。它弯来绕去，很顽皮的样子，忽而跑进竹林里去了，不见了许久后，它忽而又从一户农舍的后面跑了出来。在溪流里，月光十分明亮，被水花漾着，满满一溪细细碎碎的光斑，点点又点点，粼粼又粼粼。沿着小小的堤，细碎的光斑们也就弯来绕去，一路小跑，跑进了我的村庄，在村子里精神抖擞地绕过几道弯和下过几道坎后，它又一路小跑出了我的村庄，跑出了一路银铃铃的歌声。小溪上有一座石拱桥，非常诗意地弯着，它从小溪的那边，弯弯地弯到小溪的这一边。月光下的石拱桥，显得有点儿朦胧，远远望去，它就成了山水画里的背景，静静地弯在那儿。在月光下看这石拱桥，我就特别感谢着祖先，觉得他们的审美特别高，觉得他们创造美的手艺特别好。这座石拱桥究竟有多少年了，没谁说得清楚，我爷爷说他的爷爷还很小的时候，就有这石拱桥了。这石拱桥已经存在了许多年，已经美过许多代人的日子，如今，它美着我，美着这个月色撩人的夜晚，在这小山村，静静地，无言地，弯出一弯不朽的诗意，装点着银光如水的我的村庄。

这时候，我的村庄整个儿地静下来了，先前飘扬在农舍上的炊烟，此刻沉到山坳里去了，薄纱一样笼罩着那些树，那些庄稼。由于气流的关系，沉下去的炊烟，就呈现出时浓时淡的景致。浓的烟带，被月光照得洁白，像一条很长很柔的哈达，梦一样在山野间绕来绕去；淡的烟带，朦朦胧胧地透明着，隐约可以看见下面的田埂、小树和麦苗。还可以隐约看见两只狗追赶着、嬉戏着，并不时发出几声清脆的吠声。是的，在这样的时刻，还在外面嬉戏着的，就是那两只狗了，那些牛已经进棚，那些鸡已经回窝，那些鸭不再嘎嘎叫，而那些劳累了一天的村人们，已经关灯，开始进入梦乡，任那轮圆圆的月亮静静地悬挂在天上。

看过月光下的村庄后，我情不自禁地把头仰了起来，看着天上的月亮。此刻的月亮是那么圆，它的边沿儿，是那么明晰，明晰得像是用刀切出来的。它离我是那么近，我清楚地看见它上面那些灰色的纹路。外婆曾经告诉我，说那些灰色的纹路，就是吴刚伐着的桂树。还说那灰色纹路的里面，有一座美丽的宫殿，嫦娥姑娘就是要到那里面去，会她的哥哥……

这样的故事已经伴随我许多年了，这样的月光已经照耀我的村庄许多年了，它还要一直照耀下去。在这样的月光下，麦子黄了，又收割了；秧苗绿了，又结出金灿灿的谷子了；村庄里的那些娃子，长大了，结婚了，当爹当妈了，后来又当爷爷和奶奶了，再后来，他们逝去，在月光中逝去，那么安详，那么坦然。月光伴随过他们整整一生，照耀过他们整整一生，他们有福了，好命了，能被诗意的月光照耀一辈子，还需求什么呢？能被银子似的月亮伴随一辈子，还梦寐什么呢？是的，这就足够了，让老的老去吧，让小的长大起来，我的村庄就在这样的月光中，过了一年又一年，又迎接着一年又一年，直到永远。

无言之美

听　埙

初次听到埙声，是在很多年前一个万籁俱寂的深夜。那时候我还不知道什么是埙，只是觉得这声音很奇怪，长一声短一声的，呜呜咽咽，从夜的深处隐隐传来，像是怨妇在孤灯下悲戚地哭。

由于月黑风高，还由于隔得较远，这呜咽的声音就格外使人发冷、发怵，不由地从窗口伸出半个脑袋，向那哀婉的哭声处张望。张望了片刻后，除了一片凄冷的黑，依然是黑。缩回脑袋后就想，这深更半夜的，究竟是谁在哭？他又在哭谁？

大约两年后，在一个民间艺人那里我才知道，那不是哭声，是一种叫埙的乐器演奏时发出的乐声。

埙演奏出的，是音乐，但这音乐声实在是像哭。尤其是在半夜三更，又恰逢月黑风高、灯火凋敝、人迹稀少。在这样的夜晚，如果你正独自穿越一片阴冷的坟地，突然从墓碑后传来凄凉的埙声，我想，你一定会觉得是鬼在哭泣。在阴森的坟地里，在呜咽的声音中，即便不被吓死，也会被吓得个半疯。

幻觉的狰狞，听觉的恐怖，环境的阴森，如果这些全都重叠在了一起，再强健的灵魂，也都经不起摧残和折磨。

因此，我实在不理解我们的祖先为什么要发明埙这种乐器。他们发明这种乐器，是要模仿鬼哭狼嚎，还是要演绎心头的阴森之气？是为了吓人，还是吓己？但是，吓人吓己这又哪里是音乐的本义？音乐，它是心灵的鸡汤，它最大的功能就是滋补心灵、激扬生命，即便使人疯狂，那也是快乐和自由所致，绝对不是为了把人带向地狱，去接受妖魔鬼怪那肃杀之声的折磨。然而，埙，似乎就在竭力营造着这样一种地狱般的情景。

我认识的那个民间艺人，一头疯乱的长发下露出半张奇瘦的长脸，他演奏埙的时候喜欢在极其昏暗的灯光下进行。透过门缝看他演奏，实在不是什么享受，给人的感觉犹如是一具僵尸跪在地上呜呜咽咽地长哭。当他从这种妖魔状态回到人的状态时，我就问他为什么要沉迷于如此的境界？其实，他自己都难以回答清楚，冲着你咧嘴一笑，而这笑在疯乱的长发后又是那么地古怪。他吹埙已有多年，因此我感到，他的整个精神状态和生命形态已经被埙声弄得阴气沉沉、异常悲凉，在他的人生坐标里，似乎不再有活泼、开朗、阳光这样的元素，有的全是埙声与昏暗的灯光所营建出的幽灵般的灵魂，阴森森地游荡在半夜三更里。

从这个民间艺人的身上，我似乎看到了古人的影子。他们当初发明埙的时候，是不是因为这个世界还是一片未开的洪荒，所以必须要用一种相应的声音来与之匹配？是不是因为当时灾难太多，到处都是惨象，因此要用这样一种声音来召唤死难者飘散的灵魂？是不是因为路太远，山太高，水太长而日月星辰又过于虚幻，因此才用埙的声音来勾勒出心头的落寞与悲怆？

是不是天地有太多难以破译的谜团，人世有太多不可确定的变数，所以古人就用这样的声音来与天地对话，与岁月沟通？即便上述这些疑问全都成立，但是，能够表达思想和心境的乐器实在是太多，随便拿一件都足以开启心灵、倾诉衷肠，为什么偏偏就选中了这种叫埙的乐器，并为我们作着千年的长哭？

据说古人吹奏埙的地方，大多非常奇怪，不是在荒野里，就是在古墙下，稍稍有一点暖意和诗意的地方，也是在昏鸦出没的老树下进行。而这样的老树，在月黑风高的夜晚，再被埙声缠绕，就更是一种凄凉与阴森的所在。

在很长一段时间里，我真不知道我们的祖先为什么要刻意用埙声来接通阴沉、演绎凄楚、描绘荒凉。最不能理解的是，古代的帝王还把这样一种凄惨的音乐引进皇宫，叫满朝文武都来在这鬼哭的声音中作陶醉之状。一个把幽灵的呻吟当作音乐来欣赏的国君，其心态，实在是有违天子的风度与使命。对于这样的君王，我就在想，你在坐拥江山的时候，就热气腾腾地搞建设不好吗？为什么非要让鬼哭似的埙声在中国的大地作千年回荡？这样的声音，对一个崇尚热闹与喜庆的民族来讲，是不是在泼冷水？或者，在消磨斗志、冷却热肠？

但是，现在看来，上面这一切对于埙的理解，不过是一些表象的认识，粗陋的判断，完全没有从历史文化的纵深度去领悟埙的真正价值和深刻内涵。

改变我对埙的偏颇认识的，还是我认识的那位民间艺人，是他的一句话，让我对埙重新做了一次仔细的审视，深入的打量。

那位民间艺人说：天下很多乐器都是用来把玩和消遣的，唯有埙，是用来沉思的。

听他这样说，我感到非常惊讶，因为他的这句话已经超越了一个艺人的范畴，进入了哲学的领域。

是不是音乐抵达的最深处，就是哲学和宗教？如果是，真正能够直接抵达的，正如那位民间艺人所说，恐怕唯有埙了。

埙的声音，沉稳、低回、含蓄、凄楚而又悲凉。这样的声音，应该是思想者灵魂和精神的写照。他们不仅用埙陶冶情怀，更多的是用它表达语言以外和文字以外的深刻思想。而这样的思想，不需要繁杂的词汇，只需几个音符，气沉丹田，然后把埙紧贴唇边，就够淋漓尽致地表达。这种表达又是那么含蓄，含蓄到只能心领神会，只能心照不宣。

埙的演奏家们把思想旋律化了，把哲学音符化了，把治国平天下的理念和一腔落寞的抱负音乐化了，在秋风凄迷的夜晚，以一种貌似哭的声音，释放着心中的块垒和喉头的不快。于是，那呜呜咽咽的声音，便缠缠绕绕着自家的后园，又飘向园子外更广阔的天地。

听古筝

是夜。月下。亭前。幽香的桂花树间。

弹琴的，是一女子。听琴的，是三个男儿。天上是一弯瘦月，地上是满地碎银。缕缕清风穿过桂花间，送来阵阵暗香，与琴声一道轻轻松松就俘获了往日的狂放与不羁。

茶汤，越来越淡；琴韵，却越来越浓。三腔男儿的热血，被十根纤纤玉指拨弄得潮来潮去。忽儿在浪尖，忽儿在谷底，忽儿又腾跃起来，忽儿又戛然停却。整整两个时辰，就这样被摇来荡去，始终都不能自已。

一曲毕，静。还静。更静。静得如月。静得无人。突然，掌声狂起，拍着的双手，这才把灵魂拍回人间，拍回亭前。亭前的女子，羞了，笑了，一缕云鬓，漾着春柳的风韵。心想：若是一只小鸟，定要在这样的柳丝间长年啼鸣。

又一曲起。“切切唬唬切切唬唬”着的，是《十面埋伏》。玉指到处，立即剑光袭人、群马嘶鸣、乱蹄激越。本来平静的心律，被突然唤起，澎湃似浪，狂烈似风，凄厉有如潇潇剑气。女子不再含羞，闭了双眼，任随一双纤手把千年的历史拨弄得翻江倒海、天昏地暗。她在古筝上起伏摇晃的身影，似有狂风在劲吹，又像大地在摇荡。忽然觉得，这旋律，不是那女子在弹，而是古筝自己在鸣。女子摇晃的身影，纯粹是在演绎旋律、阐释节奏、抒发意境，哪里是在弹琴。但是，她又分明在弄琴，琴弦上跳动的指尖，飞快而迷离，抑扬又顿挫，使人眼花缭乱、目不暇接，仿佛是千手观音在上面狂舞，否则，不足以弹奏得如此参差错落、高低强弱、快慢长短、刚柔相济。

哦，古筝，一块木匣子，几根钢丝弦，何以有如此的神奇?！花开花落、风霜雨雪、潮来潮去、忽悲忽喜、忽乐忽愁，人间一切的一切，所有的所有，全都被装在了里面，指尖一拨，又全都释放了出来。这究竟是何等的魔盒与魔弦？“当”的一声、“嘣”的一响、“汀”的一鸣，就能把现代的灵魂统统带向了远年……

今夜有幸，月下听琴。赏罢《高山流水》，又续《渔舟唱晚》，之后再接《五哥放羊》和《春江花月夜》。一曲接着一曲，把人领向江南，又牵到江北，忽儿在唐朝徜徉，忽儿在宋代徘徊，忽儿在塞外浪迹，忽儿又在画船上独眠……但是，无论被带向哪里，最是没有离开的，还是那个木质的长形匣子，是匣子上面的根根琴弦，是琴弦上的纤纤玉指，是玉指连接着的现代的面容和古典的气质。

回到家后，一夜难眠，先前录入脑海的旋律，现在开始次第回放。但回放的旋律又总不成调，缠缠绕绕、停停放放、忽快忽慢，像是在播放盗版的光碟，总也不能精准而顺畅。整整一夜，就在这样的“盗版”声中辗转反侧，难入梦乡。

于是起床，情不自禁地拿起电话，迟疑片刻，又放下。放下后又不甘心，复又拿起。但是，最终，这个电话，还是没有拨打出去……

今夜，梦乡全被那玉指弹拨得支离破碎了，满脑子回荡着的，尽都是这样的声音："当……嘣……咚嗡……丁噫……铃昂……咚咚铃昂、嗦嗦铃昂、丝丝铃昂、铃昂铃昂……当……丝……梆昂……"

听古琴

在全世界所有的乐器中，于我而言，唯有古琴是必须跪下来听的。跪下来，以一种礼佛的仪规，静静地聆听那一袭禅定之音，让一颗翻越了千山万水而又伤痕累累的心，得以安息，得以沉静；让一缕飘忽与迷惘了半生的灵魂，得以解惑，得以清醒。

是的，跪下来，以一种跪天的庄严，跪听我心中的天音。抛开所有的杂念，剔除所有的欲望，以净身净魂的纯净，以朝圣拜佛的虔诚，面对一把斑驳的古琴，聆听历史的心音、天地的沉吟。

这声音，低沉、悠远、缥缈而又迷离，仿佛回旋在天边，又似乎缭绕在梦里，她有几分沙哑，又有几分清脆；她有几分生涩，还有几分铿锵。她用简单得不能再简单的七根琴弦，完美地演绎出了历史的呼唤、天地的精神和无数生命那一次次幽幽的低吟。

古琴，她真正的名字叫作瑶琴和七弦琴。人们之所以称她为古琴，那是她穿越了四千多年历史的风云，那是她见证了斗转星移的沧桑。古琴之古，那是因为春秋的烽烟、战国的铁蹄也不能将她粉碎，那是因为大汉的哀歌、唐宋的血泪也无法将她淹没。古琴之古，古在她的斑驳，古在她的沉静，古在她用一个小小的木匣子，就收纳了那些消失在远古的背影，就召回了那些飘散在云天的游魂。

因此，听古琴，就能听到天地之间绝世无双的声音。这声音，能够叫人闯荡江湖，也能让人归隐山林。在她的声音里，进则是天下，退则是田园，而更多的时候，她的声音使人低头轻轻抚摸自己历尽坎坷的一生。因此，听古琴，就能听到国乐的灵魂，更能听到圣人的遗训。

听古琴，第一等重要的就是听她的琴德。不错，琴有琴德，人有人品。听古琴，说穿了就是听青莲一样的人品。你看，在几千年的历史中，凡是抚弄古琴的圣贤之人，哪一个不是叫人高山仰止？他们是伯牙，是孔子，是蔡文姬，是扬雄，是司马相如，是嵇康，是诸葛亮，是苏东坡……他们之所以高大，那是他们用琴声告诉了后人忠孝仁爱和礼义廉耻的品行，那是他们用旋律给后人传递了自强不息与厚德载物的精神。他们之所以伟岸，那是他们用清幽的琴声告诫我们不要沉迷于灯红酒绿，不要迷失于莺歌燕舞。世间那些俗艳的旋律、靡靡的音韵，只能让肉欲膨胀，只能让人性迷失。是的啊，听古琴是听德，听天德，听圣德，听贤德，听古今一切至善至美的道之大德。听这样的琴德，人间哪里还会有险象？世上哪里还有杀戮？

听古琴，第二等重要的是听琴魂。那么，古琴的魂是什么？古琴的魂，说到底就是她蕴含与承载的儒道哲学。这是中华独有的哲学，它支撑了华夏几千年，它隆重地开启了中华文明，又神圣地灿烂了华夏大地。在此之间，还能听到一花一世界，一叶一菩提。古琴的魂，是她在用音符阐释中国哲学，是她在用旋律宣扬华夏人文。人生不过百年，能被古琴的魂实实在在缠绕一晚，那真是三生有幸！我深信，被古琴的魂浸泡过的人生，从此将不会沉沦，至少会最大限度地减少心浮气躁、品行低劣。

听古琴，第三等重要的是听琴心。应该说，古琴之心，就是冰心。她纤尘不染，她静寂无边，在一抹、一挑、一勾、一拨之间，琴心如镜，映照天地人心。面对这样一颗至纯至洁之心，还有什么不能放下？还有什么不能超脱？面对这样一颗至净至寂之心，再卑微的人格也会蓦然高大，再恶浊的心灵也会变得纯洁。因此就感到，古琴用一颗冰心在人间普及一种教化，在传递一种纯美。

听古琴，第四等重要的是听琴梦。有人说：古琴之音“乐而不淫，哀而不伤，怨而不怒，温柔敦厚”。此言不假。古琴正是具有这样一种高迈的人格魅力，所以她营造出的音乐之梦，那就是“中正平和”，那就是“无过之，又无不及”。应该说，古琴的梦就是中国士大夫们的梦，这个梦既是“兼济天下、接济苍生”，又是“忘怀世事、归隐园林”。在这样的梦中游走的中国士大夫，他的心目中只有天下，只有国家；他的学说里只有天行健，只有地势坤。因此，华夏的千古琴梦，让古琴与士大夫交相辉映，让琴韵和文人彼此交心。正是因为如此，中华文明的脐带才没有断裂，即便这条脐带浸透了鲜血，但它毕竟坚韧了几千年，给神州大地输送着不竭的养分。

古琴家说，一把上好的古琴应该具备这样的特质，那就是：奇、古、透、静、润、圆、清、匀、芳。我不会演奏古琴，也不会鉴赏古琴，但是，我心目中的古琴是这样的——七弦静天地，一木纳古今！

江南女子

一条长江，分开了南北，从此，江北就有了豪爽，江南便添了含蓄，江北遍野是健壮着的江北，江南处处有柔媚了的江南，就是这样刚柔着的了呵，江南江北就这样刚柔成了古中国既对峙又融洽的同母姊妹。姐姐在江之北的渺袤平原，妹妹在江之南的烟渺水乡。平原厚实，那是江北世世代代淳朴的厚实，黄土很黄，黄黄的迷茫又迷人；水乡淡雅，自是江南祖祖辈辈悠然的淡雅，涟涟地漾着千年的风物与风华。江北是秦腔的江北，京腔是江北的京腔，江南自是苏小小的江南，是唐伯虎绣口点秋香姑娘的江南了。唯在中秋，江南江北，同一轮明月，共听长江长了还长，齐吟黄河奔腾腾的金黄。或在元宵，将一锅汤圆，煮成五千年不变的团团圆圆与沸沸扬扬。这便是我的同时抚摩着江南与江北的万里长江了，是在那年，被李白的轻舟飞过的那些激流与波澜。

想起江南，总是在黄昏，那烟那雾那雨那水，那永不凋谢的彩虹下面，明明朗朗地走着红红绿绿天下最美的江南女子。她们在歌，歌在花丛，歌在水边，歌在烟雨的江南，渺雾的江南，琴棋书画之后悄悄绣着鸳鸯蝴蝶的江南。那当然是祖母的功劳，纺车的吱呀，童谣的喃喃，水波粼粼，肥鱼鳞鳞，歌儿铃铃。纤纤的手儿也灵灵的江南女子噢，多想娶回家的娇柔得像莲花般的妹妹，采桑、养蚕、织布、浣衣，蓝花花的头巾，竹丝丝的斗笠，红蝴蝶又绿蝴蝶的发结，还有那羞红那笑靥那情魅，总是在我的梦中羞答答地开放，缓缓而悠悠地飘着奇香。江南女子，江南宝贝，妹妹又魅魅，媚媚还湄湄，雨一样的轻轻，雾一样的盈盈，从此不会再愤愤沉掉那只装了百宝的箱子，不再变作白蛇，不再流着血泪哀哀化蝶。

江南女子，单是汉字，就已构成视觉上的美丽了；单是音节，就已充满听觉上的温柔了，两千多年依然无可代替，浓艳着春秋五霸、战国七雄、秦王汉武、唐宗宋祖、燕赵豪杰、齐鲁英雄乃至一代代江南才子不眠的夜晚。两千多年，日月轮回，沧海桑田，斗转星移，你居然让那么多皇帝老儿从此不早朝。不早朝，就暗怨着退朝而去，一次次升起来的，是边地的烽火与战火，是嘚嘚的马蹄，隆隆的战车，胡人之后又竖起了满人的大旗，飒飒猎猎飘过江南。你的家乡，米是康熙的米，鱼是乾隆的鱼，整整三百年的清朝，江南女子，勤劳的妹妹，那日日夜夜旋转的纺车在为谁而摇？一片厚土，慢慢地被梦的手儿撕了千年，终于撕成了一条运河，沟通了南北，扬起了如诗如云的船帆，也运瘦了江南，剩下些烟和雨，飘在扬州，袅袅地冷着江南大地。苏州城的霓虹，杭州城的绿水，扬州城的玲珑而繁华的码头，江南女子的女子，江南妹妹的妹妹，一曲江南丝竹，千声冷雨芭蕉，凄清、凄艳又凄绝地为骑鹤而来的哥哥彻夜把酒。把酒，可曾问过青天？可曾孤灯残烛对影成了三人？

人呢？人在何处？可是板桥？可是伯虎？或者是张生？不，张生等候在崔莺莺的雕花窗下，任夜雨洗去苦恋的泪痕。苏东坡当然也来过，还有风流乾隆和慕名而来的开封少年、江湖游侠、京都公子、纨绔子弟……江南妹妹的妹妹呵，在运河的那头，拉纤的汉子；在边关的那边，守疆的汉子；在花城那里，开店的汉子……到底有没有你久盼不归的人儿？若是真的久久没有归来，有谁陪你撑着伞温馨地走过漫长的雨季？又有谁能够理解“锦书难托”？繁华的江南，热闹的江南，孤独寸心知，寂寞谁能解？我的江南妹妹呵，寐寐是不是总是难以成寐？……

江南女子，生得美丽又生于美丽，心不想齐天，命不愿如纸，只想该耕的就耕，该织的就织，只愿在方方块块的江南，在水一方的江南，烟雨迷蒙的江南，杨柳依依的江南，杏花、梨花、桃花、樱花的江南和紫燕剪春雨、丝竹弄管弦的江南，为人贤妻，做人良母。

走进了江南，这才发现江南的女子果然这么好命，果然这么福气。苏州的桥，扬州的河，还有水乡的款款清流，小小的船儿，全都载着江南的女子，歌谣着过来，又歌谣着过去，拖一路长长的波纹，弯弯地就到了自家的门前。浅浅的岸上，稚童的额顶留着的是一小片青瓦，胖如莲藕的小手，在帮助爹娘系缆。上得岸来，当然有鱼有虾有蟹，还有莲荷，还有红杏，最是少不了的就是绣花的绸缎、剪花的粉纸。于是，稚童在前，爹娘在后，在回家的路上走成一幅天伦之乐的江南图画。

家，当然是江南水乡的那种建筑，瓦青青，一片一片，组接成了鳞片一样整齐的沟沟与槽槽，这样的青瓦，最美之时是雨点密密地敲打，那声音，疑是白居易在夜船上听的那曲琵琶还没有收场。墙很白，远远地望去，以为挂了许多银幕，以为今晚要放映千部万部电影，最是不要放的是《南京大屠杀》，血腥的场面，兽性的枪杀呵刀杀呵火杀呵，与这样的江南，与这样的水乡，太不协调太不和谐了，最好是放映《天鹅湖》，让成群的美女化作成群的天鹅，柔媚地舞、从容地飞，或者，放一部《天仙配》，让天上的祥云，人间的紫烟，就这么云牵烟绕。家家的白墙，家家的银幕，家家的《天鹅湖》呵，家家的《天仙配》。窗是雕花的窗，镶千年的传说，嵌梦想的故事，方方正正，永远三维的象形文字，牵帘，看疏雨梧桐，嗅金兰幽香，听黄鹂与喜鹊报春和报喜的歌声，或者推开窗儿，唤狗，唤鸡，唤儿，唤邻居的闺女绣的牡丹该怎么配色？或者虚掩花窗，静静地等梦中人儿熟悉的脚步声响起。

江南的赶集，最是一道风景，弯弯的拱桥上，江南女子，三五成群，花花绿绿，叽叽喳喳，人在桥上，影在水里，涟漪荡漾，江南的女子就全都在水面舞蹈。来到集市，蜜桃也好蜜橘也好枇杷也好，只叫名儿，不说价钱，还的多少就是多少，从不开价也从不讨价。卖完水果，她们就来到布店，扯一截花布，或绿或红，身上一披，就蓦然幻化成了一群仙国的孔雀。然后，一路有笑有歌，走过一块块菜花地，走过一座座石拱桥，走过一棵棵绿柳树，天女散花一样，朵朵又朵朵飘进了自家贴满了福禄寿禧的家门。

江南的女子，江南的妹妹，上像、入画、进歌，无论怎么着，都是最最中国的女子了，最最东方的女子了。刻在屏上，她能笑；绣入绢里，她能舞；玉雕成塑像，她就能立体成多情的江南，永美成妖娆的江南。而江南呢，因此不老，因此不衰，因此就在长江之南妩媚着、娇羞着、温柔着、不变地青春着了。江南的女子，女子的江南，美艳在长江南岸，那广袤，那肥沃，那富饶，一朵朵，一簇簇，锦绣了大中国迷人诱人醉人的江南。

旗袍之美

近些年来，浏览报纸杂志和网页，我发现，赞美旗袍的人远比穿旗袍的人多得多。这是一个很奇怪的现象。按理说，旗袍是历史传递给中国女人们最经典的服装，也是最能体现东方女人魅力的服装，本应得到中国女人们的格外青睐，本应在大街小巷随处都能见到穿旗袍的女人。但是，现实中不是这样的，我们把一个偌大的城市里里外外逛完，也难以看见一个穿旗袍的女人。

再就是，现在城市里制作旗袍的工匠，给人的感觉依然是比穿旗袍的人多得多。这是为什么呢？是旗袍之美只是荡漾在文人墨客的文字里，还是旗袍之美只停留在裁缝铺的玻璃橱窗里？总不至于说缝制出来的旗袍只是作为铺子里的摆设吧？如果是这样，那制作旗袍的裁缝未免过于奢侈了。

旗袍之美，是被全世界公认了的，它以最地道的中国面料、图案和工艺，把东方的女性们衬托得婀娜多姿、风韵十足。有人说衣服是女人的第二肌肤，此话很有道理。那么，旗袍作为女装里的极品，就更是女人们丰腴的肌肤了。旗袍一方面是很保守的，这主要体现在领口上，那高耸而圆润的领子让中国女人充满了含蓄之美、娴熟之美和内敛之美。这样的美，能让人强烈地感受到中国女人特有的传统美德和矜持心态。旗袍另一方面又是很野性的，这体现在旗袍的开衩上，尤其是那种高开衩的旗袍，让女性的一双玉腿在若隐若现中闪射出无穷的撩人风韵。这样的美，使得中国女人在含蓄上平添了几分奔放，在稳重里又增加了几许妖冶，在娴静中又洋溢着不少妩媚。再一个就是，旗袍是很性感的：它的质料，它的曲线，它的温润，它的华美，它的饱满，这一切的一切，无不展示出旗袍夺人魂魄的性感魅力来。正是因为有了这样一些特点，旗袍要被天下人异口同声地赞美和向往，那就实在是情理中的事情了。

但是，旗袍又是很奇怪的服装，不是每个女人都可以穿的。比如瘦弱的女人穿上旗袍，由于不能把旗袍衬托得圆润挺括，显得更加瘦弱，更加寒碜。肥胖的女人也是不能穿旗袍的，她们那种大腹便便和背阔腰圆，若是穿上旗袍，不仅更显肉头，而且给人一种恶心的感觉。青春少女也是不能穿旗袍的，因为旗袍特有的成熟感会使少女的天真烂漫荡然无存。老太婆依然不合适穿旗袍，偶尔看见有老太婆穿旗袍，总觉得非常别扭，使人难堪。因为，她的苍老、松弛、蹒跚、迟缓等，已经不能让旗袍荡漾出女性的魅力了。

我认为，旗袍只适合中年女人穿，更准确地说是适合那些身材姣好、体态丰盈、举止优雅、落落大方的中年女人穿。这样的女人穿旗袍，才能真正体现出旗袍的美，而旗袍也让这样的女人更加美丽，更具魅力。

旗袍，是一种嫌丑爱美的服装，它是一种真正的奢侈品。

它绝对不会因为你富有而来巴结你，也绝不会因为你有才华就来迁就你。它让干瘪的更加干瘪，让肥胖的更加肥胖，让龌龊的更加龌龊。反之，它会让美丽的更加美丽，让高贵的更加高贵。旗袍是美神发明的服装，它专门嘉奖那些成熟、丰满、高雅、舒展的中年女人。那种气度萎靡、谈吐粗鲁、举止放浪、精神荒芜的女人，旗袍是不喜欢她们的。这样的女人一旦穿上旗袍，不仅是对我们眼睛的污染，更是对旗袍的侮辱。

人们要赞美旗袍，其实是在赞美《花样年华》里的张曼玉，在赞美低唱过《何日君再来》的邓丽君，是在赞美周璇、张爱玲和过去上海滩上的那些风采千秋的交际花。

这样的赞美，在本质上是在赞美一种梦幻，赞美一种理想。因此，旗袍的美，更多的时候是隐藏在我们的梦想中，这梦想让我们在夜深人静的时候，展开想象的翅膀，一次次向那些比雪莲花还稀缺的美人们投去颂扬和欣赏的目光。

旗袍之美，美就美在它是一种不能普及的美。

一把病伞

在一条细小巷子的最深处，有一处老屋。老屋不大，墙面已斑驳不堪，屋脊已有了塌陷的意思，门窗上的朱漆已不见踪影，露出木头的质纹。质纹们凌乱地弯曲着，记录着木头曾经的岁月，曾经的扭曲与张力。一切都显老态，显得古旧，唯有爬在墙上的藤蔓植物依然那么葱绿，依然那么有活力。

吱呀一声推开房门，顿时落下密密实实的细小尘埃。透过尘埃放眼望去，屋子其实不大，也不太高朗，但屋子的格局足以让人觉出主人的身份。这一定是一个类似文弱书生居住过的地方。因为，屋内的地面、墙面、痕迹等，充满着一股股久久不肯散去的浓郁的文雅之气。

走进屋内就发现，屋内是空荡荡的，什么陈设与家具也没有了，唯有在墙角的暗处，靠墙斜斜地立着一把红色的油纸伞。

这把伞已经病了，伞面的红色已经不再红亮，病恹恹地惨淡着颜色。本来可以合闭得很精神的伞，现在合闭得非常松散，很不情愿合闭着的样子，病人那样无精打采着、有气无力着。打开伞来，看见伞面斜斜地画着一枝蜡梅，两只喜鹊，一只喜鹊停在蜡梅的细枝上，一只喜鹊正飞向那根细枝。此时的蜡梅和喜鹊均已同伞一道病了，梅朵不再鲜艳，梅枝不再苍劲，而两只喜鹊也不再亮丽，不再精神。伞面积满灰尘，一如久未洗脸的病人，灰蒙蒙地蜡黄着。油纸的伞面，已多处破损，露出伞骨，犹如一个伤者，露出令人悲怜的哀相与衰相……

这把红色的油纸伞，在过去本不是病伞。一把绘着蜡梅与喜鹊的红色油纸伞，它曾经是多么鲜亮，多么精神，多么夺人眼球啊！可是，这把曾经无比鲜艳的红伞，现在病了，病得不省人事，似乎已经病入膏肓。

它的主人是谁？从它的颜色和图案看，它的主人一定是个女人，而且一定是个格调不俗的女人。那么，这格调不俗的女人又是谁？是那个柔弱书生的太太？或者，她本身就是一个诗书画俱佳的才女？

那个女人为什么要离开这座老屋？为什么要单独丢下这把红色的油纸伞？现在她又在哪里？是早已作古，还是在一个不为人知的地方颤颤巍巍地拄着拐杖独自面对着无比苍凉的夕阳？是不是由于这把伞早就病了，而且无可救药，所以它才没被主人带走？或者，是女主人故意留下这把伞，在空屋里等待她的什么人的归来？

不知道这把伞为她遮挡过多少烈日，也不知道这把伞为她抵挡过多少风雨，更不知道这把伞曾经装点过她多少迷人的风韵。可以想象的是，这把伞一定让那个女人成了这条巷子里最知名的女人，这个女人也因此是这条巷子里最著名的小小的名媛。她打着这把伞走过这条窄小的长巷时，一定有过无数双眼睛将她目送到尽头，一定引发过不少怦然的心动，一定点燃过无数次不被她所知的欲火。这把伞让她不仅装点了别人的眼睛，还装点了别人无数个绵长的春梦。还可以想象的是，这把伞让这条巷子风雅了很久，也风流了很久；让这条巷子暗香了很久，也迷魂了很久。巷子里的人们，铭记着了这把伞的风韵和那个打伞的女人的优雅。但是，如今巷子的人们没有谁知道这把伞病了，更没有谁知道那个打伞的女人去了哪里。

此刻，屋子很空，空得很静，静得让人感到不安，不安得总让我情不自禁地环顾四周。而环顾的结果依然是很空，依然是很静，依然是无休止的不安。

这把伞不仅是病伞，更是一把残伞。它的伞面已经破败，它的伞骨已经折断，它的伞把已经断裂……它如此地残着，到底有多少年了？没有谁知道。在凄凉而苍茫的岁月里，它就这么病着、残着、沉默着、凄凉着、落寞着、孤清着，斜靠在这座老宅子堂屋里的墙角处。也许正是因为它病了、残了，所以，每一个走进老屋的人都不愿把它带走，它也没有引起人们对它的格外关注。正因为如此，它逃过了所有掠夺与劫难，静静地斜靠在墙角，一直保持着它的主人离开它时的样子。在这里，它为它主人守着这座行将倒塌的老屋，守着曾经与主人相依相伴的岁月。

如今，不知道它的主人是否还记得它，在刮风下雨的时候，它的主人是否还希望它再次为她遮挡风雨？也许，它的主人已有了新的红色油纸伞，不再需要它了，不再需要打开它来遮挡烈日与风雨。也许，正是这样，这把红色的油纸伞就病得更加重了，就残得更加厉害了。此刻，面对这把伞，我在想，如果它的主人没有遗弃它，那会是怎么样的结果？如果它的主人找个修伞的工匠把它维修好，那又会是怎样的状况？

然而，一切设想已经没有了意义，它已经病了，病得肯定比去年重了许多，明年肯定还病得比今年重得许多。病到一定程度的时候，它会散架，会彻底失去伞的形状和功能，到那时，墙角处会是一地残破的伞骨、散架的伞面，至于红色的油纸，会被潮湿的地面腐烂，最后连伞骨也会被腐烂，然后它彻底告别这个世界，彻底消失于曾经风韵十足的伞形，归于无底的虚无，蒸发于无边的空茫。

真想把它带走，真想找个修伞的工匠把它彻底修缮好。可是，我终未带走它，让它依然静静地斜靠在墙角处。因为我想，它本来就属于这座老屋的，本来就属于那个女人的，那么多年了，没有人拿走它，而它虽然病了和残了，但它依然还是一把伞，它不肯快速地腐烂掉，也许是在等候主人的归来，也许真的是在替主人守候着这座老屋，它松散地合闭着的样子，也许是准备随时为主人打开，为她遮挡不期而至的风雨，伴着她为这个世界增添一道绝世的迷人风景。

但是，没有人知道它的主人去了哪里，这把伞也不知道自己的主人究竟在一个什么样的地方。这把病伞，就这么病着、残着、斜靠在墙角处，日复一日，年复一年……

对酒当歌

楼外的小街口，有一家小酒馆。酒馆不大，只能放置五六张小方桌。方桌是柏木的，桌面已有裂缝。凳是老式的条凳，亦是柏木的，凳面已磨得发亮，想是年代已久。酒是自泡的，浓得粘稠。菜是烟熏的豆腐干，一律用线穿了挂在灶前。小酒馆的老板是女人，三十二三，生得清水芙蓉的模样，从早到晚，持一只土陶酒壶笑迎远远近近的酒徒。

来小酒馆喝酒的，基本上是老叟，年轻人通常不会光顾这等小酒馆。偶尔也有年轻人来小坐，他们不是来喝酒，而是来暗品女店主。

我是小酒馆里的常客。一是冲着老酒，二是冲着女店主。

店里的老酒，是散装的，无名无分。不过，它完全是粮食酿成的，绝非现代技术的勾兑之物。这散装白酒，出自西蜀一僻静的小村。酒买回后，女店主将其盛入大缸，埋入地窖，封藏三年五载后再卖与酒客们。这酒浓香醇厚，甘洌爽口，余味悠长，深得我心。品咂着老酒，细嚼着烟熏豆腐干，另有一番滋味在心头。

这女店主，生得丰腴而随和，尤其在门前撩珠帘和在堂内把酒壶的神态，几近卓文君的程度。时日一久，女店主深知我的不醉不归，原来是一大嗜癖。

细算起来，我在这个小酒馆喝酒已有八年光景。每到点灯时刻，我必来。一日不来，她定会旁敲侧击问个明白。见我来了，女店主照例端上两陶碗老酒，外加一小碟烟熏豆腐干，任我细细品咂。

咂完两大碗老酒，已是深夜，待我起身时，女店主已在为我撩门帘子了。她还知道我每天离去时，必带一壶老酒回家，不用我开口，就为我备好一壶老酒了。我从撩帘的女店主手中接过酒壶，一路上歪歪斜斜，哼着小曲，回家去了。

最让我愉悦的，是回家遇雨。踉跄着出了小酒馆，歪歪斜斜地走着，雨点噼里啪啦地敲在脸上，有如玉指在挠痒痒。雨水顺脸而下，流于口中，刚好解酒和止渴。于是久立于雨中，任它敲打，随它洗刷，就是淋成落汤鸡，也无妨的了。然后，再伴着雨水，一口口地咂酒，实为痛快而淋漓。这样的时候，想那醉卧江月的李白不过如此了，想那大醉之后呼号狂走的张旭不过如此了，想那嗜酒成性的曹参不过如此了，还想那醉里读书的王绩亦不过如此了……一壶老酒在手，踉跄于雨中，任雨的敲打，随风的吹拂，忘醉外人生，享醉里梦境，狂歌我心向往的曲儿，这等的时刻，怎是几个公、侯、伯、子、男能有?!

回到家中，脱去一身湿透的衣裳，赤裸于沙发上，继续品咂老酒，继续嚼烟熏豆腐干，又是另一番光景。深夜的家里，没有月亮的冷眼，没有太阳的红眼，完全一派自由的天地，心灵的世界，想歌就歌，想喝就喝。佛家说“慧生于觉，觉生于自在”，此刻的我可是自在乎？

最是有趣的，当属对影行酒令。我在比画，影也在比画；我喊酒令，影也喊酒令。乐就乐在我总在赢，影总是输。有道是：李白对酒成三人，鄙人与影喊八仙。

酒，真是个极好的东西，它是忘忧汤，是灭愁液，是纵情水，是狂人药，是梦中火。有了这东西，难怪乎有人连江山都可以忘掉了。它弄得人兴随它来，情随它去，神游寰宇，梦走八方。我常想，如果有哪一天不醉，这人生该是多么无味！

前些天，因旧城改造，小酒馆被拆了。我赶到小酒馆时，女店主正在往汽车上装桌子板凳。女店主见我来，二话没说，抬下一张酒桌和四条凳子就送我。我明白她的心思，也没多说，就把桌子板凳收下了。

现在，我居住的这地方，再没有这样的小酒馆了。没了小酒馆，那些老叟们，也就各自作了鸟兽散，亦像酒气一样蒸发了。

今夜，迷迷糊糊中，又对影行酒令，我比画四季发财，它也比画四季发财；我比画六六子顺，它也比画六六子顺；我比画八仙过海，它也比画八仙过海……唉，真是个傻乎乎的影子啊，真是个鹦鹉学舌的影子！

母亲的盼望

母亲似乎一生都在盼望。

在我们还很小的时候，母亲总是在盼望我们长大。在我们长大以后，母亲总是盼望我们有所出息。在我们有所出息以后，母亲又总是盼望我们平安。在我们平安以后，母亲又总是盼望我们幸福。在我们幸福了、美满了、吉祥了，母亲，她便老去。一头的白发，满脸的皱纹，牙齿开始脱落，脊背开始微驼，思维变得迟钝，话语变得零碎，行动变得迟缓……这一切，我知道，是母亲为她一生的盼望所付出的代价。

这代价太重了，它耗掉了一个女人整整一生。

在母亲的一生中，她也许是个斤斤计较的女人，也许是个唯利是图的女人，也许是个婆婆妈妈的女人，也许是个不好好工作的女人，还也许是个贪图便宜的女人，甚至可能是个势利眼很重的女人……但是，她的这一切人格缺陷，一旦在面对自己的儿女时，立即魔幻般地消失了，唯一存留并大肆加以发挥的，是她那掏心掏肺的无私与无畏。天下的母亲都是自私的，天下的母亲又都是无私的，她的自私与无私，是一种本能，是她在自觉或不自觉间母性的流露与展示。在这样的状态下，我们就一天天长大，母亲就一天天老去。

每一个人的母亲，都是这样，这是母性动物的本能。小时候在乡下，家里养有一群鸡。印象最深的是一只大黄母鸡。一天，当这只大黄母鸡带着刚孵化出不久的一群小鸡在山坡上觅食时，突然从天空俯冲下一只鹰。母鸡见状，毫不犹豫地以自己的生命去阻拦，它想把鹰引开，但是，那只鹰不是对着它来的，于是，母鸡又立即奔回来护卫那群小鸡，并用自己的喙、爪和翅膀去与鹰搏斗。这时候，母鸡已经把生死置之度外，一心想着的，就是自己的儿女。母鸡的抵抗自然是无济于事，当一只小鸡被鹰叼走后，母鸡仰起头，扑闪着翅膀，对天空"咯咯咯"地一阵猛叫。我想它的这叫声，一定是属于破口大骂，说不定还骂得十分难听和歹毒，只是我听不懂罢了。打这以后，母鸡不再带小鸡去山坡了，而是出没于竹林深处，游走在灌木丛中。它知道，这些地方能够获得安全，能够规避天敌，能够把儿女们安全地养大。无独有偶，在北极，有一种鸟叫雪燕。在冬天即将来临的时候，北极熊为了有充足的能量过冬，就大肆捕猎雪燕。成年的雪燕能够飞翔，不能捕猎，北极熊就专门捕猎还不能飞翔的小雪燕。为了自己的儿女不被北极熊吃掉，大雪燕就经常与北极熊周旋，甚至时常在不小心时被北极熊吃掉。

我们人类的母亲，其母爱的本能，其实与那母鸡与雪燕差不多，虽然这个比喻不雅，但同理。还有一种虫子，不知道它的名字了。它为了儿女们能够长大，就让还没有睁开眼睛的儿女吃自己的身体，待把它的身躯吃完，它的儿女们就长大了，就可以独立了。这种虫子，一代一代都这样。它们为了自己的儿女，为了自己的家族，不惜以自己的生命来换取兴旺与昌盛。这样的牺牲，实在是让人感动，虽然它是一种很讨厌的虫子，但一想到它如此地奉献着母爱，就不再有灭绝它们的想法。

一个母亲在做着如此的牺牲，那么，她的儿女间是怎样的呢？我看过英国一个纪录片，里面讲述的是杜鹃鸟的故事。杜鹃一窝要下七八个蛋。这些蛋，当然不是同时孵化出小杜鹃，而是有先后的。让我万分惊讶的是，先孵化出来的小杜鹃，眼睛都还没有睁开，甚至连毛都还没有长出来，为了自己的生存，为了受到独宠，居然用背和屁股把还没有孵化出鸟的蛋，一个个拱出鸟巢，从树梢上掉下来，摔得粉碎。这个场面，实在是触目惊心，叫人不寒而栗。母杜鹃回来，看见没有孵化的蛋被摔碎后，它久久地望着一地的蛋清与蛋黄，木然地发呆。当然，这只母杜鹃在小的时候，也是这样过来的，否则，它不会活在这个世界上。但是，这只母杜鹃成为母亲后，它会对着自己摔得粉碎的儿女们长久地发呆。我猜想，它的这种发呆，也许是在默哀，或许是在悼念，是在哭泣，是在为自己没有尽到一个母亲的责任而在自责吧？

小杜鹃弄死自己亲手足的现象，在我们人类依然存在。在某地一个边远的小村，就发生过类似的惨剧。一家五口，父母各一，儿子三个。那年这家的父亲死了，三兄弟就闹死闹活要分家，母亲无奈，就同意了。由于贫穷，家里唯一值得分的就是两百多斤玉米。为了分这两百多斤玉米，兄弟仨开始是吵，接着是打，后来发展到用菜刀乱砍。一时间，菜刀到处，血光飞溅，嚎声震天。结果，在这场血淋淋的砍杀中，砍死一个，重伤一个，另一个的耳朵被啃掉了。这时候，他们的母亲好像是疯了，拖着一大口袋玉米就往野外狂走，她一边走一边不停地向着地上抛撒玉米，并不停地号啕着……我相信，这个母亲在生这三个儿子的时候，在把他们抚养大的过程中，绝对不希望他们有这样一种结局的。她肯定是希望他们都平安，都幸福，都儿孙满堂。但是，她一生的盼望被儿子间的私欲与本能彻底粉碎。这位母亲的晚年，注定要在这种被粉碎的盼望中痛苦地度过了。

是的，天下的母亲，无一不在盼望自己的儿女好，因为这些儿女是她的作品，是她的成果，她要对自己的作品和成果付出最大限度的责任与使命。这就是一个母亲的全部人生，她不盼望自己发达，但她总是希望儿女们发达；她不奢求自己荣耀，但她一定是盼望着儿女们能够荣耀。儿女们发达了，荣耀了，作为母亲，她又总是羞于要求儿女们的奉养。因此，母亲的一生，总是在默默地奉献而不求任何回报。

无论面对和经历着怎样的苦难和不幸，一个女人一旦成了母亲，她的全部希望就统统交给了儿女。在她的一生中，儿女是她的唯一，是她的期盼，是她的全部，无论在什么时候，一个母亲都可以为儿女忍受饥饿、承受灾难、背负屈辱，甚至可以为儿女们去挡死。

如果人类真的是高级动物的话，那么，这种高级就体现在有文化知识、有道德规范、有家族伦理、有使命责任。从这层意义上来说，人类的母亲，她对儿女所做的一切付出与奉献，就充满着一种人的理智与激情，就彻底有别于其他低级动物，而成为整个人类伟大的母亲。

这种伟大，与阶级划分无关，与贵贱之别无关，与道德的好坏亦无关，她所剩下的，唯有赤裸裸的母爱，是既自私又无私的母爱。在这个世界上，无论是伟人还是贱人，也无论是圣人还是白痴，都或多或少地接受过母爱，没有母亲就没有人类，这是一个真理。

是的，在几十年的风雨和坎坷中，母亲总是在盼望着，并在这种盼望中老去。她的老，不全是岁月的煎熬，不全是人生的磨难，更多的是——她把生命、欢乐、幸福给了我们，到了最后，她留给自己的，是一头稀疏而怆然的白发，是一脸粗糙而扭曲的皱纹，是生命的黄昏中行将熄灭的一轮夕阳……

在这样的时候，母亲什么都不再想要，只想儿女们能够时常围在她的身边，能够经常喊她一声妈妈。是的，她的一生，对于自己的儿女，就只有这么一点点要求，就只有这么一点点希望。但是，在儿女们为自己的生计奔波的时候，为自己的前途忙碌的时候，为自己的理想奋斗的时候，我们的母亲，她连这最后的一点点要求都不再提及了，顶多就是对儿女们这样说："等你们有空了再回来吧。"

每当听到母亲这样说的时候，我，心灵在颤抖，好想哭……

战　马

战马，就是军马，古时候称之为戎马，所谓戎马生涯，就是指人与战马一道驰骋的生涯——在甘肃的山丹军马场，一个养马人对我这样说。他还说："在通常情形下，战马在一岁左右，就要被阉割。"

"为什么要阉割它们?"

"为了去掉它们的野性，更为了不让它们在战场上见到母马后失去冲锋的斗志。"

听他这样一说，我的心猛然咯噔一下，一股巨大的悲凉感忽然涌上心头——战马，古代将士们胯下的坐骑，一群在刀光剑影中出生入死的生灵，居然在它们刚刚发育成熟的时候，就被无情地阉割了。

战马被阉割了，这就意味着它们从此不能再生育后代，意味着它们是一群马中的太监，在冲锋陷阵中，在殊死的恶战中，生死也好，胜败也罢，它们都不再有儿女情长，一腔柔情已被割掉，满腹爱意已被宫去，它们不再有子孙后代，不再有生命的延续。被阉割了的战马，从此不再有性的冲动，它们唯一的冲动就是驮载着家恨国仇狂飙一样席卷向敌阵。它们不再是雄性，不再是马中的大丈夫，无论它们多么高大、多么威猛、多么善战，自从被阉割的那一刻起，它们的雄性的本能就已画上了句号，就已彻底终结。

据养马人说，古代阉割战马，有两种法子，一是用绳子紧紧拴住公马的睾丸，使其血液不能流通，一段时日后，睾丸就自行衰竭了。第二种法子是用刀子把睾丸切割下来，达到为公马去势的目的。

应该说，这两种法子都异常残忍。仅仅为了让战马在胯下顺从主人和一心一意地冲锋陷阵，人们就永远剥夺了它们爱的权利和生育的权利。它们在出征之前，就被阉割了，在未死之前，就注定了一生一世断子绝孙。我不知道那些被阉割的战马，明不明白自己是马中的太监，知不知道自己一世的勇猛与雄风已注定了后继无人？

在史书里，在影视剧里，我们所见到的那些战马，它们铁蹄铮铮、所向披靡、狂飙突进，驰骋在大河上下、长城内外。但是，威震古今的春秋五霸、战国七雄、唐宗宋祖和齐鲁豪杰，原来都是骑着一群阉货在演绎着一段又一段历史风云。

那些被阉割了的战马，在战争结束后，或者是跑不动以后，就全都成了废马，成了一个个无家更无后的战争遗孤。然而，那些马，原来都是从马群中精挑细选出来的精英，它们曾经热血沸腾、战功赫赫，曾经把自己的英勇和无畏全部奉献给了每一场残酷的战争。当它们退役后、衰老后，命运迫使它们不得不在寂寞与孤苦中了却余生——自从被选为战马，这就是它们逃脱不了的命运。

山丹军马场很大，亚洲第一，世界第二。自西汉以来，这里就成为历代皇家军马养殖基地，一直延续至今。目前，山丹军马场共饲养着一万多匹马。

此刻，这些马在辽阔的草地上吃草。看上去，它们是那么温顺，除了低头吃草，还是吃草。我知道，它们已被阉割了，膘肥体壮的它们不再有情欲，不再有爱意，它们已不知道男女之别，不知道雌雄之分，只知道吃草，吃草，再吃草，然后以无情无欲的太监之身，等待战争的召唤和祖国的征用。

这时候，马棚里突然传来一阵阵撕心裂肺的马鸣声。我问养马人它为什么嘶鸣得如此悲惨？他说："那马在抗拒阉割。"

那马的嘶鸣声，十分凄凉、十分哀婉，在草地的上空久久地回荡着、回荡着……

雪在燃烧

——纪念在北方的岁月

七天七夜的暴雪，铺得见不着边儿。放晴了，有零星的人在雪原上走动，一脚下去，膝盖以下就全没了。打门前过往的人，个个都矮了一大截，像侏儒在爬，或似坐在雪地上慢慢向前挪移，一扭一扭的，好看得很。半个时辰了，还没走出两里。猜想他们要走到天地的边儿去，恐怕这个冬季就该结束了。

自来水管早就冻死，得用火焰把它烧活过来。这是每天早晨的活。天麻麻亮，男人们就用柴火烧着水管，女人们就拎着盆盆桶桶在一旁候着。水出来了，女人们哗地拥过来，盆盆桶桶碰得叮呤咣啷一片乱响，大姑娘小姑娘们更是叽叽呱呱得像一群戏水的鸳鸯。让人怜着的，是已经分不清哪些是她们的手指哪些是被洗着的红萝卜，一大木盆子红彤彤的条儿，全混淆成红宝石锭儿似的，装了大半木盆。

隔壁媳妇洗的衣服，晾晒在两树间的铁丝上，说话的工夫，花花绿绿的裤衩就硬得像厚铁皮，还有女人的胸罩，冻得如搪瓷碗一般坚硬。一敲，嘣嘣闷响，觉得声音好熟悉。再敲，就听出一点儿安塞鼓的味道来。一些无事的大人和逃学的孩子，居然就你敲打几下，我敲打几下，在嘣嘣嘭嘭的闷响中乐完了一个上午。吃晌午的时候，就听隔壁在毒打孩子。我暗暗乐着。我早就晓得那孩子必定挨打，只是懒得去提醒他罢了。不过，让孩子长长记性也好，长了记性，他就不敢再逃学，不敢再乱敲打人家的裤衩和胸罩。

拴在墙角的驴，鼻孔里呼呼冒着白气，偶尔一声仰天长鸣，竟然像火车排放着蒸汽，驴在蒸汽里的鸣叫，真的有一种火车要开动的意思呢。在整个冬季里都排放着蒸汽的，还有人，只是没有驴的蒸汽粗壮罢了。其实，人没有驴粗壮的远不止鼻孔里冒着的蒸汽，还有那个不太好意思提起的玩意儿。驴也知道这些天没事可干，干脆就在墙上蹭痒痒打发日子。我也时常靠在墙的楞角上蹭痒痒，那种感觉十分舒服，透心窝窝地爽着，以至于两天不蹭蹭痒，就觉着浑身都不自在。想必此刻的驴也很舒爽的吧？可乐的是，住在槐树下那家的姑娘，生得那么俊俏，我发现她也有在墙楞子上蹭痒痒的习惯。不过，我觉得她的姿势不对头，不得要领，比如蹭背心处的痒痒，她的姿势不是左右蹭，而是上下蹭。上下蹭其实没有左右蹭的效果好，而且费劲，久了还很累人。我总想提醒提醒她，又怕她害羞，就作罢了。

更可乐的，是开会的时候，人人都争着靠墙根儿坐。我知道他们这样是为了好蹭痒痒。一张破桌子搭成的台上，讲得抑扬顿挫，靠墙的人就在暗中蹭得抑扬顿挫。开了一下午的会，就蹭了一下午的痒痒，至于讲了些啥，就不重要了，重要的是这个下午大家都蹭得很舒服，很满足。在众人蹭痒痒的时候，我特别注意着那个姑娘，看她是不是还是在上下蹭。我偷偷观察了一个下午，也没见她蹭过。可能是她不好意思在人面前蹭痒痒。在这个下午，我想她一定非常难受。这样自我压抑着的日子一久，她会变得孤僻吗？会变得胆怯吗？我老是这样担心着她。

已经两天没下雪，不过，厚厚的积雪依然铺得见不着边儿。这样的日子里，最着急的是那一群一群的麻雀。它们储备的粮食已吃完，勉强可以充饥的麦苗尖，全被压在厚厚的雪下。平日里最惧怕人的麻雀，现在似乎顾不得那么多，一只接一只往庄户人的灶房里飞，想寻得一星半点的残渣剩饭，有一种铤而走险在悲壮。孩子们乐坏了，就在院子里撒下一小团麦子，罩上筛子，再用一条短木棍支撑着筛子，然后在木棍上拴着细长的绳子，手拽细绳躲在暗处，等麻雀钻进筛子里吃麦子时，一拉绳子，就把麻雀罩在筛子里了。一个下午，孩子们居然抓了不少麻雀。不过，两天后麻雀们好像是被整得聪明起来，只吃引诱它们往筛子里钻的零星麦子，吃到筛子处，它们怎么也不钻进筛子里去。接着，它们哧啦啦地飞起来，在空中旋了几圈后，一只接一只停在院子外那株结满冰凌子的树上，探头探脑地打量着筛子和四周的动静。孩子们当然更聪明，不再撒下引诱的麦子。在对峙了一天后，似乎觉得无望，麻雀们就全飞走了。麻雀们飞到了什么地方去，谁都说不清楚。我想麻雀们自己也不清楚该往什么地方飞，因为到处都是厚厚的积雪，到处都有捕杀它们的筛子。

一天，我忽然发现许多麻雀在驴背上啄食盐粒和虱子。啄食虱子的活，本来是由小水鸟们来做的，现在却被麻雀们干着。看来，它们真的是饥不择食或“饥不择活”了。由于有麻雀们干啄食虱子的活，驴就不再在墙上蹭痒痒，眯缝着双眼，趴在地上，任麻雀们替它干着墙的活儿。饿极了的麻雀，使驴在这个冬季节省了不少力气。

我想把这个节省力气的绝招告诉那姑娘，远远地望了好多天，一直就没见她出门。我当然不好上门指教，她的爹最恨见到我。我总觉得她爹像个技术特好但脾气特暴的守门员，因为好些年了我仍然没有得到破门的机会。我试过写信，但写完又撕了。我觉得写信对她说蹭痒痒这事，不太好。

这天我上幺店子买香烟，远远地就看见她爹坐在幺店子的门前吧嗒旱烟。我相信我的眼睛，她爹的样子和姿势，我熟得不能再熟了。她爹的眼睛也特贼，老远就看到了我，这我知道。因为他耷拉着脑袋的样子完全像一只脱头鹰鹫。他忽然不停地大声干咳起来，意思在威慑我，这我当然也知道。开始我有点惧怕，后来一想，我咋啦？就鼓起勇气朝幺店子走，我一路走也一路大声干咳，意思是我不怕，或者也是为了威慑威慑他。结果我的干咳奏效极了，他不再干咳，只是把头歪在一边，假装不认识我似的。

知道她爹不在家，把我乐安逸了。买了烟，我急匆匆走了。回家的时候，我特意拐了一个大弯。经过她家门口时，我故意放慢了脚步。这时候，我是多么地希望她能够站在门口。可是，她家的门关得很紧，连一条小缝也没留给我。我在门前站了很久，几次想敲门，手刚伸出却又缩回，最后不得不失望地转过身，在雪地里深一脚浅一脚，摇晃着回去了。

走在路上，我想，其实我绝对不是居心不良，我不过是想告诉她正确蹭痒痒的方式和那个节省力气的绝招。

天气实在太冷，都一个多月了，雪还没有融化的意思。我希望积雪快些化掉，这样她就能出门。

又过了半个月，雪仍然没有融化，白茫茫地铺得见不着边儿。这天傍晚，夕阳格外红，洒在雪地上的光，像血红色的染料，把雪野染得像在燃烧。我躺在雪地上一边抽烟，一边晒着夕阳。这时候，我意外地发现了她。不知为什么，我激动得要死，心都要蹦出来了。我噌地爬起来，在激动中，我清楚地看见，她靠在门前那棵槐树上蹭着背心处的痒痒，一身大红的棉袄，被蹭得歪扭着，不过不难看，她蹭痒痒时的动态，活像一团跃动着的火苗。

真正使我开心的是，她不再上下蹭，而是像我渴望指导的那样，左右蹭着。这下我放心了，从此她可以获得真正的舒服了。

百年儒雅

百年儒雅

一

儒雅这个词，在中国，好像专门形容男士，更确切地说，是形容那些人格和品位都非常高迈的士大夫。

自新文化运动以来，士大夫就渐渐离我们远去，或者说是我们渐渐远离了他们。在我们的眼里，士大夫是一群不合时宜、墨守成规的旧式文人，而且，对于他们，我们又给予过太多的贬抑、否定乃至打击。

其实，在士大夫身上，是有着非常高洁的气质、品位和人格魅力的。而这些，在今天看来依然有着非常积极的现实意义。比如，他们大多有着深厚的学养、健全的人格、超常的沉潜力和谦让的品行。这些士大夫，虽然大多文弱，但在国难当头的时候，他们不会随波逐流，不会朝秦暮楚，他们会十分自觉地恪守做人的起码准则，会始终如一地坚守做学问的底线。这正如在当年清兵入关后，明朝的遗民黄宗羲，他虽不能亲赴战场做殊死的抵抗，但他也绝不与清廷合作，绝不卖身求荣。黄宗羲所表现出的，就是一种士大夫的精神品质和人格力量。

过往的那些士大夫，也许不是战士，不是将军，甚至不会像众多英烈那样血洒疆场、马革裹尸，但他们在中华文化的制高点上所投射出的生命影像，依然是让我们骄傲和自豪的坚实脊梁。

而这样的士大夫，在中国，应该说不在少数。在漫长的岁月里，他们或是隐匿于闹市，或是归隐于山野，或是幽闭于书斋，或是游走于天地间，以一种超越常人的坚守、沉潜与开拓，为中国传承着一脉文化精髓，为世界增添着几许东方神韵。

上述是我对于中国士大夫们的基本评价。这种评价在我游览了位于西湖孤山西麓的西泠印社后，得到进一步确认。

那么，西泠印社究竟是一个怎样的所在，它与士大夫又有着怎样的关联，二者在中华文化中又扮演着怎样的角色？我们不妨这就去看看。

二

西泠印社，得名于西湖上的西泠桥。这座桥，因有过苏小小的传说而名扬天下，成为一道不朽的人文景观。

西泠印社，就设在离西泠桥不远的孤山上。拾级而上，一座不算高大却透着凛然之气的牌坊伫立在眼前，上面赫然雕刻着四个大字：西泠印社。

这是一个让我心仪了多年的地方。望着“西泠印社”四个大字，顿然有一种回家的感觉，一股巨大的文化气场立即将我裹卷。

面对着眼前的重重景观，我感到，必须再屏住呼吸，再放轻脚步，恭恭敬敬地一步步走进。那种呼朋唤友的高声喧哗，那种漫不经心的游玩心态，应该统统抛弃在山下。在这里，唯有以一种朝圣的庄严，才可以接近它的神韵，融入它的光华。

在牌坊前，我正了正衣冠，顺了顺气息，迈着虔诚的脚步，一步一步，轻轻地拾级而去。

三

打老远到这里来，不为别的，只为拜祭四个人。

这四个人，自从我知道他们后，就一直被他们的人格魅力和文化操守所深深牵引。他们是丁仁、王禔、吴隐、叶铭。他们四人被后人誉为西泠印社的“创社四君子”。他们创社的时间，是1904年。

这年的夏天，丁仁、王禔、叶铭等人，相聚人倚楼，以“保存金石、研究印学”为宗旨，商议在杭州组建一个印社。在得知情况后，在上海谋生的吴隐，急匆匆地赶了回来，与丁仁、王禔、叶铭一道，着手组建西泠印社。

要组建一个“保存金石、研究印学”的印社，在选址上，必须得与之匹配，不能马马虎虎。于是，他们把目光锁定在西湖景区的孤山西麓。这真是一个绝佳的地方，既是山林，又临近都市；既有归隐之意，又有渲染之势；既充满山野的朴拙，又洋溢着人文的优雅。重要的是，在这里，可以把弥漫在西湖上空的千年文化一点点吸纳。

地址选好后，接下来的事情就是圈地，没有地盘，社员们又在哪里落脚，那么多史料又该在何处寄存？于是，他们给各级官府呈文，希望得到官方的认可和支持。看了呈文，官府不仅欣然同意，而且决定大力支持。为此，他们在批文上这样写道，在“蒋公祠右，竹阁之北，拓地数亩，筑屋四舍”。从官府批文的用词来看，这真是一些文化修养极高的官员，不仅文辞儒雅，而且光是批准建社一项来说，就足见他们的文化视野相当开阔，对文化价值的认知度也相当了得。正是有了这样的认可，西泠印社从一开始就取得了合法化的运作。

土地批下来了，那就该着手建房。但是，他们四人都是文人，手头并不宽裕，那么，建房的钱又从何而来？在筹款建房上，有两件事让人十分感动。一件事是，印社组建几个月后，成员之一的吴隐，又匆匆赶回上海，他回去的目的就是为印社建房筹集经费。于是，他在上海开了一家“西泠印社书肆”，在那里出版印谱，研制印泥，把营业所得的收入拿回孤山来建设房舍。其实，这时候的吴隐，家境并不太宽裕，但他没有把营业所得归为己有，而是把每一笔钱都积攒下来，用作印社的营建。另一件事是，当杭州的一些乡绅得知他们组建了西泠印社后，纷纷慷慨解囊，资助他们的文化行为。官府没有下指令、派任务，那些乡绅的资助完全是出于文化良知的自觉，出于对文化坚守者的敬佩。因此，那些乡绅的慷慨资助，就变得格外高洁，至今让人想起都会情不自禁地为他们鼓掌，为他们感动，正是有了那些乡绅的资助，中国的金石印学，才有了一个像样的家。

有了钱和地，经过几年的精心打理，西泠印社已经被营建得像模像样。在资料里是这样记载的："1905 年，仰贤亭建成；1910 年，造石圆桌；1911 年，扩小盘谷、得印泉；1912 年，建石交亭、山川雨露图书室、宝印山房；1913 年，浚印泉。"

从 1904 年的初创到 1913 年的十年间，印社的工作主要有两项，一是编辑和出版印谱。印社自创立后，就开展了出版事务，目的既是"保存金石、研究印学"，又是为保障印社的常规开支筹集资金。在近十年的时间里，他们编辑和出版了《吴让之印存》《二金蝶堂印存》《福藏印》《求是斋印存》《补罗迦室印谱》《集古印存》《秦汉古铜印谱》《古泉存》《十六金符斋印存》《杨啸村印集》等几十种印谱，为中华印学的研究和保存做出了巨大的贡献，也为印社奠定了坚实的学术基础。在这期间，印社做的第二项工作，是整理与编辑西泠印社的各种文献。

在编辑出版印谱和整理印社文献的同时，印社还以各种形式开展了研讨、观摩、鉴赏、交流等活动，使印社的影响力逐渐扩大，以至一些日本印学家也加入西泠印社，成为社员，比如河井仙郎等人。

有了国外印学家的加盟，就使得西泠印社一开始就超越了本土社团的狭隘框架，把文化的触角伸向了全国，乃至国际，为后来成为严格意义上的国际印学名社，绘制了一个极其宏大的蓝图。

孤山，是西泠印社的所在地，它不高，也不大，但落脚在山上的西泠印社，却以一种文化高峰的态势在运筹帷幄，传承文化。

由此看来，创社的四君子，其文化定位，实在高迈，足以辉耀千秋。

四

2008年10月下旬，西泠印社成立一百〇五周年，召开第十二次社员大会。按照惯例，此次大会应该选举产生新一届社长。但是，经过三百多社员的慎重磋商、掂量、讨论，社长一职竟然无人适合，只能宣告空缺。

偌大一个中国，可谓是人才济济，名家辈出，西泠印社怎么就找不到一个众望所归的社长呢？

在西泠印社的百年历史中，就有五十七年没有社长。也就是说，西泠印社没有社长一事，早就不是什么新闻。

没有社长，只能说明一个原因，那就是，西泠印社要求太高，期望太大，一般化的角色，不足以肩负起西泠印社的使命，不足以扛起中国印学的大旗。

在西泠印社组建的头十年里，就一直不曾有过社长。当年创社的四君子，为印社可谓是历尽艰辛、日夜奔波、鞠躬尽瘁。印社组建起来了，按理说就应该在四人中产生一名社长，但是，他们四人好像有着约定，谁都不来出任社长。

四君子之一的丁仁，家里开着丝绸厂，经济地位在当地非同一般，其祖上又是读书人，藏书浩大，号称“八千卷楼”。也就是说，丁仁不仅出身富豪之家，更是出身于书香门第，而他本人对中国文化和印学又是那么痴迷，甚至参与了印社的创建。这样一个丁仁，来出任西泠印社的社长，应该是合适的。但丁仁坚决不出任，只默默地为印社呕心沥血。

另外就是王禔，他也是出身于书香门第，祖上是翰林。较之丁仁，王禔更加精通篆刻，是开宗立派的巨匠，西泠印社因为有他的加盟，增色不少，不仅扩大了印社的影响力，更重要的是使印社有了他这样一个旗帜性的篆刻大家，而让人信服与敬仰。印社组建后，王禔出任社长，也是当之无愧的，但他依然委婉谢绝，没有出任。

四君子中第三人——叶铭，他原是绍兴的碑刻工匠，虽然他出身卑微，但他非常具有管理能力，西泠印社创建后，很多事物都是他在打理，而且打理得井井有条。然而，他还是没有出任社长。

最后一位就是吴隐，较之前三位，他是最有经济头脑的，因为印社的主要经济来源都得靠他，在西泠印社，他被称为财神爷。他不仅酷爱印学，还编辑出版了大量印学著作和印谱，在当时的出版界，是个很有声望的人物。但是，在出任社长一事上，他仍然拒绝了。

按照今天的惯例和理解，既然亲自拉起大旗，就应该成为掌门人，但是，他们四人毕竟不是权力狂，大家都没有当家欲，只是默默地为印社做事、做事，再做事。

创社的四君子都不出任社长一职，我不知道是他们共同的约定，还是彼此谦让的结果，总之在长达十年的时间里，西泠印社就没有过社长。

没有社长不等于群龙无首，印社的各项工作依然开展得井井有条，一丝不乱。在我看来，设立社长，绝不是他们建社的目的，他们的终极目的，是“保存金石、研究印学”，为中国文化坚守和传承一脉精髓。从他们所做的大量务实性工作来看，他们每个人都肩负着社长的职责，却又坚决不要社长之誉。在他们的心目中，西泠印社不是他们四人的，也不是杭州的，是中国的，是世界的，正是有了这样的定位，他们一直坚持这样的原则：社长必须是文化名人、学术泰斗、艺术大师。只有兼具这种声誉的巨匠，才能出任西泠印社的社长。否则，他们宁肯选择空缺，也不会随便拉一个什么人来滥竽充数。这是一个至高的决定，那高度，让人仰望，更让人敬畏。

没有社长，虽然工作可以照样开展，但在国际交流和影响上，毕竟显得有些不那么名正言顺。但是，在兵荒马乱的中国，在龙蛇混杂的时代，究竟谁有资格出任西泠印社的社长呢？在寻觅了许久后，四君子不约而同地把目光锁定在了上海。因为，在那里，有一个艺术巨匠，他叫吴昌硕。

于是，四君子随即奔赴上海，恭请吴昌硕大师出山，执掌西泠印社。

五

对于四人的邀请，吴昌硕大师欣然同意，立即换了一件新长衫，与四人一道来到孤山。

可以想见，在归来的路上，四人的心情该是多么愉悦。在长达十年没有社长后，终于请到大家心仪已久的大师，终于有了让西泠印社成为天下第一名社的前提和可能。

回到印社，他们立即召集首届社员大会，在会上，大家一致选举吴昌硕出任西泠印社第一任社长。这一年，是公元1913年，距创社，刚好十年。

由于有了吴昌硕的声望和感召力，很多精英纷纷成为西泠印社的社员，他们是：李叔同、黄宾虹、马一浮、丰子恺、吴湖帆、商承祚等。再就是，很多名流也纷纷成为印社的赞助社员，如：杨守敬、盛宣怀、康有为等人。由于有了大量名家和名流成为社员，在此后二十多年里，西泠印社的发展和声望就不断扩大，成为一个名扬海内外的金石书画重镇，为世人仰望。

我站在西泠印社的隐闲楼前，放眼望去，浩浩西湖尽收眼底。面对这样的壮阔，背靠这样的名社，我就在想，百年前那群儒雅之士，在兵荒马乱中，在山河破碎里，不离不弃，躲到孤山，潜心于中国的金石保存和印学研究，其行为虽是默然无声，其成就却是石破天惊、辉耀天下、连接古今。

如今，虽然他们一个个都离我远去，但他们对中国文化的坚守，对中国印学的传承，对中国艺术的弘扬，却是历历在目。因为，存放在中国印学博物馆里的那些登峰造极的一枚枚印章，就是他们儒雅品性和高迈人格的永恒见证。

家在何方

回家，对于那些浪迹天涯的人来说，无疑是一个温馨的话题，一个花儿般的夙愿，一个甜蜜的乡愁。难怪总是有人说：为了回家，再大再重的心事也能放下……

一

回家，的确是一件情暖天涯、安抚游魂的事情。浩荡人生，苦乐年华，想回家的人实在是太多了，思乡的人就更多了。

唐代的女诗人薛涛，长安人氏，幼时随父亲被贬入蜀中，整整一辈子，也没有回到过长安的老家，客死于四川的三台县。在这一辈子中，薛涛当然想回去，可是长安，说什么也不允许。再说，即便薛涛回去了，长安城中也没有她的家了，因为她在长安的家已经被人强占而去。这样一来，长安，对于薛涛来说，已失去故乡的意思，完全消解了家乡的概念。因此，在她在蜀中写的众多的诗中，竟然没有一首是写给故乡长安的。这种没有为乡愁而赋诗的心情，对于一个诗人，尤其是一个女诗人，实在是一种无声的悲哀，而这种悲哀，既不能讲述，更无法掂量。长安，当然已不堪回首，它装得下一个大唐王朝，却容不下一个柔弱的女子。属于薛涛的，只有浪迹。可悲的是，薛涛在蜀中，也从来没有过真正属于自己的家。她一会儿暂居于成都的城西，一会儿又居在城北，甚至还居于藏汉杂居的松潘的深山之中。按理说，既然巴蜀大地接纳了她，容留了她，就应该给她一个能够安身立命的家园，让一个没有故乡可归的人，在这儿获得些温暖与呵护。可是，巴蜀大地表现得太寡义，太绝情，让我们的女诗人沦落为歌妓，供达官贵人们取乐。薛涛的一生，没有过故乡，没有过家，她只好把一生的情感全都倾注给了知心的朋友们，这从她大量的酬赠友人的诗中可以得知。在没有故乡可思，没有家园可回的人生旅途上，薛涛把朋友的友谊当成了故乡和家，在这样的“故乡”中，她的心灵获得了慰藉，她的情感得到了补偿。于是我们在《江亭饯别》中，就读到了这样的诗句：

绿沼红泥物象幽，范汪兼倅李并州。

离亭急管四更后，不见车公心独愁。

而在《寄张元夫》一诗中，薛涛把人生知音写到了极处：

前溪独立后溪行，鹭识朱衣自不惊。

借问人间愁寂意，伯牙弦绝已无声。

这样的诗，在《全唐诗》中，随处可见。把朋友间的深厚的友情作为故乡的薛涛，从某种意义上来看，她每作一首赠友诗，便回了一次家。回这样的家，女诗人以情感的双脚，走着一条平平仄仄的路，心中的幽怨与情思在这条回家的路上飘洒得抑扬顿挫，而我们听到她回家的脚音，竟是生命与生命、情感与情感碰击出的韵律，凄楚得使人动情。

二

而唐代另一个冰洁的女人，也终身没有回过家，她便是江采苹——梅妃。

在这个世界上，对于出走的男人来说，回家只有两种可能：一是行囊空空，二是衣锦还乡。但是，对于浪迹于天涯的女人来说，回家就成了十分奢侈的梦了。因此，几千年来，能够安然回家的女人，尤其是艳绝人寰的名女人，就寥若晨星了。回家的夙愿，始终萦绕在心头，最终成了她们的千古遗梦。

梅妃就是拥有这种遗梦的女人。

梅妃的老家，在福建莆田。她自幼爱梅，被选入宫后，仍然恋梅不止，并在大明宫内种梅数百株。瑞雪纷飞的时候，大明宫里千花万蕊，迎着朔风一齐开放，暗香疏影，红花绿萼，好一派高洁清雅之趣。由于深得梅花神韵，梅妃竟迷得唐玄宗李隆基魂不附体，并以自己天成的美艳，压倒了三千佳丽，四万娇娥，夺得雄才大略而又贪花恋色的唐玄宗的独宠。

然而，好景不长，唐玄宗后来另有了新欢，这就使得一身梅花清韵的梅妃遭到了冷落。梅妃受冷落的原因其实非常简单：玄宗时代，是一个迷恋肥胖女人和丰满女人的时代。在这样的时代中，气质洁雅、身段修长、面目清秀的梅妃，就成了牺牲品，得宠的是玄宗的儿媳妇杨玉环。杨玉环以她一身的凝脂，通体的丰满醉倒了唐玄宗，迷倒了一个王朝。在宫中，梅妃以自己的苗条衬托了杨玉环的丰满，以自己的善良烘托了杨玉环的多谋，以梅花的倩影陪衬了牡丹的富态。

在倍受冷落的日子里，梅妃无时不在思念着故乡。故乡很远，远在福建的莆田，那里的山川风物已经模糊，那里的亲戚朋友已经疏远，故乡已成了一个梦幻，成了一堆梦呓。然而，就连这个充满幻影和梦呓的故乡，梅妃也不能回去，那是因为没有获得大唐王朝的同意，没有得到天子的皇恩。每年秋天，都有大雁从北向南飞过长安，望着南飞的大雁，梅妃不禁悲从中来：人还不如大雁啊，大雁有家可归，而人却身不由己，有家难回。

在这样的人生际遇和打击下，一生爱梅的梅妃，就寄情于梅花。在朵朵梅蕊中，她寻到了精神与情感上的故乡。因此，年年冬天，她都伫立风中，长久地痴望着一树树红花绿萼，将满腹的语言倾吐给这冬天的使者，倾吐给这暗香浮动的梅魂。

在大明宫中，梅妃没有知己，有的只是曾与她争宠的三千佳丽和四万娇娥。在皇宫里，女人与女人的争风吃醋，也是一种政治斗争和人生倾轧，只不过这种斗争和倾轧带着浓烈的脂粉气罢了。没有朋友，梅妃就以梅为友；不能回家，梅妃就以梅为家。尽管这个“家”只属于冬天而不属于春天。但是，梅，毕竟有傲骨之气，毕竟有君子之魂，毕竟有洁雅之韵。面对这样的“朋友”，回归这样的故乡，梅妃深深地满足了，以至于在安史之乱中，她在梅树下找到了自己生命的归宿和精神的乐园。多年后，当李隆基在梅树下挖出梅妃的遗骨时，这位苍老得不能再苍老的太上皇竟然泪流满面，泣不成声。接着，李隆基将满园子的梅花全部撒在了梅妃的遗骨上。

梅妃一生以梅为家，尽管这个家过于失之虚幻，但这个虚幻之家居住过一代皇妃苦涩的灵魂，安抚过一个女人凄戚的胸臆。

三

在生命的历程中，人们用相同的方式回着不同的家，而回家时又大都筋疲力尽，甚至是一身创伤，满腔失意。

当年，大文豪苏东坡，在官场上被一贬再贬。仕途险恶时，苏东坡想回家，想用回家的温馨抚平一身的创伤。然而，苏东坡真正想回的，却不是四川眉山的三苏祠，而是南岳的天柱山。眉山是苏东坡的老家，按理说他应该回眉山，但颠沛流离的命运和苍凉的晚景，却一再促使他选择了天柱山。仿佛只有这山，才能疗养一颗伤痕累累的灵魂。这时的天柱山，成了苏东坡的老家，虽然他的老家不是这里。

而大诗人杜甫，临死时仍不知该回到什么样的地方才算是回到了家。他的祖籍在湖北襄阳，后迁居河南巩县。安史之乱前，杜甫在长安寓居了近十年，后又隐居凤翔，再后来居于秦州和同谷等地。杜甫生命驿站的最后一个居住地是成都的浣花溪畔。照理说，一生流离，杜老先生该有个像样的家了，可他在成都的“家”却是一座茅屋，而且不避风雨。晚年了，杜甫携全家老小出蜀，其本意是回家，但命运又一次捉弄了他，没有让他完成回家的梦，让他死于湘江的风雨途中。一代诗圣，少小离家，一生都在奔波，一生都在找家，可是他一直都没找到，回家的梦被岁月弄得千疮百孔，到头来，这个梦，成了他终身的遗憾与遗恨。

与杜甫同时代的另一个大诗人李白，仕途失意，一生行吟，给人的感觉是无所谓故乡和家，尽管他苦吟过“举头望明月，低头思故乡”的诗句，但我仍弄不明白他的故乡到底是甘肃的秦安还是四川的江油。不过，从他酒醉后投江捞月而死来看，我以为，诗仙一生贪酒恋月，他是把酒当成了故乡，把月当成了家。

诚然，不是所有的人都没有圆上回家的梦，更多的人是一生都没有离开过家和故乡。对于这些人来说，家就如同衣裳，随时都温暖着身心。然而，一生一世都与家乡相厮相守的人，在心灵上就真的回家了吗？

从这层意义上来讲，如果故乡不能在精神与情感上给人以家的温暖，那么，人们将不需要家乡。即便是一生都未离开过故土的人，亦如此。

四

几千年来，太多人不安于困死故土，于是背井离乡。由于种种原因，人们不是仕途失意就是商场失利，不是学无所成就是用无所学，或者是学无所用，极少有人得意人生，衣锦还乡。离乡与回乡的过程，实际上是一首生命悲歌演奏的过程，是爱与恨交织的过程，是希望与失望搅拌的过程。这个过程虽然是一场大梦，但这梦却实在得可观可触。

现在看来，能够寻找到精神寄托和情感抚慰的人，便是真正地回家了。无论这个家是远在天涯海角还是近在咫尺。

因而，千百年来，那些数不尽的独步的灵魂，总是在心灵深处悠长地唱着：回家、回家、回家……

千年茅屋

一

中国历史上著名的建筑有很多，历千年的荣辱兴衰而不坍不毁的也实在不少，但一一拆开来看，就感到，很少有哪一种建筑能够独立出来，让历朝历代的文人们长久地为之倾心和迷醉。另外，除文人以外的各种人，也异口同声地声称“不亲临那里，等于白去了那地方”的，就更少了。再就是，那一处建筑虽已消失千年，但仍然使人强烈到非要去踏一踏那泥土、看一看那废墟、摸一摸那衰草不可的，就更是少得让人深感中国的寂寞了。

是的，中国太寂寞了，尽管有五千年的灿烂，有九百六十万平方公里的辽阔与肥沃，尽管有开封、洛阳、长安和京华等地的深宫大院，但真正能让历代的文人们都有归属感、都有负重感的建筑，又隐潜在何处？在这深深的寂寞中，即便把天下的栏杆拍遍，即便将人间的高楼登尽，那也只能是——“此身饮罢无归处，独立苍茫自咏诗”了。

恕我偏执，在中国众多著名的建筑中，我最乐意去看的，是成都浣花溪旁的草堂。每次步入草堂，心中总回荡着人人皆知的杜甫那几首著名的诗。

其实，深怀这种偏执的，不只是我，从杜甫之后至今的文人们，都不同程度地有这样的偏执。很多人不只是想去看看或走走，甚至想在那里居住，以求与杜少陵同生死，共命运。明代的著名学者、诗人王嗣奭就表达了他想在草堂长住的愿望：

今日草堂长作主，
达人应悟死生齐。

从唐至清，有近七十位诗人留下了多达一百余首吟咏草堂的诗。这些诗人中，有岑参、薛涛、苏轼、黄庭坚、陆游、杨慎等。现当代吟咏草堂的诗及诗人就不计其数了。如此众多重量级的文人，不约而同地把自己发自内心的敬慕之情，流注给一座简陋得难敌风雨的茅屋，这在中国的历史上，恐怕是空前绝后的了。

除诗词之外，还有那么多文章，那么多石刻，那么多楹联。在众多的楹联中，我以为，最绝妙的是这样一联了：

异代不同时，问如此江山龙蜷虎卧几诗客？
先生亦流寓，有长留天地月白风清一草堂。

在中华大地上过于庞杂的建筑群中，浣花溪畔的草堂究竟是怎样的一处建筑，且让我们走进那座千年茅屋。

二

实际上，这座茅屋已经消失多年了，取而代之的，是建于1955年的杜甫纪念馆。这个纪念馆，伟岸的构建，幽深的庭院，厚重的色彩，精美的工艺……而这一切，似乎把历代文人们心中的圣地美化了，美化得让人感到陌生。对此，无论人们用了多大的努力，也难以把一腔旧情与这建筑相融在一起。站在这古典得过分华丽的庭院中，我们完全要产生这样的看法：如果当年杜老先生真是身居于这豪宅之中，就不会有众多文人或非文人到这儿来拜谒的。远远地来到这里，却又见不到心中的茅屋，这无论如何都是一种失落。

在无茅屋可身临的落寞中，只有馆藏文物可聊以解忧了。在浏览了多达数万件的馆藏文物与史料后，那千年茅屋的形象就慢慢清晰起来，如显露于苍茫大海的海市蜃楼，在心中立体出一千二百三十多年前的低矮茅屋。

杜甫是在唐肃宗乾元二年（759年）冬，携妻儿入蜀到成都的。他入蜀的原因有三个：一是在政治上受挫折和打击；二是为避安史之乱；三是蜀中有他的亲戚和好友。

到成都之前，杜甫曾在长安困顿了长达十年的时间。这十年是他生命中最难于挂齿的十年。公元747年，唐玄宗诏令天下才子到京师就选，杜甫满怀壮志前往应试。然而，奸相李林甫害怕贤才入选不利他把持朝政，于是他巧玩权术，致使无一人及第。这一沉重的打击，使得踌躇满志的杜甫，“立登要路津”的强烈愿望破灭了。也许，就连杜甫自己都没有想到，这次长安应试，竟成了他一身苦难漂泊的起点。困顿长安期间，父亲的去世，断绝了杜甫生活的来源，迫于生计，他不得不沿街卖药，或寄食于朋友处。这段贫困的羁旅，被杜甫写进了一首题为《奉赠韦左丞丈二十二韵》的诗中：“朝扣富儿门，暮随肥马尘。残杯与冷炙，到处潜悲辛。”尽管长安的日子异常苦寒，但杜甫渴求入仕的愿望并未消失，他不断向权贵投诗，以期引起他们的重视和任用。751 年，诗人向玄宗进献《三大礼赋》，受到赞许，却命其待制集贤院，结果没有下文，让他苦等了整整四年。诗人毕竟是诗人，一是宁肯痴痴苦等，也不懂如何去打通关节；二是有权势的官又不愿去做，因为不狠心欺诈和鱼肉百姓。这样一来，在 755 年，他被改任为右卫率府兵曹参军。这仅是一个管理宫宿卫的小官。作为一代诗圣，杜甫似乎注定一生与宦迹无缘，似乎注定一生要“独立苍茫自咏诗”了。长安的仕途断绝后，命运最终把杜甫逼上了颠沛流离的人生苦旅，终于把他彻底地逼向了诗歌，逼向了通向文学圣殿的漫漫长路。这路，寂寞、贫困而又凄清。在经历了逃难、陷贼、遭贬、辗转流离等各种苦难打击后，我们的诗人终于在亲朋之谊的牵引下，带着妻儿、历尽艰辛、蓬头垢面地到了成都。

到成都后，杜甫一家先是借住在浣花溪畔的一座古寺里，在晨钟暮鼓中，静养人生羁旅的不幸与创伤。这期间，杜甫的老乡、诗人、彭州刺史高适，从百里之外背米来接济他，使杜甫免却了无米之炊的困苦，而邻里又送他蔬菜等食品。为此，杜甫在诗中这样咏道：

古寺僧牢落，空房客寓居。
故人供禄米，邻舍与园蔬。

杜甫在政治上受挫，在仕途上失意，却时时得到朋友的相助。到成都后，正当他难解寺中的客居愁时，友人尹裴冕为他在浣花溪上游选择了一块环境与风光都绝佳的地方拟建草堂；正当他为无钱建草堂而发愁时，表弟王十五司马却慷慨解囊，后又得到严武无微不至的关怀和提携。可以这样说：如果没有朋友的相助，杜甫不会来成都，即便来了，也不会长住。杜甫因朋友之情而来成都，却没有料到，这朋友之情加重了他诗歌创作的亮色，成就了中国文学史上一座让人梦萦的茅屋，又造就了中华诗史的重要驿站，而风采千秋。

这座茅屋是花了两年时间才建成的，茅屋建好后，诗人高兴得不得了，铺笺取墨，临窗写了一首题为《堂成》的诗：

背郭堂成荫白茅，缘江路熟俯青郊。
桤林碍日吟风叶，笼竹和烟滴露梢。
暂止飞乌将数子，频来语燕定新巢。
旁人错比扬雄宅，懒惰无心作解嘲。

是的，我们的诗人怎能不高兴？他应该高兴，太应该高兴了：他少年壮游吴越，无居所；中年困顿长安，又无温饱；他拖着妻小，四处躲藏，到处奔波，满天下流浪，风风雨雨，饥寒交迫。到四十九岁了，才有一处属于自己的家，尽管这个家最终还是一座茅屋，且常被风雨所破，常被潮气所袭。

按理说，像杜甫这样伟大的诗人，在当时是应该作为国宝来小心翼翼地保护的，是应该作为伟人来无微不至地奉养的，是应该受到推崇、受到尊敬、受到敬仰的，但是，诗人所处的时代，无止境地利用着他、榨取着他、勒索着他、撕扯着他。诗人无愧于那个时代，而那个时代却太亏待他了、太埋没他了、太作践他了，甚至太愚弄他了。在这样的背景下，无论有多么顽强的生命，也会被无情地吞没；无论有多么高远的心灵，也会被残酷地击落；无论有多么深切的渴求，也会被野蛮地阻隔。唐朝很繁盛，但诗人的命运却十分凄惨，凄惨成千年的辛酸与苦涩，让后来者总浩叹着中国文人那过于苦难的生命历程和过于悲怆的人生遭遇。

正是因为这样，在营建自己的家园时，杜甫总是精心倍至，一丝不苟。他要把这茅屋建成自己人生的重要驿站，建成多年漂泊后的精神后园，建成能够静养一颗伤痕累累的心灵的卜居。基于这些想法，草堂建成后，他开始大面积扩园及绿化。杜甫毕竟是诗人，文雅到十分可爱的程度，他向朋友索求花草树苗，都以诗代简。一纸娟秀的小楷，满笺绝美的诗句，寄给朋友，不为别的，只是为了求得几株树苗，栽在自家的后园，添几许绿意。杜老先生的以诗代简，简直是一种极大的奢侈！随便一纸诗简，对后人来说，都是至宝，不要说给几株树苗，就是给万贯雪花银恐怕也是换不来的。除了在茅屋四周遍栽花草树木外，他还掘井汲水，挖塘养鱼，筑亭垂钓，甚至还养鸟和小动物。杜甫初建草堂时仅占地一亩，以后逐步有所扩展，最后扩展到：“与致溪边十亩阴”，甚至“有竹一顷余”了。如此一收拾，草堂的环境和景色就变得十分幽静宜人，有清澈的流水，葱郁的竹林，茂盛的花草，有栖息在其间的各类鸟禽虫鱼。面对这样静美的卜居环境，杜甫在诗中说道：“眼边无俗物，多病也身轻。”

可以想见，杜甫在草堂中正过着优哉游哉的田园生活，这样的田园生活，是他到成都后才获得的，是他奔波了大半生后才拥有的，因此，他异常兴奋，也很得意，大有一种小富即安的心态。他在一首题为《江村》的诗中，这样叙述道：

清江一曲抱村流，长夏江村事事幽。
自去自来梁上燕，相亲相近水中鸥。
老妻画纸为棋局，稚子敲针作钓钩。
但有故人供禄米，微躯此外更何求？

诗，写得轻松优雅、恬淡闲适，但客观的现实生活，并不允许他真的避世下来。由于这段日子没有固定的生活来源，又得不到朋友经常性的资助，以至于频频揭不开锅，他发出“厚禄故人书断绝，恒饥稚子色凄凉”的悲哀叹息。朋友的书信断了，也就无从联系，得不到接济，他的小儿饥饿得脸色都凄凉了，后来甚至贫困到了这样的境地：“入门依旧四壁空，老妻睹我颜色同。痴儿不知父子礼，叫怒索饭啼门东。”儿子饿得实在是扛不住了，也就顾不得父子之礼，冲着父亲一阵怒吼，叫他赶快到邻居那里去讨口饭回来吃。面对此惨状，五十岁的杜甫只好硬着头皮，拉下面子，急忙给彭州刺史高适发出求援信。杜甫的求援信，依然是诗，就是饿到这样的地步了，我们的诗人仍然在以诗代简："百年已过半，秋至转饥寒。为问彭州牧，何时救急难？"想必，远在一百多里外的高适在接到求援诗后，必定有所表示的。

在漫漫几千年中，中国人的选择总是显得特别古怪，而这种古怪又十分让人悲哀。比如：在政治与诗歌间做选择，在宦官与诗人间做选择，在当时的时代，绝大部分人首选的必定是政治与宦官，因为这两样东西极易使人发达。"三年清知府，十万雪花银"的诱惑，试问天下有几人能拒绝？相比之下，诗歌及诗人就大受冷落了。如杜甫，即便写尽天下好诗，但终不能解断炊缺衣的愁苦。时代的选择，总是急功近利，但历史，只选择永恒。由此看来，生活在唐代的杜甫是十分不幸的，而生活在历史中的杜甫，却是非常有幸的了。

但生活总是极其现实的，身前实利总是十分实在，身后的功名总是异常虚缈，很多人精于这个道理，因此，"吃得苦中苦，方为人上人"就成为十年寒窗的人生动力。莘莘学子，锥刺股，头悬梁，而隐潜在内心深处的，大多是一幅"书中自有黄金屋"的图画。

按理说，杜甫心中也曾经密藏过这样的图画，但这幅图画的纸张太薄，太不经风雨，太不经折腾，终于碎成生命中难以捕捉的黄粱梦的碎片，转瞬就泯灭得无处找寻。一腔学问，满身才情，旷世诗篇，始终未能给现实中的杜甫带来物质的实惠和温情。因此，漂泊是必然的了，困羁异乡是必然的了，老病缠身就更是必然的了。

然而，无论怎样穷困潦倒，杜甫心中始终没有失去那份孤傲和高贵，他始终在对诗神极度的虔诚中自咏诗。在前后寓居成都的五年多时间里，杜甫竟写下了二百四十多首诗。其中，不少篇什成为中国诗史上不可多得的名篇。如：《蜀相》《恨别》《茅屋为秋风所破歌》《狂夫》《病橘》等等。这些诗作，无论是艺术性还是思想性，都是华夏文学圣殿中极为灿烂的珠贝。

公元765年4月，杜甫的好友严武病故。好朋友去世了，杜甫失去的不仅仅是友情，更重要的是他一家子从此失去了生活的依靠。这样一来，杜甫再也无法在成都住下去，就于这一年的5月，携妻儿乘船东下，离开了成都。

杜甫走了，走得那么凄凉，背着破破烂烂的行囊，牵着一脸菜色的儿子，与妻子一道，离开了这座给过他宁静、欢愉、滋养甚至是饥寒的草堂，离开了成都这座给过他温暖、给过他恬淡的城市。

离开成都后，他再也没有回到成都，再也没有想念成都的茅屋。公元771年，也就是杜甫离开成都后的第六年，由于极度的贫困和一身疾病，这位被后世誉为“诗圣”的伟大诗人杜甫，病死在由湘州去岳阳的风雨小船上。享年五十九岁。存诗一千四百五十余首。

我们的诗人死得很凄惨，他死在船上，死在途中。他死的时候，天上在下雨，湘江在刮风，小小的乌篷船，在波涛上颠簸，我们的诗人，在风雨和颠簸中告别了这个世界，告别了他面黄肌瘦的妻儿。也许，这就是命，一生都在奔走，一生都在寻找，可是，他一直都没有抵达希望，一直都没有寻找到梦想。他告别这个世界的那一刹那，不知道他是怎样的心情？不知他有没有做最后的挣扎？我想，他应该是微笑着去的，应该是欣慰地去的，因为他死在途中，死在波涛之上，这样的死法，至少给人们一个永远的行者的形象，一个始终都不愿停下脚步的浪人的形象。

杜甫离开成都后，草堂被人翻新居住，几年后，茅屋又被人弃为荒芜的小寺。

他离开成都的时候，心情是极其复杂的，灵魂是非常痛苦的，因为他一家毕竟在这里居住了五年。虽然住的是茅屋，时常在漏雨，但是，他一家不再流离失所，不再风餐露宿，这茅屋，给过他和他的妻儿家的感觉。为了纪念这次离去，他特地写了一首诗，诗名叫《去蜀》：

五载客蜀郡，一年居梓州。
如何关塞阻，转作潇湘游。
世事已黄发，残生随白鸥。
安危大臣在，不必泪长流。

正如诗中所言，杜甫真的是把残生及整个生命交托给了在江船后追逐的白鸥了，遗下妻儿，在孤舟中随波漂流。这样的时候，他终于大彻大悟了——“安危大臣在，不必泪长流”……

三

杜甫离开后，浣花溪畔的草堂也逐渐破落，昔日宁静优美的景象已荡然无存，甚至是：“沙崩水槛鸥飞尽，树压村桥马过迟。”的衰败样子。

可以安慰诗圣灵魂的是，从五代至清末民初，不断有人给予修缮或重建。

在一系列牵头修缮、修建或扩建的人当中，只有韦庄一人是诗人，其余的全部是地方官员，甚至明太祖朱元璋的十一子、蜀王朱椿也参加了重修的行列，还有满人福康安也对草堂进行了修葺。

读了这样的记载，就不能不使人动容了。诗人韦庄的修建之举，是可以理解的，因为大家都是诗人，有一种心灵上的共通，情感上的互融。而那些历朝历代的官员们，既不是诗人的同道，又不是诗人的朋友，因此他们自觉的修缮与扩建之举，就实在是难能可贵的了。这些官员，把杜甫遗留的草堂当成自己的祖宗祠堂一样，给予了最精心的修建。他们吏债压身，要奔忙的事情很多，但他们只要从浣花溪畔路过，都会停下脚步，不由自主地浩发千古之叹，都会毫不犹豫地做出修缮的决定，并且立即实施。

千百年来，杜甫草堂，建了，又遭毁坏；毁坏了，又再一次重建。这种前赴后继的修筑，没有受过谁的旨意，完全出于一种自觉与崇敬。这正如诗人韦庄所说：“欲思其人而成其处。”

自北宋吕大防重建草堂，绘杜甫像于壁上，使之成为始具纪念性祠宇的雏形以来，到清宣统年间，草堂的整个布局及陈设，已近现在的格局，并在工部祠内除了立杜甫的塑像外，还新增了陆游及黄庭坚的塑像，一并供人瞻拜。

对一处简陋的草舍，如此一代又一代不辍地修建，这无论如何是绝无仅有的。为此，我们应该把曾经修建过草堂的人名列于下，以作纪念，他们是——

诗人韦庄，公元901年，重建了一间茅屋。

尚书吕大防，建年不详，使草堂初具纪念雏形。

吏部尚书张涛，公元1139年，拨款八十万重建草堂并刻杜诗一千四百多首于碑上，共计二十六块碑。

大监纽怜，公元1342年，扩建草堂，并修建草堂书院。

蜀王朱椿，公元1393年，重建草堂，并亲作了《祭杜子美文》，以示祭奠。

巡抚都御史钟蕃、巡按御史史姚祥，于公元1500年大规模重修了杜甫草堂。

知府邵经济，公元1537年，对杜甫草堂进行了增建。

巡抚张时彻，公元1546年，对草堂进行了扩建。

总督蔡毓荣、巡抚罗森，公元1671年，重建了草堂。

杜甫后裔杜玉林，公元1772年，重修了草堂。

总督福康安（满人），公元1811年，大规模地重建了草堂。这是历史上规模最大的一次重建。

现存的草堂是中华人民共和国成立后重建的。不久前，成都人在杜甫纪念馆的后院里，根据杜诗所咏，建了非常地道的川西村居式草舍。

至此，那病卧在湘江孤舟中的杜少陵，可以含笑地去了。

杜拾遗去了，留给我们一幅十分瘦弱的画像。他，不可能不瘦弱。他虽瘦弱，但瘦骨硬朗，目光炯炯。他逼人的目光永远扫视着这个草堂，似乎要把这个博大的世界看透，好像要把苍茫的云天看穿。

杜甫是英年早逝的，但他留下的茅屋，却成了中国最长寿的建筑。

杜甫是在穷困潦倒中去世的，可他留下的诗歌，是这个世界一大笔最有价值的精神财富。

千古兵圣

我常常在想，汉字的发明者实在是用心良苦，在横竖撇捺的组合上，先人们可谓是绞尽了脑汁。因为，这不仅要明确无误地传达出字词的含义，还要尽量让每一个汉字都从善、从仁、从于慈悲。你比如武士的“武”字，它是止和戈的组合，这样的组合就充满了劝善的哲学内涵。先人们通过这样的组合来告诉天下人，人世间真正的武，不是杀戮，不是征战，不是荼毒，而是停止挥戈，是铸剑为犁，是收拢手中杀气腾腾的烈烈剑光。

这是多么仁爱的文化创建，是多么厚道的慈悲教育，我不知道还有什么文字在创建之初就如此地仁义善良。再比如百家姓里的“孫”字，拆开来，它就是一个子，一个系，也就是说，先人们把“孙”作为自己的姓，似乎是在告诉世人：我们不是达官显贵，不是大德圣贤，我们只是子字辈的儿女，只是孙子辈的后人。甘愿以晚辈自居，乐于以孙子自许，这是一种多么谦虚的人生态度，又是一种何等大气的生命风范。

这样的例子可以列举很多，归结起来就是，我们的祖先，真是慈悲为怀，真是中庸平和，即便显赫如孙武这样的大家族，那也把显达的身段放到最低，把至高的志向归于幽微，把匡扶社稷的使命建筑在宏大的仁爱之基上，绝不在耀武扬威中招摇过市，更不会在剑拔弩张中血洗山河、涂炭生灵。

从这一点不难看出，孙武的父辈在给他取这个名字的时候，寄予了他多么仁义而又慈善的生命情怀，多么高迈而又宏阔的人生志向。事实证明，孙武后来著就的《孙子兵法》，其书中的主题，就是以止戈为怀，就是以“不战而屈人之兵”为上。如果我们把《孙子兵法》当作一部阴谋之书、杀戮之书，那么，不是我们把孙武的人生格局看得太狭小，就是我们把自己的人生高度定得过于低矮。

《孙子兵法》当然是一部谋略之书，但它不是阴谋，不是恶谋，而是以止戈为最高境界的阳谋之书，是以“义战、慎战”为首要的仁义之书，是以“求全、求善”为根本的大爱之书。一个终身以止戈为名的人，他不可能怂恿杀戮，不可能主张荼毒，更不可能将阴谋、魔法、妖术等施之于天下无辜的苍生。既然父辈为他取名为武，愿他止戈为怀，那他就必须坚守父辈为自己设定的人生立场。孙武身处乱世，目睹过太多杀戮，感受过太多血腥，因此，他著兵书，是在呼唤和平，是要制止战争，绝不是为几个暴君呈献一卷残暴之术，更不是为一些枭雄指点几招杀戮之技。然而，两千多年来，普天之下，真正读懂孙武和他的兵书的人，又有几个?!

历史事实一再证明，更多的人是把《孙子兵法》当作侵略之术，当作烧杀之策，当作剿灭之经，他们没有遵从孙武“不战而屈人之兵”的思想，没有止戈为怀，没有按照孙武“求全、求善”的要求去做。因此，两千多年的中国大地，到处是嗜嗜的马蹄，到处是烈烈的狼烟，到处是血流成河、尸横遍野。正因如此，华夏大地上这才十分突兀地蹦出了秦皇汉武、战国七雄、唐宗宋祖、齐鲁英雄、燕赵豪杰……俱往矣，历数千古人物，其实很多人他根本就不是什么英雄，也不是什么豪杰，不过是拿着《孙子兵法》大玩阴谋之术的枭雄与反贼而已。

为了实践自己的主张，孙武远离故土，去到吴国。在吴国，他按照自己兵书的宗旨打过几次仗。事实证明，每打一仗，他都严格按照“义战、慎战”和“求全、求善”的主张去打。这几仗，他打得那么干净利索，打得那么光明正大，洋溢着义战和仁战的兵圣风范。通过自己的实践，他在告诉天下，战争是可以用最小的死亡获得最大的胜利的，是可以用“不战而屈人之兵”的方式去赢得天下的。

既然写的是一部兵法，当然要写出各种战法。然而，通读他的兵书，就不难发现，他的各种战法都是为了制止战争，都是在为正义之师指明决胜千里的方向，甚至在为一国之君阐明战争的危害和战争的得失。

两千多年了，孙武能被古今中外的人们尊为兵圣，敬为东方兵学鼻祖，这绝不是因为他写出了各种战术和战法，我以为，人们之所以尊崇他，是他除了是兵圣之外，更是一个伟大的圣哲，更是一个无敌的仁者，他用兵书这样一种万分特殊的书籍在告诫天下，仁爱之师、正义之师，才是天道之兵，才是王道之兵，唯有这样的兵家，才能呵护着江山社稷，才能勇往直前、所向披靡！

大约在公元前 545 年，孙武出生于山东广饶。又是山东！

在五千多年的华夏大地上，山东实在是一个伟大的地方，从古至今，这里出现的圣人、贤德、高士、才俊，真是数不胜数。那么，为什么这些世界级的圣贤都齐刷刷地出自山东？山东究竟有着怎样的土壤？怎样的风水？为什么就养育出了那么多的大德和圣贤？原来，山东它怀抱黄河、坐拥泰山，又面朝着那么辽阔的大海，这些地理上的大气象，都被它拥有了。有了这样的大气象，就是随便吆喝一声，任意地举手投足，都完全能与这样的气象相呼应、相匹配。由此看来，山东广饶能出孙武这个伟大的兵圣，实在是不足为怪。

如今，兵圣的家乡广饶，当然已是今非昔比。然而，无论历史怎么演进，无论时代如何变迁，孙武那止戈为怀的仁义精神不会变，“求全、求善”的历史担当不会变，孙武兵书中那一股股激荡于天地的浩然之气，依然云蒸霞蔚般地铺满了广饶的山川大地，福泽着这里，也福泽着天下。

孤独的行者

一

我总觉得，能够孤独地走完一生的人，是十分了不起的。

虽然这个人的生活并没有远离凡俗的日常琐事，依然在被红尘裹卷、被欲望缠绕、被名利包围，依然遭受着痛苦和厌倦一次次的侵袭，但是，他始终都不为所动，稳如泰山，实在避不开了，顶多也就侧过头来斜视它几眼，然后照样过着自己既孤独又寂寥的日子。

对于这样的人，在以前，我实在无法去理解，好端端的一个生命，为何要拒绝生活的色彩？又为何要远离红尘的诱惑？总觉得他有太多难以言表的人生怪癖和失常心态，要不，他怎么会不到芸芸众生里去？怎么会不去享受大众的种种快乐？

但是，现在我理解了。随着时间的积淀和生命的沉积，我不仅理解了那些孤独而寂寞的人，甚至打心底生出无限的敬意来。

现在，在我看来，能够长久地独守生命的人，他的灵魂是高尚的，人格是强健的，心灵世界是丰富的，而他的智慧，足以让他独自美美地消受一生，足以让他卓尔不群。否则，他不可能长久地安于孤独、厮守寂寞，不可能总是自己与自己对话，自己与自己玩耍。

这个世界，就是那么奇特，总有一些人乐意与自己玩耍和对话。他们把一生都沉浸在或是哲学，或是艺术，或是文学，或是戏剧，或是考察中……总之，他们所从事的事情，全是与智慧和心灵有关。这些事情，不需要招摇过市，不值得市井言说，更不会去做鸡鸣狗盗似的攀谈。在他们的眼里，那些凡夫俗子，那些红尘中人，那些名利之徒，不配与自己对话，更不配与自己交锋。因此，他们的智慧使他们成了独行侠，孤独地来，孤独地去，在精神的旷野上，在心灵的天地间，衣袂飘飘地走向自己的天堂。

在俗子的眼里，他们是怪人，是疯子，是另类，或者是不可理喻和难以接近的外星异物。但是，独行侠们不会把世俗的言论和评价放在眼里，更不会在意背后的嘀咕和面前的冷眼。这一切，在独行侠看来，犹如鼠辈们永远也无法理解雄鹰为什么会有那样的高度。因此，他们总是以鹰的高度俯视众生，总是在用鹰的眼睛搜索自己前进的目标和方向。这样一来，他们的孤独就成了一种莫大的快乐和幸福，而且津津乐道，逍遥自在，自得其乐。

对于这样的人，其实不难理解，只是由于我们的愚昧和无知，才把他们统统划归为怪人。我们已经被红尘裹卷得太久，被世俗掩埋得太深，被琐碎缠绕得太死，所以，我们就成了俗不可耐的人，我们的心灵只能感应名利的骚动，我们的精神只能在痛苦中挣扎，我们的智力只能在算计间钻营。是的，我们已经迷失得太多，以至于看见一两个清高的独行侠，都难以接受，甚至嗤之以鼻。

好在这个世界不全是那些俗不可耐之人的，它大度地辟出了一片领地，让独行侠们一次次获得与心灵和自然的交谈，而且谈得那么痴迷和陶醉，以至于他们抬起头后，这才猛然发现，自己的声音已经进入了史册。

那么，让我们暂时远离一下红尘，去看看独行侠是怎样独行于天下。我们，现在就出发。

二

这里是江苏省江阴县的马镇。四百多年前，在这个小小的镇上，诞生过一个人，他的名字后来与中国的山川大地紧紧地联系在了一起，他叫徐霞客。

徐霞客这个名字真是取得有意思，能够栖霞与息客的地方，当然是山川大地，尤其是那些名山大川、旷野江河。而且，这个名字又与侠客同音，就是不清楚他的人，一听这名字，都能大致猜测出那是一个奔走于江海湖泊间的身影。因此，徐霞客这个名字，似乎就注定了他一生的行走与探访。事实证明，他完成了这样的使命，把自己的名字一次次印在了中国的大地上，并让整个世界大为吃惊。

在他之前，游历过山川大地的人，也实在不少，但是，没有谁能够像徐霞客那样，把整个生命和灵魂都深深地嵌入了中国的山野。从这层意义上来说，他的一生，虽然孤独无比，但他的孤独却是那样地洒脱与奔放，让无数后来者不得不由衷地敬仰。

1587年1月5日，也就是明朝万历十四年十一月二十七日，徐霞客出生于一个已经没落了的士绅家庭。呱呱坠地后，迎接他的是家庭的败落，因此日子就变得异常艰难而清苦。虽然他从小就倍受清贫与困苦的折磨，但他祖上遗留下来的大量藏书，却狠狠地喂饱了他的整个青少年时期，以至于他打的饱嗝，全都是建安文采、唐诗宋词、古今史籍、地志图经。

在他十八岁那年，他的父亲，一个隐迹田园并彻底与世无争的人，却无端遭受一帮豪绅的百般欺辱。他的父亲由于不忍这种种欺凌，痛别了他隐迹的田园和家人，怆然离开了人间。已经成年的徐霞客，目睹了这一切，悲愤至极的他发誓一生与官场了断仕缘，不再对仕途存一丝半点儿幻想。因此，在婚后不久，他毅然告别了母亲和妻子，背着一个极其简单的行囊，走向了山川大地、江河湖泊，开始了他一生孤独的行程。

他当然不是去浪迹，更不是简单地去游玩，他要在漫长的游历中，亲身去抚摸和认识中国的山山水水。这真是一个了不起的举动。在他那个年代，道路的艰难，就不必说了，光是匪患的猖獗、瘟疫的蔓延、社会的动荡和红尘的纠缠等等，随便一条，都足以吓退许多人。但是，他没有退却，而是以更加超然于世外的洒脱和放浪，一路潇洒地走去。这一年，徐霞客才二十一岁。

一个连胡子都还没有完全长齐的年轻人，就这样踏上了长途。他走的时候，是春天，没有一人作陪，也没有谁来相伴。也许，他压根儿就不想与谁在一起。自己与自己聊天，自己和自己玩耍，自己是自己的朋友，自己是自己的知交，多好！况且，还有那么多名山大川，在等着他去一一阅读。是的，这就完全足够，何必还自寻磕绊、言不由衷、委身迁就、迎合愚钝?！就算后来有一个叫静闻的人与他一道游历，那也是一名极其虔诚的僧人，绝不是什么下里巴人。一个只把山川和僧人当作同伴和朋友的人，他的灵魂早就不再在尘俗间纠缠，而是在芸芸众生难以企及的高度，游走生命、度量人生。

徐霞客在每年的春天出走，然后计算好日期，于每年的深秋准时回到母亲和妻子的身边。与亲人们做短暂的团聚与叙述后，在来年的春天，他又再次踏上远游的路途。这样来来去去，进进出出，在不经意间，他已经游历了许多地方。这些地方包括泰山、嵩山、华山、恒山、五台山、黄山、庐山、普陀山、天台山、雁荡山以及福建的武夷山。而且，有不少名山不止去过一次，而是多次，比如黄山、天台山、雁荡山等。他的游历，很多人都知道的是，他一是作地理与人文的考察，二是作精神上的畅游。这两方面，他都实现了。因为，他为我们留下了一部厚重的书——《徐霞客游记》。这部书，不仅为后来对中国地质地貌的研究提供了极具学术价值的依据，而且为中国的游记文学增添了辉煌，以至于不少后来的人都难以超越。

在他游历到十三个年头上的时候，也就是1621年，徐霞客的母亲病倒了。为了给母亲治病，他中断了远游，回到家中。这时，他的母亲已是八十岁高龄的老人。面对重病且已年迈的母亲，徐霞客决定不再游历，好好陪伴陪伴母亲的余生。让人想不到的是，他的母亲断然拒绝，一再催促他再次出游，去完成考察祖国山河的使命。但是，作为儿子，又长年在外，徐霞客怎么放得下母亲?！在他母亲病愈后，见儿子还没有一丝出游的打算，她便把心一横，说："走，儿子，我与你一道出游!"一个八十岁的老妇人都如此决绝，徐霞客无话可说了，与颤颤巍巍的母亲一道，走出了家门。读了这样的故事，让我感慨万分，他的母亲实在是称得上伟大，在许多人都叶落归根的时候、安度晚年的时候、颐养余生的时候，一个老妇人，为了儿子的事业，毅然以身体力行的举动鼓励儿子出门。如此伟大的母亲，在这个世界上，真是不多。考虑到母亲的年龄和身体状况，徐霞客只是象征性地陪母亲游历了宜兴和句容等地。这次行程虽然不远，也不艰险，但是，这对于徐霞客后来的出游，却增添了无穷的动力。

在这个世界上，真正理解和支持徐霞客的，是女人。是两个女人。一个是他的母亲，另一个是他的妻子。没有这两个女人的理解与支持，徐霞客顶多也就在江南一带走走而已，不可能大江南北满天下游历。他除了有一个伟大的母亲外，应该说还有一个伟大的妻子。年纪轻轻的徐霞客就长年在外，这对于一个妻子来说，与守寡没有多大的区别。但是，他的妻子隐忍了这一切。她的隐忍不是来自妇道的缄默，更不是出于为妻的卑下，完全是出于理解。常言说"事成天下的男人背后，总有着贤淑而宽厚的女人"。这句话，对于徐霞客来说，再合适不过。徐霞客，是这个世界上又一个真正幸福的男人。不知是为什么，历史总是薄待那些做妻子的女人，徐霞客的妻子也没有逃脱被历史薄待的命运。因为，我翻阅了大量史籍，也没有看见更多关于他妻子的文字。在这里，我向徐霞客那被历史淹没的妻子致敬，没有她的奉献与牺牲，就没有徐霞客的出行。

三

1622年9月，徐霞客的母亲病逝。从1622年到1628年的六年多时间里，徐霞客没有离开家乡一步。在这段时间里，他在为母亲的去世服丧。

在服丧期间，他除了静养自己疲惫的身心外，查阅了大量古今史籍和地志图经。在查阅中，他发现“山川面目多为图经志籍所蒙”，甚至感到史籍里有太多的谬误。这个发现，使他大为不满，再次强化了去揭开层层谜团的决心。于是，服丧完毕后，他再一次作远游考察。对于他此次远地考察，史料上是这样说的：“他身体健壮，携一杖，一仆随，登山捷如猿。能忍数日饥，逢食即饱，旅泊岩栖，游行无所碍。”从这段文字中，我们知道他已经有一仆人跟随了，而且忘于饥渴、勤于勘察。

在徐霞客五十岁上的时候，他立志去考察西南的地貌，也就是云贵高原。史料上说：“崇祯九年，九月十九日深夜，辞别亲友，大笑出门，放舟作万里遐征。”一个已经五十岁的人，不仅放舟万里，而且大笑出门，这等的风采，还有什么千山万水和艰难困苦不能穿越？

这次与他同行的，是两个人。一个是静闻和尚，一个是姓顾的仆人。静闻是江阴迎福寺的寺僧，他是徐霞客家乡的和尚。这位静闻和尚，是一个十分虔诚的佛教徒，为了表达虔诚，他刺出自己的指血写成一部《法华经》。经书写完后，他的愿望是将此书供于云南的鸡足山。而恰在这时，徐霞客要到云南考察，于是，一个去贡献经书的和尚，一个去考察地理的勘探家，就这样结伴同行，放舟于万里江河。

这样的旅途，我相信二人都不会寂寞。虽然他俩的信仰不同，但在对孤独人生的理解上，他们是那么地一致。有了这样的一致，彼此就都有相见恨晚之感。因此，有了这样的同路人，就圆了彼此多年的梦寐以求。

三人从江苏出发，他们的路线是：横穿江西，跨越湖南，取道广西，然后再从贵州进入云南。在行了五个月的一个晚上，他们夜泊于湘江的新塘。赶了一天的路，大家都累了，就沉沉地睡去。谁知在夜深人静的时候，忽然来了一伙盗贼，不仅把他们的行李全部盗走，更可恶的是，盗贼们还纵火焚烧了他们的小船。小船被点燃时，他们都不知道，还在沉睡，致使静闻和仆人被熊熊的烈火烧伤。

船被烧毁了，行李全部被盗走，身上一分钱也没有了，更糟糕的是，在这样的景况下徐霞客还得照料两个伤号。然而，这一切没有难倒徐霞客，经过八方托付，他终于从友人那里获得了一点资助，于是，他搀扶着两个伤号，一路颠簸，风餐露宿，朝云南走去。

9月的时候，他们好不容易进入了广西。这时候，静闻的病越发严重起来，三人就只好到广西南宁的崇善寺暂时住下来，替静闻治病。说是等他病好后，再行上路。但是，静闻最终没有支持住，病逝在崇善寺里。

静闻死了，徐霞客无比悲痛，就地掩埋了吧，但他不能这样去做，他要了却静闻和尚的愿望，就是背也要把他的遗骨背到云南的鸡足山，实现他千里送热血写成的经书的心愿。就这样，仆人背着行李，徐霞客背着静闻的遗骨，一步一步，翻山越岭、渡江过河，向云南迈进。

经过十四个月的艰难跋涉，他们终于在崇祯十年的十一月底，到达了云南鸡足山的悉檀寺。在这里，徐霞客安葬了静闻和尚，了却他一生的心愿，然后，带着仆人，一头扎进了云南的山水间，又开始了他孤独的行程。

在云南的考察，主要是在崇山峻岭间。没有吃的，就吃野菜野果；没有投宿的地方，就以山洞树林为家。两年后，也许是吃不消这艰苦，又也许是承受不了这寂寞，仆人在徐霞客不注意时，带着全部行李逃跑了。对于仆人的逃走，徐霞客看得很开："走吧，人各有志，祝他幸福……"

后来，徐霞客在云南的考察，全靠僧人们的鼎力资助。徐霞客在云南先后考察了100多个石灰岩溶洞，并且逐一做了非常认真的记载和分析。大规模地对石灰岩溶洞和石灰岩地貌做考察和研究，徐霞客是世界第一人，因此有石灰岩之父的美誉。之后，徐霞客又横穿云南，对金沙江、澜沧江、丽江等水流实地调查勘测，写成《溯江纪源考》和《盘江考》，详细论证长江和盘江的水源，肯定金沙江为长江上源，纠正了儒家经典《禹贡》以岷江为江之源的谬误。

完成这一系列探访与勘察后，他又马不停蹄地远到云南边陲的腾冲，对地下热能进行实地寻访。就在这时，他患了脚疾，而且十分严重。脚病了，当然就不能再行走。这似乎是老天爷故意的安排与疼爱，知道他一生太累，只有用脚疾才能停止他的奔波与跋涉。是的，他太劳累了，应该休息了，因为他这时已经是五十三岁的老人，在山水间跋涉了近四十年。

1640年，徐霞客离开了云南，乘船踏上了回家的路。

1641年3月8日，徐霞客在家乡与世长辞。终年五十四岁。存文六十余万字，被后人精心编辑后，书名叫作《徐霞客游记》。

徐霞客用一生跋涉写成的这部游记，被世人誉为“千古奇书”。

四

在中国，真正孤独的人，就是徐霞客了。

那些江湖侠客也孤独，但他们的孤独，有太多的恩怨情仇和打打杀杀；那些文人墨客也孤独，可是他们的孤独大都是牢骚满腹和顾影自怜。这些人的孤独，都没有徐霞客纯粹，他真正是把孤独弄到了极致，推向了一个常人难以企及的高度。因此，徐霞客用他的一生为世人阐释了孤独行者的深层含义。

徐霞客的孤独，完全出于一种自愿，它来自心灵与梦想。因为他的整个行程，全部是自费，顶多也就是求了朋友一点点资助。他没有听谁的命令而行事，不是迫于某种头衔的差使，更不是受什么机构和组织的专门派遣，他没有得到过国家的半点俸禄，没有享受过什么专家之类的待遇，甚至他患脚疾而回家，其路上的盘缠，全都是一帮僧人在资助。因此，他的行为就完全是对祖国山河最真挚的热爱。这样的爱，就注定了他的伟大，注定了他的名字要刻在中国的山水间，注定了历史要恭恭敬敬地把他接纳。这样接纳，他就成了不朽，成了永恒。是的，他应该获得这些，他的无私与无畏，使他成为中国最彻底和最干净的志愿者。

在朝廷一次次以血腥的方式争夺江山的时候，徐霞客根本没把这些放在心上，他心中的江山大地是中国的，不是某个家族和集团的，正是出于这样的考虑，他不遗余力地走南闯北，为我们的民族把江山大地一次次清点，一遍遍考证，并为我们写出了伟大的《徐霞客游记》。

在徐霞客之前和之后，当然也有过许多人对中国的山川做过勘考，然而，他们中的许多人，缺乏徐霞客那样的自觉和彻底。在这许多人中，唯有一人让我敬仰，那就是在 13 世纪，一个来自遥远国度的人，花了整整十七年的时间游走于中国的山川大地间，并走一路记一路，他的名字叫马可·波罗。

马可·波罗在游走了中国的山山水水后，为我们留下了一部伟大的著作。可以安慰马可·波罗的是，在他去世两个多世纪后，中国出了一个徐霞客。

因此，历数无数孤独的行者后，真正让我无限敬仰的，一个是徐霞客，一个就是马可·波罗。

山水间的背影

在中国文化的众多表现形式中，有一种形式让人每每闭目一想就陶醉不已。这种文化，它实实在在地植根于泥土，它采足了山川地气，它激荡着江河情怀，它在锄头与书卷间舒展人生，又在荷塘蛙声和青灯黄卷间安顿灵魂；它放眼天下，又与世无争；它自耕自足，又兼济众生；它把一生的修为注入泥土，又把一世的梦想超拔于云天……这种文化，就是我们久违了多年的耕读文化。

近日偶遇湖南省茶陵县的史料，其中有一段记载让我激动不已：“茶陵是农耕文化发祥地之一，炎帝神农曾在这里教民耕织。茶陵由于地处偏僻，战争相对较少，因而不少北人南迁于此。”这些人迁来后，以“农勤于耕，士勤于学”的耕读形式生息在茶陵的山水田园间。

一群逃避战乱的人，却在无意间延续和弘扬了中华的耕读文化，让一方水土回旋着文化人格的魅力。自唐宋以来，北方战乱频繁，致使不少人背井离乡，千里迢迢迁入茶陵。据记载，茶陵的总姓氏有六十九个，其中迁入茶陵的人就多达四十七个姓氏。也就是说，茶陵一大半族人是外来的。他们定居茶陵后，日耕夜读或忙作闲读。在耕作中，他们除了满足自身必要的需求外，就是把积攒下的财物用于兴办私塾和书院。据史料记载，茶陵人兴办的书院居湖南之首。兴办书院带来的直接成果是，在历代科考中考取进士的人有一百二十七人，其中刘三吾、李东阳、张治、彭维新并称明清“四大学士”，素有“四相文章冠两朝”的美誉。一时间，茶陵以盛产进士而名扬天下。

这样的生态和这样的成果，真是让人倍感欣慰。这些人来自遥远的北方，他们不愿参与烽火连天的残酷杀戮，无心掺和对于江山大地的血腥争夺，他们背着简单的行囊，携家带口，沿着秘藏于心灵深处的生命线，一路颠沛流离，一路风餐露宿，风尘仆仆地来到茶陵。在这里，他们以耕作为生，以夜读明道，以兴办书院传递着文明的薪火。古人说：“进则天下，退则田园。”他们不愿“进则天下”，只想退守一方小小的田园，只想在山水间寻找生命最本质的真谛。他们在庄稼的拔节声中，在春花秋月的更替中，释放着心中回旋了千年的田园情怀。在这里，他们是农夫，也是书生；他们是渔樵，也是文士，他们深知四时耕作的要义，更是明白诸子百家的精髓。他们用琅琅书声提升了农耕文明的品质，又用镰刀和锄头让书卷吸足了实实在在的地气，他们务实也务虚，他们耽于现实又沉迷于梦想，他们培养出一批批进士，教化着一方民众，他们有力地改变了农夫们的千古形象，有力地改变了一些人的命运……是的，这就是耕读者的志向。在那样的年代，他们的这种志向完全出于自觉，来自对中华文化近乎本能的传承，虽然他们没有以英雄般的气概血洒疆场，但他们生命中释放出的高迈品质，依然是我们这个民族巍然而又坚挺的脊梁。

应该说，这样的脊梁更加牢固、更加不朽，因为，这样的脊梁牢固地支撑着中华文化的大厦，而不是历史长天中一闪即逝的星星，更不是封建王朝功利下的一代走卒。

这些耕读者，他们在本质上接通了中华道教文化。道教者，以道德教化人，以道法培育人。道教的这种主张，在这些耕读者身上体现得尤为充分。他们退守田园，与世无争，日出而作，日落而读，他们一生粗茶淡饭，草鞋布衣，把生命的乐趣融入自然，将灵魂的诉求汇入天道，在静心耕读之余，他们又大力兴办书院，为的是让村人明道，为的是教化众生，这真是“道可道，非常道；名可名，非常名”。他们就是在这样的状态下，把一个个村野顽童雕琢成了满腹诗书的进士，让听惯了鸡犬声的村夫们，在茶陵的山水间吟诵出琅琅书声，形成一道儒雅气十足的文化景观。这样的景观，正是道教倡导的性命双修和天道承负。

有人说耕读文化是一种诗意斐然的生态，这个说法不错，但我认为它更是一种至尊和至德的生态。因为，他们在自食其力式的耕读中获得了至尊的品格，接着他们又用这种品格来开办书院，让书院弥漫着浓厚的“性命双修”的氛围，使得一村的盲童在书院得以明道，获得智慧。因此，他们把隐居山野间而获得的至尊和至德传授给他人，这就在尘世间有力地弘扬了道家的精神，把“尊道贵德”的信仰从朴实的农耕文明推向了人类共同向往的理想境界。

从这个意义上来看，耕读者们不仅营造了返璞归真的生态，更是在哲学和信仰的层面弘扬着中华文化。张岱年先生在《中国农业文化》序言中说："中国古代哲学有一个重要的理论观点'天人合一'，肯定人与自然的统一关系，事实上这是农业生活的反映。"而耕读者们践行着的"天人合一"，正暗合了道教追寻的理想状态，他们用实际行动阐释着道教提倡的"自然无为"的生活态度。

在现实生活中，钟情于耕读文化的人很多，真正能付诸行动并终生沉迷其间的人，少之又少，更多的人是在尘世间忙碌着"进则天下"的事情。红尘的苦乐，人人都明白，耕读者的志趣，不一定人人都能体悟。因此，古代茶陵人的耕读精神就格外珍贵，格外优雅；古代茶陵人"自然无为"的生活姿态就格外让人敬仰，格外叫人羡慕。

中国耕读文化的源头，在陶渊明那里，他在"既耕亦已种，时还读我书"中，度过了二十多年优哉游哉的耕读生活。在他之后，包括白居易、苏东坡、辛弃疾、范成大等人，也不同程度地有过耕读生涯。除这些人外，还可以列出很多耕读者的名字，他们"啸歌弃城市，归来事耕织"，把生命老于锄犁，止于田畴，并在山野间为我们营建出了璞玉一样既粗粝又温润的耕读文化。

如今，这些耕读者们已经远去，我们只能站在远处遥望他们依稀的背影。他们的背影在山山水水间是那么飘然，那么自得，那么洒脱。我每次登临绝顶和走近田野，都能强烈地感受到耕读者们弥漫着的气息。这种气息，是一种气场，散发着“隐居全真子”的人格魅力，也散发着山居求真学、遁迹著诗书那样一种至高至纯的风尚。

抹不去的光芒

一

上小学的时候，我们的语文书里有一个成语故事，叫作《叶公好龙》。说向来十分喜好龙的叶公见到真龙后异常害怕、顿失魂魄、弃而远走。这个故事告诉我们，叶公并不是真正喜好龙的，他只是装装萌，做做表面文章罢了。后来，人们以“叶公好龙”比喻自称喜好某一事物，实际上并不是真正的喜好，而是对此万分惧怕、万分惊恐。

由于《叶公好龙》是小学语文的课文，这就使得这个故事异常地深入人心，还由于这又是一个成语，它就有了被更多人广泛引用和传播的可能。这样一来，在我们的人生观里就对叶公存有许多偏见。一是认为他很虚伪，爱做表面文章，爱摆花架子；二是认为他说一套，做一套，表里不一；三是认为他不是个正人君子，是个十足的伪君子；四是认为他只会唱高调，名不副实，无非是个徒有虚名的招摇过市之徒。

《叶公好龙》这个故事，被西汉著名学者刘向编撰入书，在华夏大地流传了两千多年，也使叶公这个人声名狼藉了两千多年。刘向作为西汉时期的大学者，一生著述颇丰，而且向来以治学严谨著称。那么，这样一个治学严谨的大学者，怎么就道听途说似的撰写了《叶公好龙》这样一个似是而非的故事来了呢？我们都知道，龙只是一个神话动物，现实中是根本不存在的。因此，《叶公好龙》中的龙，就成了刘向编撰这个故事的最大硬伤。既然没用真龙存在，那么，叶公好龙的故事就完全不能成立，纯属虚构。

对于一个大学者而言，把一个根本不成立的故事也要编撰入书，这实在是让人费解，同时也让人对他治学的严谨性和学术精神深表怀疑。叶公是春秋时期的人，刘向是西汉时代的人，两人相距四百多年，他们间当然不会存在什么个人恩怨，那么，刘向为什么要用一个硬伤十足的故事来羞辱叶公？叶公崇道教，刘向推儒术，难道是教别之争才让刘向编撰了这个讥讽性的故事？但是，在刘向的许多治国方略中，我们不难看出，也有不少神学观点，他甚至利用阴阳五行的学说作为自己政治斗争的有力工具，因此，学派的不同，显然不是他挖苦叶公的根本理由。刘向作为后人也作为大学者，他对于叶公的生平事迹应该是了如指掌的，那么，他为什么不写叶公问政？为什么不写叶公治水？为什么不写叶公救楚？又为什么不写叶公让贤等等这样一些非常美好的关于叶公的大事件，而却写了一个子虚乌有的《叶公好龙》的故事呢？再一个就是，叶公与刘向虽然前后相距四百多年，但他们都同为楚国人，都是楚国的重臣，既然这样，刘向又为什么要嘲讽他的前辈、戏谑他的国人、抹黑他的同胞？

刘向编撰《叶公好龙》的动因存有太多疑问，归结起来，我以为，这是刘向成心要抹黑叶公，让他声名扫地。那么，刘向抹黑叶公的原因究竟是什么？这个已经无从考证。尽管《叶公好龙》早已被编进课本，尽管《叶公好龙》早已成为一个成语，但是，时间是最好的过滤器，它能去伪存真，也能分辨黑白，在经历了两千多年的历史过滤后，叶公好龙与否，一点都不重要了，重要的是叶公的生平事迹不会因为一个成语故事而被淹没在口水的海洋之中，更不会因为刘向的刻意杜撰而减少丝毫光芒。

那么，叶公到底是个什么样的人？我们现在就穿越到春秋时代，看看那个被刘向竭尽能事而挖苦和抹黑了两千多年的叶公——沈诸梁。

二

沈诸梁，春秋时期的楚国人。他的父亲沈尹戌官至楚国的左司马，他的祖上是春秋五霸之一的楚庄王。楚庄王之父是楚穆王，楚穆王之父是楚成王，楚成王之父是楚文王，楚文王之父是楚武王，楚武王之父是楚霄敖，楚霄敖之父是楚若敖，楚若敖之父是楚熊咢……照这样往上推，还能推出十六代之多，而且，代代都是楚国的君王，代代都是楚国的贵族。在其家族，真可谓人人是达官，代代为君王。由此不难看出，沈诸梁是实实在在地源自贵族，是实实在在地出自名门，是实实在在的皇家之后。像沈诸梁这样的世代旺族，在中国没有几个；像沈诸梁这样绵延的贵族血脉，在中国也没有几个。

尽管如此，沈诸梁并不是纨绔子弟，也并非百无一用的书生，在二十四岁这一年，他受封于叶县。叶县隶属河南，位于平顶山、郑州、许昌、周口、驻马店、南阳等地的咽喉部位，是当时楚国的北疆重镇。如果沈诸梁是个纨绔子弟，怎么可能被封于这样的咽喉重镇？一个二十四岁的翩翩才俊，就这样在父辈的殷殷目光中踏上了楚国北疆重镇的土地，成为叶县第一任行政长官。至此，沈诸梁的一生便与叶县结下了不解之缘，他的理想在这里的山川大地间磨砺出了迷人的光芒，他在这里的风霜雨雪里成长为一代政治家和军事家。他也因是叶县的第一任行政长官，而被人尊称为叶公。

之所以说沈诸梁在叶县磨砺出了生命和光芒，成长为一代政治家和军事家，这是有实实在在的事例做支撑的，绝不会如刘向那样凭空杜撰出一个《叶公好龙》的故事来。

事例一是：叶公治水。受封于叶地后，他发现这里每逢雨季就洪水肆虐、田舍被淹，一到旱季就沟渠干涸、颗粒无收，这样的状况让他下决心要根治水患和干旱。于是，在他的亲自规划和指挥下，经过叶县人奋力劳作，终于在东陂拦洪筑堤修建了水库，用于蓄水抗旱；在西陂修筑堤坝，用于泄洪和分洪。这两个水利工程建好后，使得数十万亩土地免去了旱涝之灾，让人们终于有了长年安于农桑的好光景。按照时间推算，沈诸梁的这两个治水工程，比李冰治理的都江堰水利工程还早两百多年。据《叶县志·水利》载："东西二陂，方城山有泉涌东流，蓄之以为陂，为二里，即西陂也。陂水散流，经叶县东南而北注澧水，澧水又东注叶陂，即东陂也。东陂最大，东西十里，南北七里，引水以灌民田。二陂并叶公诸梁所作。”而郦道元所著的《水经注》里也这样记述道：“二陂，并诸梁所筑也。”治水，历来被誉为第一美德，而叶公沈诸梁这样的美德，刘向不去赞扬，却无端地杜撰出《叶公好龙》。看来，刘向真是在睁着眼睛说瞎话了。

事例二是：叶公问政。叶公沈诸梁与孔子是同时代人。孔子听闻叶公的事迹后，意欲投奔叶公并希望得到他的举荐。二人相见后，叶公就向孔子问政，希望得到更好的理政方略。于是问道：要怎么才能把叶县治理得更好呢？孔子答道：你要使本地的人都安居乐业、都满意欢喜，你要让外地的人乐意来投奔你，希望在这里过上好日子。叶公认为孔子说得很好，就照着去做了，他真是把叶县治理得非常好，受到远远近近的人的一致称赞和向往。这时，在叶公沈诸梁治下的叶县，可谓是人人有饭吃、有衣穿，真正做到了夜不闭户、路不拾遗、上慈下孝，全县上下非常和谐，非常安乐。然而，对于叶公这样的事迹，刘向只字不提、避而不谈，却编造出《叶公好龙》这样一个子虚乌有的故事来扰乱视听两千多年。那么，他用心何在？

事例三是：叶公救楚。公元前479年，也就是楚惠王十年，楚国皇室遇到一些麻烦，这时候，一个王族出身的名叫白公胜的臣子，与石纥等人一道，在朝堂上突发政变，将毫无准备的宰相子西和司马子期当堂斩杀，随即他们又劫持了楚惠王。紧接着，白公胜和石纥等叛军血洗朝野，大有篡权夺位、改弦更张之势。一时间，楚国上下风雨飘摇，一片白色恐怖，人人自危，提心吊胆，为楚国的命运悲号不已。消息传到叶县，叶公沈诸梁当然怒不可遏，振臂一呼，万民响应，千军齐动，浩浩荡荡而又大气凛然地迎向叛军，决意要剿灭白公胜和石纥等叛贼。经过一番十分残酷的恶战，叶公沈诸梁率领的军队终于把白公胜和石纥的叛军打得落花流水。不敌叶公进攻的白公胜最后绝望地上吊而死，石纥被活捉，遭到了被烹煮的酷刑。叛军被剿灭后，楚国又恢复了往日的祥和与安宁。刘向作为楚国的后人，不可能不知道叶公救楚这个事件，然而他还是只字不提，还是缄口不言，却执意编造了《叶公好龙》这个荒唐的故事。那么，刘向他到底居心何在?

事例四是：叶公让贤。由于叶公沈诸梁平定了白公胜和石纥的叛军，楚惠王封他为令尹兼司马。在当时，令尹等同于宰相，是掌管政治事务、发号施令的最高官，执掌着一国的国柄。司马是执掌军政和军赋的军中最高官。也就是说，此时的叶公沈诸梁掌握着楚国的军政大权，是楚国实权最大的人物。叶公沈诸梁不仅平定了叛乱，还降服了周边一些不怎么友好的国家，使得楚国国威大振、外交友好、生产恢复、街市重开、民心安定。就在叶公沈诸梁的威望蒸蒸日上的时候，他却向楚惠王提出让贤，要告老还乡。叶公对楚惠王说自己老了，要让那些年轻有为的后生来担当国家的栋梁。于是，他力荐被叛贼白公胜杀害的子西和子期的儿子来出任令尹和司马。楚惠王当然是再三挽留，最终还是拗不过叶公的执意还乡之心。送别的时候，楚惠王赐予叶公很多金银财宝，但是，叶公他一样也没要，只身回到了叶县，回到了这个磨砺过他生命之光的地方。然而，对于叶公让贤这样一种高风亮节的品格，刘向依然只字未提，百般沉默，却不顾事实、违背著书立说的精神原则，躲在一隅，埋头编撰了《叶公好龙》。那么，刘向他到底是出于什么样的目的？

事例五是：叶氏始祖。我们知道，叶公他不是姓叶，他姓沈，是从芈姓延伸而来的。只因他是叶县历史上的第一任行政长官，只因他为叶县民众和楚国做了大量可歌可泣的丰功伟绩，人们是发自肺腑地尊称他为叶公。这样的尊称实在让人动容！这是民众的加冕，是百姓的赞颂，是子民的感恩。一个地方官员能受到治下的民众如此的称颂和厚爱，还有什么样褒奖能与之媲美呢？叶县成就了叶公，叶公也成就了叶县，同时，叶公还成就了中国一个新的姓氏，那就是——叶氏。自叶公始，中国始有叶姓这个姓氏，叶公被叶氏后裔尊为始祖。一个本来不姓叶的人，却被无数代叶姓人尊为始祖，这不得不再一次让人动容！如今叶氏族人已经壮大到近千万人，遍布大江南北和海内外。无论叶氏人走到哪里，他们都把不是叶氏人的沈诸梁当作自己的始祖。这是没有丝毫血缘关系的始祖，这样的始祖，中国唯一。在叶氏人看来，真正的血缘来自心贴心的体恤，来自超越手足亲情的关爱，来自官与民同呼吸、共命运的纽结。正是因为这样，并不姓叶的沈诸梁被一代又一代叶氏族人当作了自己唯一的始祖。但是，对于这样一件让人长久动容的事情，刘向却假装不知道，刻意用手中那支饱蘸墨汁的毛笔抹黑至高至大的叶公。不错，刘向他的确是不顾事实而又执意妄为，那么，他这样做的心态到底是什么？

三

千百年来，在中国，像叶公沈诸梁这样被抹黑的人，实在是太多。比如，在《封神演义》中，把平定过东夷和扩大了中原文化疆域的商纣王抹黑成邪恶的暴君；赤壁大战中的第一功臣周瑜，一再地被抹黑成器量狭小之人；开创了千年科举的杨广，被抹黑成荒淫无度的昏君；被尊为一代大法师的法海和尚，在《白蛇传》中被抹黑成冷血的僧侣；协助过宋真宗开创了大宋繁盛江山的刘皇后，被一个《狸猫换太子》的故事抹黑成歹毒的后宫；刚正不阿、廉政爱民的庞太师庞籍，居然在《包青天》里被抹黑成一个大奸臣；屡建奇功的宋朝将领潘仁美，在《杨家将》里被抹黑成一个公报私仇的奸贼小人；严于律己又不慕荣利的全真道士，在《神雕侠侣》中被抹黑成一个奸污小龙女的猥琐男；中国洋务运动的第一功臣李鸿章，被抹黑成大卖国贼；中国历史上的诸子百家，有谁逃脱过被抹黑的命运？他们不仅被抹黑，还被打倒，还要被踏上一只脚，使他们遗臭万年。

抹黑别人的人，虽然不全是小人，但至少也有片刻的小人心态。刘向在《叶公好龙》里抹黑叶公沈诸梁，也不需要太多时间，片刻就能写完这个短文，但刘向的片刻写作却给历史留下两千余年的误读与误解。因此，片刻的小人心态也有可能演化成对被抹黑者的人格形成长久的误判。余秋雨先生说小人都见不得美好，其实，小人也见不得别人伟大。因为，美好可以对比出小人的丑恶，伟大则能对照出小人的渺小。不能干净彻底地抹去别人，就只能做做抹黑别人的勾当，那些抹黑别人的人，是在无奈中选择了下下策，这多多少少显得有些可怜。

其实我们拉长了历史来看，被抹黑，不过是一瞬间的事情，即便是诸如叶公被抹黑两千余年，但在亿万万年的地球史中，那也只是一瞬间。因此，我们有足够的信心来坚信：黑夜再多，也抹黑不了太阳；乌云再大，也抹黑不了蓝天。一块金子被重重叠叠地抹黑了，但历史的长河一定会冲洗出它的本色，阳光下，它依然金光灿烂，依然光彩可鉴。

你可以暂时抹黑一个人，也可以暂时蒙蔽一群人，但历史老人会说：你最终无法抹去历史的真相、人格的光芒。

千古红颜一清照

一直以来我都认为山东是一块特别神奇的土地。

从古至今，在那块神奇的土地上，诞生出的各类人物，随便挑一个，都可以叫响中国，比如诸葛亮、辛弃疾等人。而能够叫响世界的，也实在不少，比如孔子、孟子等人。因此经常就想，如果把这些声名显赫的人物全都聚集一朝，那该是何等的气象万千、神采斐然？当然，这是不可能的事情。但无论如何，山东都是“江山代有才人出”的地方。

能出如此之多的人才，真不知道山东究竟有着怎样的风水。在查看了中国地图后，就感到山东真是洋溢着一种特别的气概：它怀抱黄河，坐拥泰山，又面朝着那么辽阔的大海，这些地理上的大气象，都被山东拥有了。有了这样的大气象，就是随便吆喝一声，任意地举手投足，都完全能与这样的气象相呼应、相匹配。就算是出了一些草寇，在今天看来，那也是一大群英雄好汉。在这样的状态下，我以为，如果有谁无意间藐视了山东，就等于藐视了大半个中国。

因此，李清照能够诞生于山东这片土地，就实在是情理之中的事情。一个柔肠千结的弱女子，一旦是出于山东，她的柔弱与悲愁都会不同凡响，都能够叫历史乖乖地认可和接纳。李清照，无疑就是这样的女子。读透了李清照，就基本上等于读透了中国的女人。

说这样的话，自然是有的放矢。李清照的生命轨迹，在我看来，大致有三个阶段。一是婚前的美满自得、纯洁无瑕。二是南北宋更迭时期的颠沛流离、忧国情怀。三是丈夫死后的孤独寂寞、漫漫乡愁。生活于一个政治大动荡的时期，经历了种种常人难以承受的苦难与打击，又享受过欢乐，体验过悲喜，经历过流离，厮守过孤寂……这一切的一切，都被李清照全部包揽了。因此，她的生命和心灵，就成了我们这片大地上最具代表性的女性。

全程经历过南北宋大更迭和大动荡的女性，当然不只是李清照一人。那么，在南北宋的历史上，为什么李清照的名字比当时任何一个女性都响亮？

李清照出身于书香门第。她的父亲，不仅是官人，而且还是一个载入了史册的人物，他叫李格非。在《宋史》里，有李格非传。他官至礼部员外郎、京东路提点刑狱。李格非学识渊博，尤其用意于经学，出自名家韩琦的门下，他的文章又受知于大文豪苏轼，两人经常还有笔墨来往。在齐鲁一带，李格非颇负盛名，他一生著述很多，可惜的是，我们现在只能读到《洛阳名园记》一卷。李清照的母亲，是状元王拱辰的孙女，她不仅慈祥贤惠，而且知书善文。出身于这样的家庭，李清照的整个青少年时期，就被书香琴韵熏染得玲珑剔透、玉润珠圆。这真是个“谈笑有鸿儒，往来无白丁”的家庭。

除此之外，她还有个好丈夫，叫赵明诚。赵明诚与李清照结为连理，好像是量身打造的一样。李清照精于诗书韵律，赵明诚迷恋收藏石刻古玩，两人的喜好都来自一种文化，一种追求，这就使得他们的爱情获得了甜蜜之外的甜蜜，陶醉之外的陶醉。“有饭蔬衣练，穷遐方绝域，尽天下古文奇字之志”，如此天造地设的夫妻，在中国没有几对。由于夫妻二人都被浓厚的中国文化所陶醉、所裹卷，他们的爱就超越了小恩小爱和鸡毛蒜皮，成了一对在文化的海洋里比翼双飞的海燕。这样的婚姻结构，就更为李清照的文学创作拓开了一片沃野，同时使得李清照在父母那里获得的文化熏陶，能够在赵明诚这里获得延续，甚至丰满。因此，李清照的生活领域和精神境界，就比封建社会里的许多女子要宽阔得多。

有了如此有文化含量和可亲可爱的父母及丈夫，李清照的才华，就发挥得更加淋漓尽致，叫世人仰慕。王灼在《碧鸡漫志》里说李清照：“自少年便有诗名，才力华赡，逼近前辈。”像这样的评价，对于李清照来说有很多。

在婚后的第三年，赵明诚开始步入仕途，曾任鸿胪少卿。做了官，有了多余的银两，他们便八方搜罗字画、石刻、古玩。经过日积月累，他们所藏蓄的亡诗逸史、古今名人的书画和古器物，就日益增多起来。

但是，好景不长，李清照的父亲和公公，先后在政治上受挫，受到异己们沉重的打击，并相继死去。而她的丈夫赵明诚，又受到种种莫须有的牵连，被强势者蛮横地剥夺了官职。这样一来，他们不得不离开京城，背着行囊，带着他们多年的文化收藏，一路颠簸，回到赵明诚的故里，山东益都。回到了故里，这一待，就是整整十年。

在这十年里，他们的生活异常清苦，几近无米之炊的地步。就是在这样的情形下，他们“虽处忧患困穷，而志不屈”。李清照一方面继续着她的文学创作，一方面又与丈夫一道四处访求和搜集古碑、文物。在这期间，赵明诚在李清照的支持与帮助下，完成了具有很高文史价值的著作《金石录》。就在夫妻俩为《金石录》的问世而欣慰的时候，金人的重兵却以势如破竹的态势攻陷了汴京，不久，北宋就灭亡了。

在这场战火中，赵明诚故里的十余屋子藏书被焚毁。国破家亡，赵明诚又身处异乡，此刻的李清照，不得不离开故土，携带着少量文物，随着拖家带口的逃难人流，开始了她艰难困苦的南方行程。

在这样的逃难中，丈夫又不在身边，她只得这里躲躲，那里藏藏。一个从小在蜜罐里长大的女子，哪里经受过如此凄惨的难民生涯。但是，她很坚强，承受住了流落异乡的种种悲苦。而且，她携带的那些文物，一件没少地始终跟随在身边。在她看来，不能再没有这些文物，这是夫妻俩多年的寻觅，是他们文化追求的最后遗存，无论如何，也要保住它们。

但是，有一件事却使得李清照视这些文物为祸患。1128年，李清照怀着国破家亡的巨大悲痛，千里迢迢奔赴南京，去寻找在那里做小吏的丈夫。找到丈夫后，还没过上几天安稳的日子，朝廷一挥手，又把赵明诚调往浙江的湖州。于是，夫妻俩又一路风雨赶往湖州。到了之后，发现这里不适宜居住，就把家安在安徽的贵池。安了家后，夫妻俩以为可以过一过安稳的日子了，怎料在这家里的一切都还没有完全安顿好时，朝廷又一招手，叫赵明诚到南京受命。于是，赵明诚又赶忙打点行装，匆匆告别了李清照，一路翻山越岭，向南京赶去。赵明诚走了之后，李清照是天天都在静候他的佳音，山高路远，不知道丈夫走到了哪里。几个月后，李清照等到的消息却是丈夫病于南京，而且还说病得实在不轻。得到这样的消息，李清照立即从安徽的贵池出发，日夜兼程向南京赶去。好不容易到了南京，夫妻俩还来不及安顿，来不及畅叙，病入膏肓的赵明诚，就匆匆离她而去。李清照千山万水跋涉到了南京，迎接她的，却是夫妻间的生离死别。丈夫的去世，对李清照的打击实在是太大，她的悲痛几成天塌地陷，翻江倒海。因为，赵明诚是她在这个世界上唯一的依靠，唯一的温暖，唯一的寄托。现在，这些全都没了，而且是永远地没有了，只剩一盏孤灯，冷冷地摇晃着她无言的寂寞和孤独的身影，以及窗外雨打着的芭蕉，一声声，全都是一个个难熬的时辰。

而恰在这时候，金兵又大举南侵，南京的形势变得十分危急，朝廷已开始四下疏散，八方逃亡。此时在南京的李清照，觉得这里已不是久留之地，就托朋友先将书册、文物、金石等送往江西南昌，准备去那里投奔赵明诚的妹丈，以避战乱。但是，南昌又失陷，进出的道路全部被金兵切断。这样一来，托朋友送去的文物，就在战乱中散失了大半。如此一来，李清照就在生命里和精神上双重地失去了丈夫。

在赵明诚病重期间，他的朋友张飞卿知道他喜欢古玩金石，就携一个玉壶来看望他，并以此相赠。在赵明诚死后，这件事竟被人传成是他们夫妻以玉壶颂金，更恶劣的是，有人已向朝廷告发。李清照毕竟是一个柔弱的女子，哪里经得起如此要命的政治陷害，在日日夜夜的担惊受怕和东躲西藏中，她终于把心一横，把家中所有的金石、铜器和古玩等物品全部进献给朝廷，以求得洗刷和解脱。但是，朝廷现在在哪里？它早已被金兵撵得四处疏散了。李清照捧着这些金石古玩，竟然不知道该往哪里去进献朝廷。尽管不清楚朝廷的所在，但李清照仍然决定，就是到了天涯海角，也要向朝廷完成洗刷名声的决心，也要以此来证明丈夫的清白和对朝廷的忠心耿耿。就这样，李清照带着这些古玩和文物，沿着朝廷逃难的路线，紧赶慢赶，一路避乱，辗转追去。打听到朝廷的下落，她居然万分兴奋，于是，她立即从越州风雨兼程赶到明州。到了明州后，一打听，朝廷早已向别地方逃去。接着，她又经奉化、台州然后入海。她一路奔波，一路追赶，还是没有见到朝廷的半点影子。没有见到朝廷，她又经温州返回越州，朝廷依然不在这里。这时候，李清照实在是支撑不住了，拖着疲惫不堪的脚步，跌跌绊绊，移居于杭州。李清照进献文物古玩的整个行程，是一次证明自己清白的艰难历程。

在李清照四处奔波期间，大量文物、书画、金石被人盗去。到了这样的时候，李清照是什么也没有了。多年的文化寻觅与积累，没有了；长期精心呵护的文化积淀已彻底化为乌有。她的丈夫，那个与她患难与共的赵明诚，现在只是一种痛彻心灵的思念和回忆，而活在她的心中。因此，她时常犯傻，总是发呆，曾经的风韵与风流，现在比黄花还瘦。心头的愁，眼前的苦，就是一条大驳船也载不动。在这样的时候，我们就听到她心灵深处凄切的声音：“寻寻觅觅，冷冷清清，凄凄惨惨戚戚。乍暖还寒时候，最难将息。三杯两盏淡酒，怎敌他、晚来风急？雁过也，正伤心，却是旧时相识。满地黄花堆积。憔悴损，如今有谁堪摘？守着窗儿，独自怎生得黑？梧桐更兼细雨，到黄昏、点点滴滴。这次第，怎一个愁字了得！”

是的，李清照就在这孤独、漂泊、无助中，被命运一步步逼向了老境，推向了余生。后来，有资料说李清照曾经改嫁。对于这点，我觉得这是一些无聊文人的无聊杜撰。因为我坚信，李清照这样的女人，虽不是烈女，但她一生的所作所为，与烈女也相差无几。

李清照的一生，在很多年前就洞熟于心了，但至今一想到她，心灵依然不能平静，一直被她的坚韧、才华、苦难所深深牵引。时常就想，山东既然出了那么多让人仰止的人物，为什么又总是缺少一种呵护与庇荫？为什么老是让自己的儿女颠沛流离、孤独无援、怆然离世？

山东呵，你抱着黄河，拥着泰山，朝着大海，这种地理上的大度，什么时候才能化作对于生命的关照、命运的呵护？

大海的刻度

一

在十八世纪以前的全部岁月里，那些航行在苍茫大海上的人，无疑都是一群“瞎子”。因为那时的航海者们，还没有掌握航海的定位及导航技术。这样一来，那些官船、商船、邮船或探险船，往往因为无法确定自己在大海里的准确位置和前进方向，而茫然地在大海里漂荡。茫然漂荡的日子一久，遇到的最大难题就是所带的粮食和饮水不能再维持生存。因此，无数个航海者饿死或者是渴死在茫茫的大海上，最后，又统统葬身于魔鬼般的恶浪深处。

我时常想，如果有一天大海干涸了，我们一定能够轻易地在海底找到无数死难者的尸骨。这些尸骨一定是乱七八糟地散落在海底的，所有尸骨所保持着的姿态，一定是他们在沉没的那一刻仍努力寻找着方位时的姿态，一定是他们在千百次拼命呼救而又得不到任何回应时的姿态。这样的姿态实在是叫人难过，叫人不得不对他们致以长久的默哀。他们就这样定格了，定格在大海深处，定格在耗尽了最后一点力量的时刻。但是，就是找到了这些尸骨，也没有太大的价值了，因为他们已经死了，死于对于大海的无力驾驭，死于对于自身方位的不确定，死于一种茫然、一种恐慌、一种无助，死于一种渴望活下来但在使尽了浑身解数之后最终归于彻底失望的那一个瞬间。

他们是一群知道来路、明白去路但又彻底失去方位感的殉难者，他们在浩瀚的大海上漂漂荡荡、跌跌撞撞、左右为难了许多时日后，终于在到达彼岸之前沉没了，在最想回家最想亲人的时候沉没了。可悲的是，他们的家人和朋友，根本也无法确定他们究竟沉没在哪一片海域，只能把整个大海作为一个十分笼统和模糊的目标来祭奠他们，来安慰岸上所有的活人。

我无力逐一说出他们的国籍、种族、名字、年龄和性别，我只能这样说：他们实在是死得太惨了，仅仅是因为不能确定自己在大海中的方位，就永远诀别了可爱的家人和这个依然值得留恋的世界。

二

面对这样的死难者，第一个决心结束这种悲惨景况的，是英国国会。1714 年，英国国会向全国宣布："谁要是发明了海上导航系统，奖两万英镑。"

这一消息在英国国内引起了不小的骚动，而且经年不衰。骚动最大的，是英国经度委员会、剑桥大学和牛津大学的专家权威们。所有的专家权威都迸发出了空前的激情，甚至不少专家发誓一定要攻克这一难关。英国民众曾经这样评价过这些人：他们已经成为“经度狂人”了！专家权威们如此积极，一个很重要的原因是，这是一件名利双收的事情，一旦成功了，足以名垂青史，光照千秋。

英国国会寄予这些专家权威们非常巨大的希望，认为在名利的驱动下，他们一定能够成功。但是，英国国会估计错了。真正发明了这个导航系统的人，不是教授，也不是专家，他是一个乡村木匠，而且没有接受过任何正规教育，他甚至从来都没有见过大海。

这个人叫约翰·哈里森。

三

约翰·哈里森是一个乡村木匠，但是，他不是通常意义上的木匠，他是一个以制造木质座钟为生的木匠。他制作的木座钟，因其做工精细、造型美观、走时准确而闻名遐迩。

约翰·哈里森得知国会的决定后，似乎并不太在意，依然埋头摆弄着他的木座钟。到了1720年，哈里森才对海上导航经度产生了浓厚的兴趣，因为他终于发现了“经度与时间的关系”。经过精密计算，哈里森发现，地球每旋转一圈，是二十四小时，每过一小时地球就旋转十五度。根据这一发现，他认为完全可以确定船只在海上的确切位置，从而达到导航的目的。于是，哈里森开始着手设计适合海上使用的钟。

而这时，以天文学家马斯基林为代表的专家权威们，还沉迷于“月球测距法”的研究。马斯基林等人认为，确定了月亮在天空中的位置，然后根据船只与月亮的夹角，计算出角度来，就能确定船只在海上的具体位置。

但是，马斯基林等人的理论和实践，毕竟太学院化，还停留在教科书上。因为在大海上，雨雾阴霾的天气中是见不到月亮的，见不到月亮，自然也就无从确定船只的确切位置。再说，大海里往往是波涛汹涌，船只在波峰浪谷间航行，其颠簸的程度可想而知。在这样的颠簸中，根本无法确定月亮与海平线的夹角。确定不了夹角，就计算不出角度，计算不出角度，就确定不了船只的方位。由于这两种原因，“月亮测距法”没有彻底解决为航船导航的根本问题。

就在马斯基林等专家权威进一步改良“月亮测距法”的时候，哈里森躲在一个十分边远的乡村，潜心琢磨着他的“时间测距法”，也就是座钟测距法。通过大量的实验，哈里森发现座钟上的钟摆，不适合在大海上使用，因为船只的晃动会影响钟摆的精确度。这样一来，他选择了用弹簧代替钟摆。同时，哈里森考虑到海上的气候、潮湿、温度和地球的引力等变换无穷等的点，专门选择了黄铜作为制作座钟的材料。

1730 年，哈里森搜集并整理了大量资料，为制作更精确的座钟做准备。就在这一年，哈里森的“海上时钟”终于诞生了。他兴致勃勃地带着“海上时钟”到航船上进行测试。这是他有生以来第一次到海上航行，也是他一生中唯一一次航海。英国女作家达瓦·索贝尔说哈里森见到大海时，像孩子一样天真和傻气，抱着座钟在摇晃的船上摔了许多个跟斗，以至于差一点掉进翻卷着的大海。

这次航海，对于哈里森来说，实在是获益匪浅，他不仅真正认识了大海，体验了大海，而且发现自己原来是那么地笨拙。虽然哈里森的“海上时钟”为这次航行提供了非常有力的帮助（从每天的航海日志来看，对于航船位置的确定与导航，已经达到了方圆误差八九英里的程度），但是，他的“海上时钟”实在是太笨重了，太不牢固了，以至上岸后，“海上时钟”上的一些零部件，都被大海的波浪摇晃得脱落了。

“海上时钟”脱落零件的事，自然遭到了马斯基林等专家权威的冷嘲热讽。马斯基林甚至不顾一个专家的风度，拍桌子打板凳地跳了出来，对哈里森横加干涉和指责，而经度委员会的许多专家，认为哈里森是一个疯子，是一个想奖金想得发狂的人。其实，这些专家的心里都明白“海上时钟”的伟大，但是，由于面子，由于身份，还由于地位，他们不能容忍一个没有接受过正规教育的木匠来挑战权威。因此，这些专家们要不遗余力地把哈里森压下去。他们在国会和经度委员会大肆说着哈里森的坏话。可恶的是，国会和经度委员会的大部分人居然相信了他们对哈里森的种种诽谤和诬蔑。

面对方方面面的诽谤与打击，哈里森完全是将之置若罔闻，一头扎在研究更适合航海的计时器上。他在总结了上次航海的经验和教训后，认为自己要制作的不应该是座钟，而应该是怀表之类的表。他认为表在航船上有几大好处，一是它体积小，便于安放；二是它结构紧凑，不易于松动和脱落；三是它计时的准确性比座钟要高得多。基于这些理念，哈里森委托人制作了一块非常精致的怀表。这一年是1753年。这一年哈里森已经71岁高龄。

71岁高龄的哈里森，带着自己设计的怀表来到经度委员会，要求再次进行航海试验。意料中的是，哈里森的要求遭到经度委员会某些人的坚决反对，尤其是马斯基林等人，说这样的破玩意儿也能导航？好在经度委员会并非全是马斯基林这样的人在把持，在一片强烈的反对声中，仍然有几个声音支持着哈里森。就这样，在这几个声音的支持下，哈里森设计的怀表，终于可以到海上进行航海试验了。

但是，这时的约翰·哈里森已经老得不能到海上进行试验，无奈之下，他把试验的重任交给了自己的儿子。他的儿子叫威廉·哈里森，是一个智慧而英武的年轻人。

威廉·哈里森从父亲的手中接过怀表，把它装在一个非常精美的木盒子里，上了锁，在经度委员会特派员的监督下，上了航船。

之所以要给怀表上锁，是经度委员会的监督员们怕被人动了手脚。这次航海试验，总共进行了一个半月。在这一个半月的时间里，木盒子里的怀表一直被牢牢地锁着，谁也不知道它到底走时准确不准确，谁也不知道它究竟经不经得起大风大浪的摇晃和颠簸，一切都是未知数，都是谜。可是，对于在小村庄里苦等消息的哈里森来说，这个未知数和谜，正是一种巨大的诱惑。

因此，他静静地等待着。

四

一个半月后，航海试验结束。上岸后，木盒子里的怀表由经度委员会的监督员亲自护送到经度委员会去鉴定。

当经度委员会的专家打开木盒子时，发现怀表非常完好，走时也非常准确。在当时，最精确的表，一天的误差是一分钟，而哈里森的表，其误差还不足三十秒。

面对这块在当时走时最准确的表，以马斯基林为首的人却给予了坚决否定，不承认这块表所指示出的时间，对其准确性大加怀疑。由于马斯基林在经度委员会具有相当高的威望，他的反对获得了绝大多数人的应和与支持，几乎是一致否定了哈里森的表。

哈里森的表被否定了，马斯基林等专家和权威，又继续着他们的“月球测距法”，大有乐此不疲的执着。他们一边继续着“月球测距法”的研究，一边在国内大肆宣扬着“月球测距法”在航海上的实用性和可行性。同时，马斯基林和经度委员会的某些人，十分害怕哈里森的表被世人知道，就把表悄悄锁进了密室里。其实，这时候的马斯基林，表面上进行着“月球测距法”的研究，暗地里却在想方设法剽窃哈里森的发明。

哈里森当然没有闲着，他与儿子一道，吃尽了千辛万苦，通过各种关系，终于见到了英国女王。女王听取了哈里森的汇报后，大加赞赏，决定把两万英镑的奖金颁发给哈里森。

这一消息迅速被马斯基林等人知道了，他们通过国会和经度委员会给女王施加压力，企图阻止女王给哈里森颁发奖金。但是，女王毕竟是女王，在她的一再坚持下，国会这才非常勉强地给约翰·哈里森颁发了奖金。

1760年5月，哈里森终于领到了奖金。但是，他的发明始终都没有被国会、经度委员会、剑桥大学和牛津大学的专家权威们认可。不仅没被专家权威们认可，哈里森反而遭受到了空前的蔑视和打击。面对众多专家权威的蔑视和打击，哈里森再也扛不住了，这位伟大的海上导航的发明者，这位小小的乡村木匠，这位没有接受过正规教育的伟人，这位为航海寻找到了导航却始终没有为自己寻找到导航的人，在专家权威们唇枪舌剑的猛烈攻击下实在是招架不住了，于一个傍晚，凄楚而悲凉地离开了人间。

但是，无论这些专家权威们认可不认可，无论哈里森还有没有活在人间，打这以后，他的发明一直被使用在航海上。由于有了哈里森的发明，人类从此结束了在大海上不确定自己方位的历史，终于有了较为准确的导航技术。

可以告慰哈里森的是，历史推进到1995年时，全球总共发射了24颗导航定位卫星，至此，全球卫星定位系统诞生了。人造卫星上使用的全球定位原理，采取的就是哈里森的发明。只不过卫星上使用的不是怀表，而是原子表罢了。原子表更为精确，无论何时，它始终一秒都不差。

有了全球卫星定位系统，人类完全能非常精确地知道每一个人在世界上的位置，无论你在天涯，还是在海角。人类迷失在海洋、沙漠、山野和丛林的历史，得到了最为彻底的结束。

约翰·哈里森的伟大，就在于他使我们明白一个道理，那就是：了解了时间，就了解了我们自己；把握了时间，就把握了整个世界。

大地的箫声

在这初秋的一个夜晚，我隐约听到一缕洞箫声，在远处的山水间梦幻般地回旋，如泣如诉，荡人心旌。在这个夜晚，秋风凄迷，明月冷瘦，星辰寥落。此情此景，我的目光情不自禁地穿越时空，去仰望历史深处那个伟岸的背影。

——题记

一

中国的文化史，有相当大一部分，是被音乐浸润着的。这种浸润，从宫廷到荒野，无所不及，以至于我们今天读中国文化史，都能强烈地感受它的旋律与节奏。为了这种旋律和节奏，自古就有大量的文人墨客在那里助阵，不是诗词，就是歌赋。因此，随便从哪个朝代读起，都能够读到诗文与音乐的交相辉映。读这样的诗文，当然是愉快而过瘾，因为有音乐在下面垫底，有旋律在后面帮衬。但是，在愉快之后，心头就不免隐隐作痛，不禁使人联想到众多文人和音乐人凄切的命运。而他们的命运，就如寒夜的洞箫声，空远而凄迷，荒凉而孤寂。这时候，就想到一支幽婉的歌，那是弘一大师李叔同的传世之作——《送别》：

长亭外，古道边，芳草碧连天。
晚风拂柳笛声残，夕阳山外山。
天之涯，地之角，知交半零落。
一壶浊酒尽余欢，今宵别梦寒。

在中国有许多民族乐器，真正让我情有独钟的，还是洞箫。在这样的秋夜，如果用洞箫来演绎弘一大师的《送别》，该是最好不过了。那怅然若失的旋律，那空蒙渺远的节奏，那说不尽更道不完的离愁与别绪，从洞箫里缓缓流淌出来，柳烟一样弥漫在瘦月下的江边，浸入心扉，系着灵魂，叫人欲哭无泪，欲叹又还罢休，于是就只好颔首沉默，久久不愿离去……因此，多少年了，我一直把洞箫的声音视为大彻大悟后的灵魂在低语。

洞箫，在中国已经有七千多年的历史了。有了这么一个漫长得让人眩晕的历史，我就感到，洞箫的声音，应该这么低回，应该这么清远。只有这样的声音，才能真正地穿透历史，俘获人心；只有这样的声音，才能陪衬黄河的九曲十八弯；也只有这样的声音，才能陪伴无数飘荡在中国大地上的欲叹还休的灵魂。

无论怎样聆听，洞箫的声音都是悲凉的、凄婉的，甚至有一种怆然出世，却又在佛俗两界的边缘凄然盘亘的感觉。

因此，就觉得这样的声音，是那些俯仰天地的文人在低吟，在泣诉。在漫长的历史中，有太多的文人流落异乡，他们头顶着寥落的星辰，独守着一弯瘦月，而围裹着他们生命的，大都是命运之秋的萧萧落木。这样的文人，我们随便扳着指头一数，就多得叫人吃惊。他们或许是穷困潦倒，或许是隐迹市井，或许是独行于天涯。在这样的时候，洞箫，就成了他们生命中怎么也挥之不去的一节愁肠。

可以想见，他们中有很多人报国无门，仕途无路，一腔的忧患与热血，只能化作满纸的狂草，一腔的牢骚。在命运多舛的时候，洞箫，又成了他们仰天长啸的喉咙。

但是，就是在这样的状况下，众多古代的文人，依然泪洒江河、声恸山川，依然在蓄势待发、整装候命，渴望为脚下的土地付出自己毕生的才情。可是，他们大都又不愿卑躬屈膝，不愿乞求，不愿在乱世中苟全一己的性命，他们宁可把一腔才情废于荒野、烂于沼泽、埋于泥土，也不会为了点滴的荣辱而出卖自己高傲的灵魂。在这样的孤傲中，洞箫，那竹节凸显的一管瘦竹，就成了他们人格与精神的象征。

因此，在流放之地，在贬居之处，在隐迹之所，夜阑更深时，他们独自在月下饮酒，在石上吹洞箫，面对着烟波浩渺的故国山河，把灵魂吹成飘然于山川大地间的绵绵音韵，甚至把自己的整个生命吹成一支啼血的洞箫。

洞箫声，是中国文人独有的清远而孤寂的心音。

这心音，异常缥缈，但它拨动灵魂的力量，不亚于绝世的雪崩，千年的海啸。

二

很多年了，一听到洞箫声，立即就会被它清远而低回的旋律所捕获，所牵引。尤其是在月色朦胧的江边，舒缓而沉郁的洞箫声弥漫在烟波浩渺的江面上，远远地静心聆听，那洞箫声，像是在招魂，又像是在远别，更多的时候就觉得，好像是在若有若无的禅道间排泄幽怨，倾诉郁闷。在如此的境界里，就不得不使人淡淡地伤感，幽幽地怀古。

历数历代的文人墨客，最值得我落笔的，是弘一大师李叔同。

屈原当然值得抒写，但屈原的人格着实让我怀疑，因为他一生最大的愿望就是忠君，就是如何成为皇权下的奴才。在无望成为奴才时，他居然还痛不欲生，投江自尽，以死来加重成为奴才的声音。辛弃疾也值得抒写，可是他的一生又与屈原极其相似，一心想着的就是归入到体制中去，在对皇权的依附中，实现自己的理想与抱负。而遭到体制一再地抛弃后，他就变得异常地悲愤，感到巨大的失落，于是，他便在无可奈何中把灵魂隐匿于幽寂。平心而论，辛弃疾对自己灵魂的隐匿，是十分不心甘的，是非常不情愿的。因为，后来朝廷抛给他一点点牙惠，他立即手舞足蹈，无比狂喜，一路快马向朝廷赶去。屈原和辛弃疾，就人格上来看，他们都没有把自己真正逼向自我，更没有完成人的终极意义和使命。与他们二人相类似的，还有很多很多。这是古代中国文化人的悲哀。十年寒窗，求的不是探求学问，而是如何挤进体制中去，并在那里获得一官半职、几块银子，然后成为驯服于朝廷的奴才和走狗。陶渊明算是“不为五斗米折腰”的文人了，但他的这种清高，依然是遭到体制排挤后的悲愤，绝不是他的本性。从大量事实来看，古代中国有很多文人一旦离开了体制或是被体制所抛弃，立即变得失魂落魄，犹如丧家之犬，在痛苦中醉生梦死，最后在无人知道的角落里郁郁而终。一为文人，如果把人生的理想只是定位在对朝廷和体制的依附上，这就注定埋下了悲剧的种子，待时机一成熟，这颗种子马上发芽，并迅速铺展成文人们悲剧人生的苍苍荒野。

与这样一些文人相比，李叔同的人生就十分纯粹。在他63年的人生历程中，从来就没有想过要去依附朝廷，从来就没有要进入到体制中去的打算，他一生都浸泡在文学艺术、音乐绘画和禅经佛学里面。他的学生丰子恺说：“弘一法师由翩翩公子一变而为留学生，又变而为教师，而为道人，四变而为和尚。每做一种人，都十分像样。”这就是李叔同一生的缩写，没有半个字涉及他人格的缺陷和进不进入到体制里去的行为。

因此，我以为，李叔同才是纯粹意义上的中国文人，更是一个纯粹的人，尽管他已被世人忽略了很久。

三

1880年10月23日，李叔同出生于天津一个富裕的家庭。他的父亲，在清同治四年（1865年）会试中进士，曾做官吏部。后来，他父亲退出了皇权体制，在天津经营盐业，成为一个很有文化修养与文人气节的商人。李叔同才五岁的时候，他的父亲就去世了。他有异母兄弟三人，长兄早年夭折，次兄名叫文熙，又名桐冈，字敬甫，是天津一个很有名气的中医。在三兄弟中，李叔同排行第三，小字为三郎。

李叔同在家乡读完私塾后，已经十八岁。在这一年，由他母亲包办，他结了婚。婚后，他与母亲举家迁往上海。

在上海，李叔同结识了大量文化人，比如袁希濂、许幻园等。而这时的袁希濂和许幻园在城南草堂组织了一个“城南文社”，众人每月会课一次。李叔同结识了这些人，随即加入了“城南文社”，并在那里得到深造。在这期间，许幻园十分欣赏李叔同的才华，特地请他移居其城南草堂，并专门腾出一间房子给他居住，而且，许幻园还亲自为这间屋子题了“李庐”二字赠给他。在城南草堂这间“李庐”里，李叔同一面勤奋读书，一面写作出《李庐印谱》《李庐诗钟》《二十自述诗》等著作。可惜的是，他的这些著作已经失传，只为我们留下几篇薄薄的序文，孤寂地躺在那里。许幻园的夫人宋梦仙写过一首诗来赞扬李叔同：“李也文名大似斗，等身著作脍炙人口。酒酣诗思涌如泉，直把杜陵呼小友。”从这首诗中，不难看出李叔同的才华与性格，他在诗中这样感叹道：“谁道销魂，尽是无凭据。离亭外，一帆风雨，只有人归去。”

在上海期间，李叔同与他同时代的文人们，经历了许多风起云涌的政治风波，诸如学生罢课、商业萧条、企业停工之类。这时候的李叔同，作为一个体制外的人，深感民风不振、世风日下、国运渺茫，他因此深深地悲叹道：“披发佯狂走。莽中原，暮鸦啼彻，几枝衰柳。破碎河山谁收拾？零落西风依旧。便惹得离人消瘦。行矣临流重太息，说相思，刻骨双红豆。愁黯黯，浓于酒。漾情不断淞波溜。恨年来絮飘萍泊，遮难回首。二十文章惊海内，毕竟空谈何有！听匣底苍龙狂吼。长夜凄风眠不得，度群生那惜心肝剖。是祖国，忍孤负？”李叔同作为一个体制外的人，发出如此深沉的悲叹，是没有被一己的功利思想左右的，完全出于本能意义上的爱国。李叔同的爱国情怀，与屈原被体制抛弃时所吼出的《离骚》与《天问》相比，完全是两条道上的声音。谁高谁低，一眼就能看得分明。

在这样的状态下，李叔同于1905年秋东渡日本，希望在那里获得艺术的陶冶与深造，丰满自己的人生。到了日本后的第二年，他考入东京美术学校，学习西洋油画，成为最先学习西洋绘画的少数几个中国人之一。他除了在东京学习西洋画外，又在音乐学校学习钢琴、作曲理论和研究新戏剧的演技。这期间，他与同学曾延年等人组建了中国历史上第一个话剧团，名字叫作“春柳社”。

在国内，“春柳社”共演出了两次。第一次公演是在1907年的春节期间，淮北遭遇水灾，为了赈济灾民，“春柳社”在赈灾游艺会公演法国小仲马的名剧《巴黎茶花女遗事》。在该剧中，李叔同亲自上阵，并饰演茶花女。这次演出，是中国人第一次演话剧，因此引起许多人的兴趣。第二次是在同年的六月，演的是《黑奴吁天录》。在这次演出中，李叔同依然是亲自上阵，在剧中扮演美国贵妇爱美柳夫人。李叔同的演技，得到日本戏剧家土肥春曙和伊原青青园的高度评价。其实，李叔同等人演外国话剧，它的价值取向和文化意义不在演出本身，而是为垄断中国舞台两千多年的儒家文化敲响丧钟，试图让国人的眼光与世界接轨，逃离儒外法里的吃人文化。

1901 年，在日本留学六年的李叔同，毕业后回国。在那个的时代，像李叔同这样的留洋学子，回国后，许多人一门心思想着的是怎样挤进体制里去，在那里谋取一个位置，夺得一杯残羹，但是，李叔同没有这样，他选择了教师这个职业，选择了一条清苦而寂寞的人生道路。在教师的岗位上，李叔同教授音乐和绘画，其间他写出了《近世欧洲文学之概观》《西洋乐器种类概况》《石膏模型用法》等文章，系统介绍西方文艺。他教过的学生有很多，有作为的也不少，如后来成名的丰子恺、刘质平，就是李叔同一手培养起来的。对于李叔同的学问与才华，丰子恺说："李先生不但能作曲，能作歌，又能作画、作文、吟诗、填词、写字、治金石、演剧，他对于艺术，差不多全般皆能。"对于李叔同的为师，据他的好友夏丏尊先生说："他做教师，有人格作背景，好比佛菩萨的有'后光'。所以他从不威胁学生，而学生见他自生敬畏；从不严责学生，而学生自会用功。他是实行人格感化的一位大教育家。"针对这一点，丰子恺说："自有学校以来，自有教师以来，未有盛于李先生者也。"对于他的日常生活，李叔同的学生回忆道："穿一身布衣：灰色云章布袍子，黑布马褂，然而因他是美术家，衣服的形式很称身，色彩很调和，所以虽然布衣草裳，还是风度翩然。"而著名教育家黄炎培在 1914 年 5 月到杭州师范参观时，就这样评价说：

“其专修科的成绩范视前两江师范专修科为尤高。主其事者为吾友美术专家李君叔同也。”从这些评述中不难看出，李叔同不仅做人认真，做学问认真，就是当一个没有多少社会地位可言的老师，他依然是非常认真的。他并没有因为自身地位的卑下而得过且过，更没有因为自己是体制外的人士而有什么失落与悲愤。相反的是，他用手中的黑板刷子，一点一点地刷去屈原似的悲哀和辛弃疾似的愤怒。他用手中的教鞭，一次次向自己的学生指出新文化和新艺术的方向。在这样的人生观下，李叔同就彻底进入了文人的心灵世界，真正丰满了自己的人格。因此，他就成为“实行人格感化的一位大教育家”了，成了一个人。

除了教书育人外，李叔同还做过报纸副刊的主编，其间又组织金石篆刻研究会，并出任“乐石社”的社长，与一群志同道合的人研究金石篆刻。虽然李叔同的兴趣与追求的东西有很多，但是，这一切都没有离开文化，没有离开他发自心灵深处的自由和所爱。

李叔同这一系列爱好和追求，是本能的，完全不像中国历史上的大量文人，因为被体制抛弃了才转向文学与艺术，而且，这些文人在文学艺术里，发出的又多半是忠君的思想，是穷途末路时哀婉的呻吟。在中国文化史中，李叔同本能的文化追求，与那些人相比，就不知要高贵和伟大多少倍。

四

1918年旧历七月十三日，李叔同结束了学校的教务工作，到虎跑定慧寺披剃出家，师从了悟和尚。他的正式名为演音，法号为弘一。

其实，李叔同不出家，继续当他的老师，做他的学问，是没有什么问题的。但是，他毅然放下了这一切，静静地皈依了佛门。李叔同的出家，在当时震惊了整个文化艺术界，人们在发出惊讶的同时，深深地为他和他的才华惋惜。时至今日，依然有很多人对他的出家不理解，甚至有人认为他是疯子。

从1918年到2004年，在这漫长的八十余年中，人们对于李叔同的出家，给予了各种各样的猜测。有的说他不得志，有的说他受到打击，有的说他性格孤僻，还有的说他仕途不济，等等，不一而足。前不久，我读了国内一位著名理论家分析李叔同出家的原因后所得出的结论，大为吃惊。他的结论说："一个人在个人奋斗的鼎盛期突然收下风帆，或许更能体现他的生命的辉煌。"无可置疑的是，这位理论大家的结论实在是太幼稚了，他用当下歌迷们评论那些歌星的语言来评论弘一法师。如果是普通人这样说说，还勉强可以理解，让人不能接受的是，这样的市井言论居然出于一个理论家的口中，而且说得那么轻描淡写。这样的评论，是中国思想界莫大的耻辱。

在众多的分析和言论中，我比较倾向于丰子恺，他说："为什么入学校？为了欲得教养。为什么欲得教养？为了要做事业。为什么要做事业？为了满足你的人生欲望。再问下去，为什么要满足你的人生欲望？你想了一想，一时找不到根据，而难于答复。你再想一想，就会感到疑惑与虚空。你三想的时候，也许会感到苦闷与悲哀。这时候你就要请教'哲学'，和他的老兄

‘宗教’。这时候你才相信真正的佛教高于一切。所以李先生的放弃教育与艺术而修佛法，好比出于幽谷，迁于乔木，不是可惜的，正是可庆的。”

丰子恺的分析与推论，应该说已经具有相当的说服力了，但是，在我看来，他依然没有看透彻。虽然他是李叔同的学生，在李叔同出家这个问题上，丰子恺这种字面上的推论，还是没有触及本质。

我以为，李叔同出家，是到佛法中去寻找自己。在几十年的红尘生涯中，他感到自己迷失得太多，活得越来越不是自己了。因此，他在《月夜》一诗中感叹道：“声相酬应，是孤雁寒砧并，想此时此际，幽人应独醒，倚栏风冷。”正是渴望“幽人应独醒”，他才四处寻找着这种“独醒”。于是，他在他的诗歌、音乐和绘画中苦苦寻找，但是，到头来，他依然没有找到，因此他再次在诗歌《月》中哀叹：“瞰下界扰扰，尘欲迷中道。”在一再无望的寻找中，他对尘世失去了寻找的激情和梦想，就一步步走向了佛门。这样的举动，俗人们自然是不理解的。不理解倒也罢了，真正让人悲哀的是，有无数人对于他的出家，大肆嘲讽。

李叔同皈依佛门，只是为了去寻找自己而获得的一种形式和载体，他的真正目的，是在佛法里看看自己究竟是怎样的一个人，看看自己的人生轨迹究竟还有哪些地方需要修正，看看自己的人格到底还有哪些方面需要完善。他不是去学宗教，不是去搞迷信，也不是去弄哲学，更不是去避难，而是在《四分律》的经文中，一次次印证自己灵魂的真实性。因此，从 1921

年3月开始，他在温州庆福寺闭关隐居，历时四载，从事《四分律比丘戒相表记》著作的写作。在他的晚年，他又完成了《南山律在家备览略篇》一书。这两部著作的完成，不仅使他成为一代大法师，更重要的是，他的整个生命得到了回归与升华。正如他在《清凉歌》一诗中所咏："清水一渠，涤荡诸污秽。"

两千多年来，中国人严重缺乏的自我"涤荡诸污秽"的精神，我终于在李叔同先生这里找到了。

有人曾经这样说："凡是受过良好教育的人，都羞于承认自己对文学、经济、科技一无所知，却会为自己对宗教信仰一窍不通而骄傲，再没有一件事情比这个更让我们感到困惑的了。"照此看来，李叔同出家，绝不是急流勇退，而是在人生的道路上更加精进，更深一层地逼近灵魂的真实。

五

1942年10月13日，距六十三岁的生日还有十天，就在这一天，李叔同走完了他的人生道路，圆寂于福建泉州不二祠温陵养老院。在弥留之际，他给人间留下的最后话语，是这样的："君子之交，其淡如水，执象而求，咫尺千里。问余何适，廓而亡言，华枝春满，天晴月圆。"的确，"华枝春满，天晴月圆"，这就是他做了一辈子人最终的禅悟，也是他一生不息的追求。现在，他实现了，可以安详地闭上眼睛，去到另一个世界。

在李叔同弥留的时候，他留给这个世界最后的字，是四个苍劲的大字："悲喜交集"。是的，悲喜交集，这是四个沉甸甸的字，它囊括了两千多年的历史风云，更总结出了所有人的一生。在这个世界，没有谁永远在悲，也没有谁永远在喜，唯有悲喜交集才能走完或高贵或卑贱的一生。这四个字，我不知道李叔同思量了多久才得出，也许这是他看尽了天下人和事后的总结，又也许是他临终前的猛然顿悟。

据说，在他圆寂那天，天空中回荡着洞箫的声音，袅袅渺渺，似乎是缭绕在云端，又似乎是回旋于山水间。还据说，那洞箫吹奏的曲子，正是他的《送别》——“长亭外，古道边，芳草碧连天。晚风拂柳笛声残，夕阳山外山。天之涯，地之角，知交半零落。一壶浊酒尽余欢，今宵别梦寒。”

当然，这样的“据说”是没有依据的。但是，我宁可去相信，也不愿抹去那淡淡伤感的旋律。因为我确信，李叔同的一生，就是一管竹节凸显的洞箫，他给我们留下的人格魅力和精神财富，就是飘然于大地间的箫声。

大地的收藏

古　镇

一

很多年来，心中一直密藏着一幅《古镇图》。那是一幅绘于一把老式折扇上的工笔画。扇质很差，画艺却异常精妙。扇子折拢的时候，在折梗上有一些花花绿绿的被压扁了的色彩，然而，当把折扇“唰”地打开，眼前一亮的，是一座古镇的全景图：这是一个民风淳朴、建筑精雅的小镇。在小镇的制高点上，高耸着一座白塔，它十分坚贞地投注给古镇以千年慈祥的目光；在古镇的边上，有一株巨大的榕树，它的浓荫，庇荫着大半个古镇的建筑和岁岁年年；一条小溪，穿镇而过，桥上走着一溜披红挂绿的青春妹妹，她们的神态和表情，叽叽喳喳，蹦蹦跳跳，猜想是正齐声哼着一首如小镇一样古老的民谣；而桥下的船儿，进进出出，把古镇不大的码头，渲染成如一幅哄传百年的《清明上河图》；河边，妇人们在埋头浣衣；岸上，稚儿们在游戏，还有一群雏鸡在母鸡的后面扇动着翅膀……

很多年过去了，这小镇一直是我梦中的地方，尤其在今天，觉得更应该是终老的所在，是肉体与灵魂得双重静养的人生后园，是归结梦想与渴念、劳顿与奔波的小小世界。

时常，我也觉得奇怪：正值壮年，为什么就有归隐的意愿？为什么就有如此苍老的心态？应该说，眼前的路还很长，为什么就像老夫子似的寻找着终老之处了呢？苏东坡倒是拿得起放得下，他在词中公开声称：“此心安处是吾乡。”那么，怎样的地方才是我的“心安处”呢？什么样的处所才算是“吾乡”？

平心而论，在人生的壮年有归隐之心，无论有怎样的理由，都是一种消极的生命形态。是的，归隐是退缩的别名，是厌世的佐证，是宦迹的收敛。这样的心态，或多或少都流露出一种牢骚。有牢骚的归隐，总是不太诚恳、不太自愿或不太心甘的。这样的归隐，总有一种“东山再起”和“以屈求伸”的意思。因此，在很大程度上，这样的归隐，就成了一种等待，等待时来运转时的生命的腾跃。那么，折扇上的古镇，对我的深深诱惑，是不是也起于这样一种心态呢？如果是，这是我始料未及的。因为，对我来说，既无宦债压身，也无呼天之苦；既不会饱食终日，也不会庸庸碌碌，完全是目前中国平民的常态和样子。

折扇上古镇的诱惑，仔细想来，完全是出于一种自然纯朴之美的牵引。这样的美，我想或多或少对当代中国人来说都是一种诱惑，都会成为人人心中至少是想去小住几日的地方。因此，我相信：我对古镇的向往，没有超出中国人的普遍心态，纵然是超出了，也绝不会离谱太远。

二

意料中的是，现实中根本没有折扇所画的古镇。美术化了的古镇，毕竟是集无数古镇之长于一身，毕竟是画家笔下一种抽象和理想化了的美。要寻找这样的古镇，无异于痴人寻梦。

中国的古镇实在是太多，尤其是在江南，用“星罗棋布”这个词，一点都不过分。古镇之古，有的可以追溯到皇帝时代，但这样的古镇，不是已扩展为大城市了，就是衰落成了一片废墟，不再有一成不变的遗风；废墟了的古镇，已将千年的纯朴与悠闲，碎成了一地的瓦砾、凄凄的衰草和那盘旋不绝的点点寒鸦。

在成都东门外三十多公里，有一古镇叫黄龙，它的历史同成都一样悠久。两千三百多年后，成都已高楼林立、街道宽阔了，而黄龙依然如两千多年前的黄龙。从成都到黄龙，原来是有一条流水清幽的河流的，但由于多年失掏，这条河几近断流。近年成都人疏通了这条河，人们又能得以从成都乘船去黄龙古镇。如果是去寻古觅幽，就不可以乘车，而应该坐船，让一河的清波载着你，闲情漫漫地缓缓摇去。

到了黄龙，你便会觉得，从现代一下子掉进了遥远的古代。短暂的不适应，会让人有一种晕乎乎的感觉，晕乎于它过分漫长的历史，也晕乎于它一街的古风古韵。这种晕乎不会太久，因为我们毕竟是中国人。

其实，把黄龙称为镇，显然是把称谓弄大了，因为，它只有一条沿河岸而筑的弯弯的小街。甚至把它称为街都把称谓搞大了，因为，它那一抬腿就过街的宽度，完全只是一条小巷。来到这里，就完全理解了戴望舒吟咏过的窄窄的《雨巷》了。

古镇的两头，北端有一小寺，可听晨钟暮鼓；南端有一露天的戏园子，夜来可听曲观戏。就凭着这一头一尾的建筑，立即感到黄龙古镇的品位不低。这是一个非常袖珍的小寺，整个格局与风格，完全与小镇融为了一体。小寺虽小，香火却格外地旺盛，香客多为镇上居民和附近的村民，他们来进香的目的，多为祈祝平安和幸福之类。尤其是近些年，每至初一和十五，小寺的朝拜者就日益增多，缭绕的香烟，将小寺迷幻在一片青紫色的雾霭之中，大有一种“紫气东来”的味道。寺小，菩萨却大；寺陋，诸佛却贵。小镇南端的露天戏园子里，有两株大树，一株是千年银杏，一株是如巨伞的古榕。两株大树巍然对峙，交错覆盖，将这个露天戏园子遮去了大半。戏台的设计也别出心裁，从外面看，它像一个高大的牌坊；走在下面，它是一截走廊；进去后，回首来看，它却是一个十分雅致的戏台。戏台不大，却演尽了人间悲喜和历史风云。在幕启幕闭之间，上下五千年被折腾得翻云覆雨，如泣如诉，迷迷茫茫，这戏园子是古镇的文化中心，有了它，小镇就没有寂寞，也不会空虚。原以为有戏台的地方，必有大户人家，可黄龙实在太小，所有的大户人家都混迹于成都，偶尔到这里来，也是出于一种郊游。因此，这戏台，就完全属于平民百姓，台下那黑压压的观众，除了平民，还是平民。这样一来，戏班子都准点开演，完全不必为等某位富豪和仕宦而一再延时。看戏的人们，也就随心所欲，不会看谁的脸色鼓掌，也不会为让某位人物而退避在角落处或遭人奚落。古镇的平等和平等的古镇，在这个露天戏园子里，展示得让人动情。

走在古镇上，整个人从内到外是一次彻底的放松。一条弯弯的小街，足有两里路长，门户挨着门户，完全一模一样，不同的只是门牌号。街面上铺着的青石板，清幽幽的光亮，平实实的雅致；街边上的廊柱，整齐地支撑着房檐。房顶上是青色的瓦，若是从高处俯瞰，青瓦整齐得像是被谁经常整理着的一样。每户人家都有两道门，一道是正门，面朝着街面；另一道是后门，通向后园。从正门进去，大小一致的四间房纵向排列，来到最里的一间，忽有一木梯在默默地等你登楼。楼是木地板的，踩上去便咯吱咯吱轻响，且闪悠悠地让人觉着木楼的舒适与安逸。走了一户人家，就等于走完了镇上所有人家，因为，房屋的格局全部没有二样。徜徉于街头，就觉得当初的营建者考虑得十分周到：整体的规划，统一的风格，完善的布局，不仅满足了视觉上的审美，而且展示了营建者平等的情怀和贫富一致的思想。小镇很老了，它最初的建造者已无从考证，但小镇的人们却始终恪守着最初的营建宗旨，再拥挤的人家也不会乱搭乱建，即便是另建新房，也完全不会别出心裁，弄出些不伦不类的模样。小镇建筑的整体风格美，成了小镇人自觉维护的一种生存形态。

这儿出奇地宁静。狭窄的街道连最微型的汽车也过不了，因而小镇就避免了汽车声的惊扰；街后的小河，水浅而缓慢，也就没有汽笛声声和千堆雪的阵阵涛鸣。若是投宿这里，在临河的木楼上，能隐隐听到的，只有夜航船那轻轻的摇橹声，由远而近，又由近而远，而这橹声又恰到好处地衬托出了古镇之夜永远的宁静。这时候，阵阵隐约的鹧鸪声似从唐诗宋词里悠远地传来，把小镇西头的古榕树，啼叫得慈祥而安然。

这古镇的人们是讲究礼仪的，民风是淳朴的，生活是恬淡的。一条小街，两千多年了，依然是没有谁下指令，总被人们自觉地打扫得异常干净，干净得让人感到有点儿失真。谁家有了病人，不出十分钟，整个小镇就都知道了，于是，出主意想办法筹款项的人，立刻挤满一屋子。谁家要娶媳妇了，不发请柬，全镇的人都会去贺喜，而且三天无老少，想开什么玩笑，就开什么玩笑，谁也不会生气，谁也不会计较。最让人感动的是喝喜酒，几十张桌子沿街心一溜排开去，从街头到街尾，新郎新娘就挨个敬酒，整个古镇就在这喜酒中微醉得喜气洋洋，畅饮得不亦乐乎。而最累的要算跑堂上菜的人了，从街头到街尾，不停地跑着。由于街窄，上菜的人一律靠右行，回来取菜的人就一律靠左行，他们忙得很情愿，很投入，也很尽职。

走进这古镇，就等于走进了淳朴，走进了悠闲，走进了无猜，当然也就走进了人生的大平实和大祥和。面对这古镇，只怨自己不会丹青，否则，我肯定会在扇面上画下这一切的。

三

川西的古镇有很多，但在天底下有头有脸的人物却出得很少。然而，不出便罢，一出就惊世骇俗。比如：在江油出了个李白，在眉州出了个苏东坡，在沙弯出了个郭沫若，在益州出了个巴金……但是，时至今日，这些出过文化名人的地方，早已城市化了，小镇的格局、小镇的风貌和小镇的古韵，早已荡然无存，穿行其间，对于迷恋着古风古韵的我来说，就感到了深深的寂寞。

时常觉得，修建，总是意味着一定程度的破坏；现代建筑又总是对古典小镇的否定。在那些城市化的小镇中，已经没有了秦砖汉瓦似的古典，我们再也看不到雕刻精美的小桥了，再也看不到窗棂间吉祥花卉的图案和传说中的人物与场面了。川西呵川西，在现代化的进程中，你究竟获得了什么？又到底损坏和失去了一些什么呵？

现在，在川西平原，保存得最完好的，只有黄龙古镇了。大邑安仁镇的刘文彩庄园，也保存得相当完好，但那毕竟是被官方作为文物和教育基地而存在的，而对于黄龙古镇的保存，就没有半点官方的旨意，完全是民间的一种自觉行为。民间的自觉保护行为，应该说是最真诚的，是发自内心的。对于黄龙古镇的保存，付出最多的应是镇上的居民：小小居宅，拥挤着几代人，没有宽敞明亮，没有富丽堂皇……可以想见，为了保存古镇的原貌，小镇的居民们做了多少代人的努力，而这种努力又得不到任何回报与补偿，因此，这种保存就成了天长地久的坚韧付出，就成了遥遥无期的自我利益的牺牲。这种现象很值得认真研究，也值得重重地书写。另外，小镇居民自觉维护的不仅仅是古镇建筑，还有遗传百代的淳朴的民风、闲适的生活和浓厚的礼仪。

前些日子，有开发商要出巨资购买黄龙古镇的地皮，并声言要重建黄龙古风。这一要求，不由分说，立即遭到全镇老少的一致反对，后经政府调解，黄龙古镇又一次被保留下来了。

听到这一消息，让我感动了好些日子。为此，我深深地感谢和祝福古镇上的居民们。

然而，毕竟有人开始打黄龙古镇的主意了，那么，它还能存在多久呢？那上百代人的坚贞护卫，会不会因一时的冲动而毁于一旦？在川西，在中国，这样的古镇已被肢解得太多，以至于电影厂都不得不靠搭景来制作影片。

安仁镇的地主庄园是没有人能占用的，它属于文物，属于政治和育人的需要，而黄龙古镇，就实在难说了。

如果实在是避不开现代的步伐，如果真的是无力抵抗现代的诱惑，我建议，最好是傍着黄龙古镇另起炉灶，新建一个现代镇邑。这样，就可以让拥塞在都市喧嚣间的落寞与乡愁，能有一个文化意义上的停泊与消散，甚至可以给现代人以文化内涵上的生命腾跃。

否则，就真的是“日暮乡关何处是？烟波江上使人愁”了。

卢沟晓月

在中国，有十大著名古桥。无论是在什么版本的史料中，北京丰台的卢沟桥在这十座古桥中都是排在第一的。排在卢沟桥之后的名桥分别是：潮州的广济桥、扬州的五亭桥、赵县的赵州桥、晋江的安平桥、太原的十字桥、浔江河上的风雨桥、泸定县的铁索桥、东陵的五音桥、颐和园的玉带桥。

大凡了解中国近现代史的人都知道，卢沟桥的作用和意义是其余九大名桥都难以相比的。卢沟桥，不仅是燕京八景之一，不仅是古代进出北京最重要的通道，不仅建筑与造型至伟至美，更在于这座桥在“七七事变”中拉开了中国人民抗击日本法西斯战争的序幕，在于它迎来了中华民族从屈辱和蹂躏走向独立与繁盛的曙光。正如一副吟咏卢沟桥的对联所写：“昔时民族危亡，枪响卢沟，八年驱梦魇，月圆狮醒；今日国家安泰，河清永定，百里赏秋光，花好龙腾。”甚至连马可·波罗也曾这样赞美过卢沟桥，那“是一座美丽的石桥，各处桥梁之美，鲜有及之者”。因此，人们要把卢沟桥排在中国十大著名古桥之首，它实在是当之无愧。

在北京，自明清以来，有十大赏月胜地，而卢沟晓月的胜景仅被排在月坛之后。月坛是明清两朝帝王在每年秋分亥时祭祀月神的圣地，把月坛排在第一位是理所当然的。除此之外，颐和园、圆明园、景山等皇家的赏月胜地却都排在了卢沟晓月之后。

我们知道，与上述几个皇家园林的赏月胜地相比，卢沟晓月是彻头彻尾的民间赏月之地。那么，一个民间烟火味十足的赏月之地为什么就排在了那几个享誉天下的皇家园林之前了？原因很简单，一是金朝皇帝金章宗十分赞赏此处，将其封为“卢沟晓月”并被列为“燕京八景”之一；二是乾隆皇帝不仅为卢沟桥写过诗，还题写了“卢沟晓月”并立碑于桥头；三是这里自古是进出京城的主要通道；四是她意境邈远，由远山、近水、晓月、古桥、亭台、拂柳、繁花等，构成了一幅壮阔、高远、空灵，只有在中国水墨画里才有的绝美画卷，因此便有文人撰写了这样的嘉联：“赏卢沟晓月，月泻银辉，忆几番石鼓铭文、宛城遗梦；叹永定清溪，溪流春色，观不尽京畿胜景、园博韶光”；五是她背靠宛平古城，面朝九州大地，以一种“过桥便是天涯路”的人生况味触动过无数代人的心灵。更重要的是，在八百多年的历史中，从这个桥上走进京都或离开京都的人，可谓是不计其数。他们或是进京赶考，或是进京上任，或是进京朝贡，无论是什么原因，这座桥都记录下了他们铿锵的步伐、喜悦的面影。那些离开京都的人，或是离京赴任，或是被贬回家，或是辞官归田，或是奔赴商旅，这座桥都留住了他们人生的脚印、远去的背影。这样一个交织着多层次、多维度人生况味的地方，成了无数人心中不可替代的命运节点和难以抹去的人生印记。因此，老北京的人们要把卢沟晓月名列在颐和园、圆明园等皇家赏月胜地的前面，就是至情至理的了。

卢沟晓月，顾名思义，是卢沟桥拂晓时分的月亮，也就是五更天的月亮。卢沟桥一带，地势宏阔，永定河从远处奔流而来，又从桥下流向远方，每到中秋的夜晚，天空、原野、远山在明月的映衬下，犹如水墨，宛若梦境，叫人流连忘返。著名作家王统照先生曾有过这样的描述："上浮青天，下嵌白石的巨桥。京城的雉堞若隐若现，西山的云翳似近似远，大野无边，黄流激奔……这样光，这样色彩，这样地点与建筑，不管是料峭的春晨，凄冷的秋晓，景物虽然随时有变，但若无雨雪的降临，每月末五更头的月亮，白石桥，大野，黄流，总可凑成一幅佳画，渲染飘浮于旅行者的心灵深处，生发出多少反射的美感。"在中秋之夜的拂晓时分，一轮浑圆的晓月已移到了西天，悬挂在若隐若现的卢师山上，抬头望月，这时的月与桥的距离却是更近的感觉；晓月要比初升之月和中天之月都要明亮许多，诗意许多。因此，多少个世纪以来，在每年中秋夜的拂晓时分，卢沟桥畔总会有许许多多人或三五成群，或扶老携幼，翘首赏月，在心底吟咏着这样的诗句：

河桥残月晓苍苍，照见卢沟野水黄。
树入平郊分淡霭，天空断岸露微光。
北趋禁阙神京近，南去征车客路长。
多少行人此来往，马蹄踏尽五更霜。

——明·邹缉《卢沟晓月》

在卢沟桥畔赏晓月，最能勾起人的思古情怀。卢沟桥距离京城三十余里，古时候那些离京远去的人们，中午在京城的酒楼与友人吃毕送行酒后，走到宛平古镇已是日暮时分，于是他们就只好投宿在宛平客栈，待次日拂晓再启程赶路。次日五更，鸡鸣三遍，赶路的人们急急忙忙收拾完毕，穿过宛平城楼，走到卢沟桥头，此时东方的天际已曙光微明，头顶的穹庐黛色如洗，脚下的大地薄雾萦绕，明月也已西斜，正悬挂在如梦似幻的卢师山之巅，回照的月光，让满地铺满银光，给古桥注满霜辉。在望尽悬挂西天的晓月后，再回首看看京城若隐若现的雉堞，面对此情此景，置身此月此桥，远行的人们一定是百感交集，一定诗思如泉涌。多少个世纪了，不知道在这里止步望月后又迈步过桥的都是一些什么人，不知道那些人将要去到哪里，可以肯定的是，他们都明白，走过卢沟桥就是茫茫天涯路了，这条路会将他们带向命运的远方，他们的人生会因走过这座桥而进入另一片天地。此一去，也许这一生再也没有进京的可能，也许余下的生命都会在异乡度过，曾经的庙堂之梦，曾经的一腔豪情，从此将在山山水水间慢慢老去。当岁月把他们逼向老景，独坐于老屋下，闭着眼睛，一一检视自己走过的一生，卢沟晓月，就成了他们一生中无法挥去的情结。这个情结，有些怅然，有些迷惘，甚至可能还有些荒凉。此时此刻，遥想古人心境，可谓是："往事悠悠，永定河边千古月；秋风瑟瑟，卢沟桥下半船歌。"

依着卢沟桥的栏杆，扶着桥柱上的石狮，遥望西移的晓月，还会陡然间唤起诸多家国情怀。晓月也已向西，旭日还未东升，朦胧中的山川大地更显寥廓，更显苍茫。西天的那轮晓月，照过古人又照今人，照过远古又照现代，此时此刻，在月明星稀的天空里，唯有她在独步天庭。那么多年了，她在天上究竟都看见了什么，听见了什么，感受到了什么？依着的桥栏，虽已有八百多年了，与卢师山巅的晓月相比，不过还是个婴孩。这个婴孩有过盛世时光，也被拖进过清朝妄自尊大的藩篱。在那个危机的夜晚，晓月没有告诉这个小小的婴孩，那个鬼子到底是不是在宛平城里，没有提醒他这是鬼子们的虎狼之谋，没有提醒他一场燃遍中华的战火就要拉开序幕。在那一夜，卢沟晓月用沉默目睹了一场旷世的杀戮，用清辉照彻了一场誓死的阻击，用弯刀一样的弯月映衬着千百把砍向敌人的大刀。在枪炮声之外，在血与火之上，她已斜向西天，将桥上的杀戮、城里的抢掠、村中的涂炭，通报给了东方冉冉升起的旭日。在那一夜，整个中国都无心再赏月，人们把千古月事全都封存在了李白的诗里。从那一夜始，整个中国都举着弯月一样的大刀，向鬼子们的头颅砍去。从那一夜起，卢沟晓月用了整整八年时光向世界诵读着这样的诗句，“一座名桥昭国史，千秋皓月照卢沟”。从那一夜起，晓月也好，初月也罢，她都用亘古不变的阴晴圆缺，每日每夜无言地向天下呈现着关于中国的故事。卢沟晓月，晓月卢沟，因那一夜的枪炮声，成了灾难中国的血色入口，更成了不屈中华的铿锵起点。

此时此刻，因西斜，她成了晓月；因熹微，她成了晓月；因卢沟桥的雄鸡啼鸣，她就这样成了有很多故事的晓月了啊！远处的卢师山脉很淡很淡，淡如一抹云烟，淡如几层薄雾，而西天的晓月却异常分明，异常明亮。她回照着卢沟桥，回望着永定河，而我在桥上，在她柔媚的银光里举头望她。她很安详，是享受着和平与和谐的那种安详；她还很圆满，是满足于家国祥瑞的那种圆满。桥下的永定河不再干涸，它碧波荡漾，流淌的河水把卢沟晓月的安详与圆满之光带向远方。再过一个时辰，我也将带着卢沟晓月的安详与圆满走过这座英雄的桥，桥的那边，依然是茫茫天涯路，依然是雄关漫道。我知道，在天涯的尽头，她不再叫卢沟晓月，她叫天涯月了。是的啊，在这里，是卢师山脉，是永定河水，是卢沟古桥，是宛平古城，是燕京大地，是京都文化成全了她，赋予了她晓月的千古美名。因此，剥离了卢沟胜景，她不再是卢沟晓月，人们在这里赏月，说到底是欣赏卢沟大地的壮美，是欣赏永定河水的婉约，更是欣赏卢沟桥上一道道深深的辙印，是借着月光解读辙印里隐含着的人生况味、岁月遗存。

然而，从 1937 年 7 月 7 日那一夜起，这轮晓月就不仅仅是卢沟桥的了，她成了全体中国人的民族符号，成了九州大地共同的记忆。她弯月时，是一把中华民族横空的大刀；她圆月时，是一面华夏子孙映鉴古今的明镜。从那一夜开始，无论我们走到哪里，身处何处，只要举头望月，就会想起那个侵略与反侵略的血腥夜晚，只要天上还有月亮，就会记起那场杀戮与反杀戮的正义战争。卢沟赏月，赏月卢沟，望见的不仅仅是月泄银辉、宛城遗梦，更有京畿胜景、家国韶光。

忆往昔，一桥何壮，惊虹卧卢沟，两列石狮言美妙；看今朝，孤月正明，霜露铺大地，千家好梦话团圆。

月照江村

一

天下称得上江村的地方，实在不多。

在我看来，能叫作江村的，必须具备这样几个条件：一是村里村外沟渠纵横、小舟穿梭、碧波荡漾；二是所有民居都古朴典雅、闲适淡定，其间不时点缀一两处园子，而这园子又是那样幽深，一脚踏进去后才发现它原是那么宏阔，那么精致，在柳暗花明中潜藏着那么些楼台亭阁；三是在纵横交错的沟渠上，随处横卧有石桥，石桥已经斑驳，桥栏上的纹饰图案在绿苔的掩映下，隐约讲述着古今典故和民间传说。

要寻觅这样的江村，当然只有去江南水乡，那里的村镇就具备这些特点。比如同里，在它纵横着的沟渠两侧，民居古朴，园林静雅，街衢恬淡。

然而，去同里的最佳时机，又应是中秋。尤其在中秋之夜，五湖同映一轮婵娟，三桥共揽满河月色，那种明净、清澈，那种天地一色的通透与清爽，实在算是千古一绝。

去年的中秋，我正在苏州，但苏州的中秋节过于拥塞，过于喧闹，于是在朋友的建议和带领下，我们就去了同里。

从汽车里钻出来后，抬眼望去，直扑眼帘的是两个静雅的字：江村。

二

说同里是江村，一点没有贬义。因为，在习惯上人们都称它为古镇。按照传统的建制，镇当然比村大，但从诗美的层面来看，江村所呈现的诗境和诗趣，远比镇邑优雅得多。所以，在我的心里，同里不是镇，是江村，而且直通诗心。

我们雇了一条船，沿着小河，在江村里绕来绕去。此时天色已晚，一轮皓月高悬九天。船头犁开一河月色，月色银闪闪地从船舷两侧散开，在船尾处又被拖出无数条银闪闪的碎痕，渐渐地，淡了，远了，然后就恢复了宁静。

岸上的民居，最老的据说已近千年，年轻一点的已有百年的岁月。在月色中欣赏这些古典民居，实在是诗意斐然：所有的房檐都勾勒着月光，所有的檐翘都挑着圆月，无论你从哪个角度看，它们都是那样古典，古典得完全可以入画，入诗，入歌。小河两边，老人们三三两两坐在岸上闲聊，见我们的船儿过来，他们友善地冲我们笑笑，笑过之后又继续着他们的闲聊。偶尔有一两对情侣，手牵手在河边漫步，在月光的笼罩下，他们的爱显得格外温情，格外浪漫。

虽然是中秋节，但这里的节日气氛并不浓厚，人们该干啥的，照样在干啥，似乎不知道这天是中秋节似的。对此，我很纳闷，在成都，离中秋节还有好些天，家家户户就开始张罗着买这买那，就连最不讲究的人家，也要买上几块月饼，称上一两斤水果，在中秋之夜烘托一下赏月气氛。但在这里，随着船儿缓缓前行，我一路都在观察，就没怎么看见人们对于节日的张罗和赏月的激动。照常理，这实在是不应该的，因为这里的人文气息如此浓厚，古典之美如此普及，无论如何也得张罗出一个像样的中秋。经过仔细打量，我才发现，这里的人们如此淡然中秋，在于他们已经被古典浸润得习以为常，不会特别在意，也不会抛诸脑后。

有这样的心态，只有在生命中充满了大古大美的族群，才会有如此表现。假如他们面对一个中秋而表现出一惊一诧，那就不是同里，就不是小河缠绕着的古雅江村。

这里的石桥很多，样式也是千姿百态，最让人倾心的，是拱桥。这些拱桥，在月光的映照下，朦朦胧胧又迷迷离离，淡淡的桥影投射在河面，随着波动的涟漪，晃来晃去，十分优美，十分柔曼。

在同里，最著名的桥有三座，它们分别是太平桥、吉利桥和长庆桥。这三座桥各有特色，呈“品”字形架设于三条小河的交汇处。由于有了小河，这江村就平添几多柔媚；由于有了石桥，这江村又增加不少浪漫情调。最有意思的是，同里人喜欢“走三桥”。每逢婚嫁喜庆，他们会结队绕行这三座桥，来到桥上，他们要悠长地念一声“太平、吉利、长庆”！据说，凡老人过大寿，也要去“走三桥”，目的自是图个吉利。在这里，流传着这样的顺口溜："走过太平桥，一年四季身体好；走过吉利桥，生意兴隆步步高"；看来，在同里，人们已经把横跨小河的石桥作为一种幸福的象征，寄托着对美好事物的殷殷祈盼。

此刻，我们的船行到普安桥边，抬头望见一副对联，上联是"一泓月色含规影"——写得真好，暗合了我们此刻的心境。下联为"两岸书声接榜歌"——写得很浩荡，也很儒雅。据说，同里这地方盛产两样东西，一是古典建筑，二是进士。

据同行的朋友说，在同里这小江村，从宋至清末，先后出了一名状元，四十二名进士，九十三个文武举人。这些数字，对于一个省而言，不足为奇，但对于一个小小的江村来说，那就不得不使人惊愕了。这究竟是一方怎样的土地，居然出了那么多学子，那么多才俊？难怪普安桥畔的对联要这样写了："两岸书声接榜歌"。可以想见，在当年，江村的两岸，夜夜都回荡着朗朗的读书声，而那此起彼伏的读书声连接着的，是揭榜时的欢歌与笑语。也许正是因为在几百年间出了那么多人才，同里才成其为同里？又也许是因为同里的风物优雅了千年，这才出了那么多的状元和进士？

在这里，人与物，景与人，已经黏合得难以分割，其实，一旦分割开了，那就不是同里了。同里存在的意义，不仅在于小桥流水，还在于升华于小桥流水上的人文气息和华彩的生命。

天上的圆月，似乎更圆了，一百多年前，这秋月照过一拨拨才俊的苦读与欢颜；今夜，它照耀着我，任我在同里的水巷里悠悠然荡舟。

三

坐了大约一个半小时的船，我们上岸。

上岸后，踏着石板路上水淋淋的月光，那种感觉，简直犹如神仙。于是猜想，当年村里的学子们，在赶考的前夜，一定在这泻满月光的石板路上，伴着抑扬顿挫的声声诵读，来回踱着步。最终，他们一个个走出了村子，走向了一个宏大的人生舞台。

同里，有我梦中的江村所具备的一切气韵，这正如一副对联所云："浅渚波光云影，小桥流水江村"。然而，同里又不仅只是这些，它还有很厚重的一面。当走进一处园子后，我这才明白厚重的原因是什么。这所园子很有名气，它叫"退思园"。

退思园的建筑格局异常独特，改纵向设计为横向铺陈，自西向东构建。西为宅，中为庭，东为园。园内的亭、台、楼、阁、廊、坊、桥、榭、厅、堂、房、轩等，全都以水池为中心，营建出依水而居的江南情调，放眼一望，这些建筑仿佛全都漂浮在水上。

园子的主人，是土生土长的同里人，他已去世很多年，他死在任上，死在填堵黄河边决口的大堤上。这个人，叫任兰生。

任兰生做官做得不小，授资政大夫，赐内阁学士，任凤颍六泗兵备道，兼淮北牙厘局及凤阳钞关之职，还在现今安徽做过官，管理过很大一块地方。光绪十一年，任兰生因为被人诬告，以营私肥己罪被弹劾。回到老家同里后，花去十万两银子建了“退思园”。他建园的目的，据说是闭门思过，颐养天年。

退思园从光绪十一年（1885 年）开始建设，到光绪十三年（1887 年）建成。退思园建成后，任兰生在张曜、曾国荃的一再保奏下，经朝廷同意后复职。任兰生复职的这一年，黄河决堤，水患千里，灾民遍地，于是他被调去救灾保民。没想到的是，他这一去，就再也没有回来，卒于任上。

也就是说，园子建好后，任兰生还没来得及好好消受一番，就被调往抗洪救灾第一线赈灾去了。而他建园思过的愿望，还没来得及实现，他就匆匆离开了人间。

退思园建好一百二十年后的中秋之夜，我和本地几个友人在月光灿然的园子里品茗。茶，是西湖龙井，是上等的名茶。园，是一等的名园，已在中国领了百年风骚。在这样的园子里品茶、赏月，于我而言，实在是宛若天堂了。

我们品茶赏月的具体位置，是在一条石船上，它的名字叫“闹红一舸”。这石船横卧池中，半浸碧水，人站在船头，立即有湖上泛舟之感。舷侧的水面上，月影浮动，树影摇曳，仿佛这石船正在航行。围着水中圆月游动的一尾尾锦鲤，不时发出扑哧的声音，给宁静的园子平添了几分生趣。

在宁静的退思园里喝茶赏月，我倒是忽然有一种退思之感，而且十分强烈。思什么呢？也许只有天上的明月才知道了……

四

这天晚上，我们在太平桥旁的太平客栈投宿。

透过客房的窗口，正好望见悬天的中秋月。此时的月亮周围，没有一丝云，静静的，又净净的，显得尤为清明，尤为高远。唯有几颗稀疏的星星，在遥遥地闪闪烁烁。

明晃晃的月光从窗口照进来，洒了一地。望着一屋子的月光，我算是理解李白的名句“疑似地上霜”了。

窗外是小河，还有人在行船，咿呀的橹声，由远而近，又由近而远。这时候，谁家的人还在吹奏竹箫，那箫声沿着小河两边的民居隐隐传来。静心一听，那人吹奏的曲子是电视剧《红楼梦》的主题曲。旋律凄楚，声调悲切，在这中秋之夜，给人的感觉格外怅然，特别伤感。

在这样的时候，李白那两句诗，蓦然飘进我的脑海，“果真是举头望明月，低头思故乡”。

呵，月照江村，窗外的船儿已远去，而两岸的灯火，未近阑珊……

没有钟声的城市

我在这座城市里已经居住三十多年了，从来就没有听到过钟声。这座城市，是一座没有钟声的城市，她的名字叫成都。

钟声，对于我来说，是那么陌生，那么遥远，仿佛只有那些遥远的国度里才会有。我在《巴黎圣母院》里读到过这样的钟声，那位敲钟的卡西莫多，是那么丑陋，但又是那么善良，至今依然在我的记忆深处撞击着那面大钟，而他撞击出的钟声，似乎还在巴黎的上空久久地回旋。

从此，我懂得钟声是神圣的，她宣告着一场祈祷与忏悔的开始，又述说着一群悔过自新的灵魂的诞生。那雄浑而苍茫的钟声，伴随着许多灵魂，走过了漫长的一生。那钟声激励着他们又安慰着他们，教诲着他们又原谅着他们，他们在钟声里有福了，把所有的日子过得宁静而安然，浪漫而温馨。我还知道，在新年伊始的时刻，人们会在雄浑的钟声里送别旧年，迎接新年；告别严寒，迎来新春。这样的钟声，真是很美呵，她以她的低沉让所有的心灵平静，她用她的浑厚让所有的日子变得温暖，她用她的悠远让所有的期望变得坚韧，她还用她的古朴让所有的生命变得实在而具体……

但是，在我生活的这座城市里，没有这样的钟声，没有……

我真切地希望我的城市能够有这样的钟声。在这样的钟声里，那些有罪的人，可以获得忏悔，获得新生；那些活得不知天日的人，能够知道岁月在流逝，明白岁月又在走来；那些被痛苦缠绕的人，可以得到解脱，得到安慰。在这样的钟声里，我的城市就可以获得一种信仰，可以得到一种力量，并可以在这种信仰和力量中，走向精神的宁静和心灵的真实。而在新年伊始的时候，新年的钟声，会让我们忆起过去一年的时光，会让我们检讨过去的得失，会让我们留住过去的荣光，会让我们沿着钟声的指引，迈进新的一年，为这座城市增加一圈丰满的年轮，也为自己的人生增添一幅值得骄傲的图景……

是的呵，在我赖以生存的这座城市里，没有这样的钟声，没有……

我至今都不明白，我的城市为什么就没有这样的钟声？其实，铸造一座钟，对一座城市来说，是不成什么问题的；安放一座钟，依然是不成问题的。但是，我的城市始终就没有过这样的钟。

由于没有这样的钟声，天空中的那些鸽子，总是无聊而寂寞地飞着。我想，如果那些鸽子能够在钟声里飞翔，该是多么美好的景象啊……

由于没有这样的钟声，所有的除夕夜，这座城市除了有惊天动地的鞭炮声外，不再有雄浑、悠远、浪漫而温馨的意境……

由于没有这样的钟声，那些灵魂就找不到忏悔的地方，那些受伤的心灵就没有什么来安抚，那些黎明和黄昏，总是那么木然而沉寂……

由于没有这样的钟声，我的城市似乎就被抽去了灵魂，茫然地躲在中国版图的西南角上，沉默地告别着每一天，每一年，又无言地迎接着每一天，每一年。人们进进出出、忙忙碌碌，似乎就失去了一种扭结和牵引，似乎就迷失在了一条不知道通向何方的路上……

按理说，我的城市是应该有一座大钟的。因为——这是一座拥有一千万人口的城市，这座城市的历史有四千多年，她有教堂，有清真寺，有寺庙和道观……但是，就是这样一座城市，却始终都没有过这样的钟。在这座城市里，我们可以用上亿元的资金来修筑一个广场，可以用几十亿元的资金来改造一条河流，但是，却没有拿出一点点经费来铸造一座钟。难道是我的城市不需要有这样的钟？难道我们不需要在钟声里去虔诚地忏悔？难道我们不需要钟声里的文明和信仰？难道是我们愿意在沉默中度过一年又一年？

在这样的时候，我格外羡慕那些有钟声的城市——在钟声里，太阳升起来了；在钟声里，太阳又落下去了。而在太阳升起和落下去之间，是鸽子在飞翔，那么悠然，那么平和，那么慈祥。在有钟声回荡和有鸽子飞翔的天空下，人们是多么有诗意地活着呵。在这样的城市里，钟声会告诉人们什么是古老，又会告诉人们什么是年轻，更可贵的是，城市会在这样的钟声里走向厚重，走向坚实。

成都啊，在那个用上亿元修筑起来的广场上立一座钟吧！我希望在钟声里去想起那些逝去多年的英雄，我盼望在钟声里迎接太阳，我渴望在钟声里解读一种文化，感悟一种厚重，获得一种信仰。我更希望我的成都能够在钟声里，把千年的荣光带向未来的全部岁月。

那么，我的成都，您什么时候才能有这样的钟声在上空回响？

远逝的河流

在我居住的成都市，有两条河流，一条叫府河，一条叫南河。府河从西向北再向东围绕着城。南河从西向南再向东围绕着城。两河在城东一个叫合江亭的地方合二为一。这两条河分别发端于都江堰下游一条叫作毗河的河，流淌了二十多公里后，在西城角的边儿就分为两条河。这是两条围城河，人工挖出的。南河有两千多年的历史，为李冰所开凿。府河有一千多年的历史，为唐代西川节度使高骈所挖成。

漫长的历史中，二河抱城，着实把这座城市抱得水粼粼的了，大有中国西部的威尼斯之景象。因为除府河和南河外，城内还有金河、东御河和西御河穿梭于内城中。在唐末宋初的前蜀和后蜀时期，御河连接着的龙池上舟楫往来，帆影悠然，桨声咿呀，波光粼粼。一时间满河的官船、商船、民船、游船和客船不绝于日夜。最是惹眼的，是前蜀皇帝王建的继位者王衍，时常偕皇妃花蕊夫人壮游龙池：一溜皇家御船，张灯结彩，披红挂绿，载歌载舞，浩浩荡荡。皇家游船经过时，市民们扶老携幼争相观看，御河岸边人山人海，岸上岸下热闹得犹如狂欢节一般了。花蕊夫人曾在一首词中记叙过壮游的景况：“龙池九曲远相通，杨柳丝牵两岸风。长似江南好风景，画船往来碧波中。”后蜀皇帝孟昶，也效仿着王衍，不仅把自己的皇妃也叫作花蕊夫人，而且一样地乘船壮游龙池。可以想见，古蜀帝王之极乐，是乐于女人、乐于船游、乐于水巷的。帝王如此，普通官吏商贾及百姓人家亦纷纷仿效，但他们不敢在龙池上游船，因为那是帝王的湖，于是他们就在护城的府河和南河里扬帆游玩。每逢节假日，必有千帆竞发，人们携家带口或三五好友，乘舟东去。他们一边欣赏两岸风景，一边在船上或品茗、或下棋、或麻将、或吟诗、或弄琴、或正史野史稗史绘声绘色地讲来。天长日久，这悠闲的游玩之风便成为成都的一个传统，以至于今天的成都人依然十分好玩和会玩。对于好玩的成都人，我无法草率地用“好坏”二字做评价。这里有一副对联很有意思：“为名忙，为利忙，忙里偷闲喝杯茶去；求衣苦，求食苦，苦中作乐喊壶酒来。”这副对联显然是针对一般人而言的，那么，皇帝老儿呢？他们读了这副对联，会做何感想？

让人深感惋惜的是，现在在城内已经见不到金河与东西御河了，昔日龙池里的摇橹壮游和两岸的狂欢，已经彻底消失，没有留下一点点痕迹。金河和御河消失于二十世纪七十年代。它们消失的原因是，中华人民共和国成立前战乱不断，金河和御河长久失掏，雨季一到就闹水患，淹得城中心的街道可以撑船，而水退后又淤泥满地，瘟疫弥漫。就在这时候，举国上下都在挖防空洞，为的是躲避美帝国主义的原子弹。于是，成都人就来了个杀鸡取卵似的一箭双雕：既治理河道，又挖防空洞。就这样，金河和御河成了成都人的人防工事。现在这防空洞还逶迤在城内十米深的地底，改作了娱乐和商业街。徜徉于金河和御河的地下商城，我觉得自己是一条盲游在枯河中的鱼。

好在府河和南河还没有消失。在当年，府河和南河水深十余米，河宽一百多米。两条河在成都东面汇合后，浩浩荡荡地南连乐山，东接重庆，最后汇入长江，成为这座城市主要的水上通道。在“蜀道难，难于上青天”的蜀地，有这么一条河流来贯通，这真是李冰和高骈为成都人带来的千年吉祥。

相关的史料把我带到历史的深处，冥冥之中我触摸到了府南河昔年的模样。

由于府南河上连都江堰，下连长江，这就使成都平原有了航运。码头在城东的九眼桥。码头不大，比不了重庆的朝天门，人家毕竟是在长江边上。九眼桥的码头，玲珑而精致，每天进港出港的船只不下千只。船一律是木船，一律是人撑人拉的那种。成都人烧的柴火，来自川东和川南一带的山区。樵夫伐了柴，卖与柴商，柴商便组织船队运往成都。运柴的船队，首尾相连，浩浩而上。到了九眼桥码头，便有柴商接货。接货的时候，往往在夜半时分。先前熄灭的灯火，因船队的到来，重又点燃。远远望去，一河的桅影和灯影在忙乱地荡漾。原本寂静下来的码头，因船队靠岸，也一下子鼎沸起来，吆三喝四之声不绝于耳。柴商点收的柴火，转而又批发给小贩。天麻麻亮的时候，小贩们便沿街叫卖起来。整整一个早晨，成都的大街小巷回荡着小贩们悠长的叫卖声。买了柴火的市民们，开始做早饭了，一城的柴烟，在这个城市的上空蓝幽幽地飘忽着，一直到太阳升到一竹竿高了才停住。

交完柴火的船老大们，顾不得休息，大声吆喝把粮油和绸缎之类的货物装上船。装好这些货物后，船队又启航了，他们要把成都平原上的粮油和绸缎运往川外。当年的九眼桥码头，吞吐着成都人的富足和安详。

九眼桥的码头，在成都鼎盛了两千三百多年，对成都文明和商贸文化的形成和发展，起到了十分重要的作用。有人说成都是大西南的经济文化中心，但是，离开了这条河道和这个码头，这个中心将不会成立。

府南河在成都茶文化的形成与发展中，扮演着重要的角色。成都人喜爱喝茶，这是举国皆知的。古成都河流纵横，旱涝不愁，丰衣足食，水路和陆路都极其发达，而大小码头更是比比皆是。正是因为这样，成都人就创造性地发明了极具地方特色的茶馆。三件头的茶具（茶盖、茶碗、茶船子）、竹制的茶椅和高矮适度的茶桌，是成都茶馆的三大发明。成都人喝的茶不那么讲究，为一般的花茶，但成都人泡茶的水，却是格外讲究的。泡茶的水分为三等：一等为山泉，二等为河水，三等为井水。成都没有山泉，唯有河流，于是成都人就取河水泡茶。这河水当是河心处的水，那里的水清明而甘爽，且回味悠长，不生水垢。因此，所有的茶馆都打出“锦江心中水”的招牌吸引茶客。每日天未亮，家家茶馆的水工就挑着水桶到河心取水。这时候，就听到一河心舀水的声音。舀满河水后，水工便挑了水桶，忽闪忽闪地各自回各自的茶馆去。水工将河水倒入沙缸。沙缸是陶制的，小的可装两木桶水，大的可装七八挑水。缸里装了小半缸沙子和瓦片，用于滤水。在缸底处有一小眼，插一竹管，滤过的河水就从这竹管里流出，清澈而明净。也有用石缸滤水的，方法与陶制的沙缸一样。年月久的沙缸或石缸，外面会长满厚厚的绿苔，绿茸茸的，青油油的，喜人得很。这时候，茶馆的火工起床了，用滤过的河水烧开水。烧开水的锅一般都很大、很深，可装两挑水，是生铁铸的，讲究一点的茶馆，是用红铜制的。水烧开了，火工就舀于铜茶壶中，一壶一壶放在茶灶上的继续热着。来了茶客，就由堂倌高声迎接。堂倌就是上茶的小工。成都茶馆的堂倌都有一手绝活，右臂上从下到上码满茶碗，茶客一到，叫了几碗茶，他就如甩飞盘一样甩下几个茶碗。绝就绝在这些茶碗会准确无误地落于茶桌上。然后，堂倌站在两米开外，或上或下或左或右或前或后，要把戏一般从铜壶的长嘴里倒出开水，开水在空中形成一道长长的弧线，远远地射向茶碗，居然一滴不落地全进茶碗中。成都人已经习惯了，大肆鼓掌和喝彩的，不用问，多半是外地客。

有了这样一条河流，成都人洗衣、洗菜和洗米，就有了去处。最是美处，是南河的上游有一条支流叫浣花溪，两岸柳树婆娑，百花争艳，杜诗说："两个黄鹂鸣翠柳，一行白鹭上青天。"然而，美景不如美人，美人不如美人的言谈举止。在浣花溪边，几乎日日有美人在那里浣纱。一溜古典的女子，身着古典的衣装，蹲在溪边，浣洗着绫罗绸缎，或歌吟着，或嬉戏着，流水见了或鸟儿见了也会停住。昔年，在浣花溪两岸，一家挨一家的，是丝绸厂，有的是大户人家开的，有的是小户人家开的，有的是个体单干的。丝厂的工人，多为女工，蜀女的大半美颜在这里织绸。丝绸织好以后，要印花。花印好后，要漂洗。

古时的厂里没有专门的漂洗房，全都在浣花溪里漂洗。这条小溪就因此而得名。当年蜀中才女卓文君就在浣花溪里浣洗过自制的绸缎。她的绸缎不卖，全部自己用，司马相如的锦衣，全是卓文君一手织成的。浣花溪离他们的家不远，卓文君一方面在溪里浣绸缎，一方面又取溪水酿酒。她织的绸缎和酿的酒，像他们的爱情一样在历史上传为一段佳话。到了唐时，一个从西安远道而来的女子，居于浣花溪畔，并用浣花溪水制过粉笺。此女子叫薛涛，亦是才女，所制粉笺被叫作薛涛笺。此笺是水红色的，故此得名，用于绘画作诗。薛涛笺制得极好，远近闻名，许多达官贵人和文人墨客，远远地来以重金购买。但是，薛涛不卖，除了自己用而外，只赠朋友。朋友在薛涛看来就是一切，因此她有一大半的时间是为朋友而活着的。这有她许多赠友诗和唱和诗做证。

由于有了这些故事，浣花溪总闪现出一种凄美的光滟，一种馥郁的风情，多少年了，依然叫人无法从心头挥去。因此时常来这里小憩，时常于恍惚间觉着有人在浣纱，定睛看时，原来是柳丝在拂水面呢。一番自嘲后，靠在柳树上晒了整整一个下午的太阳。

晒完太阳后，在回家的路上要经过一座桥，桥的名字很特别，老叫人想起一些远行人。它叫“万里桥”。站在这桥上，一种强烈的感觉是：过桥就是茫茫天涯路了。是谁给这桥起了这样一个名字呢？

这万里桥真的是送走了许多人，当年杜甫就是过了这座桥乘舟离开成都的。他离开后，就再没有回来，死于湘江的孤舟上，只留下一些诗被后人供奉在成都的茅屋中。当年薛涛也是从这座桥走上流浪之路的。她依然没再回来，客死于荒山野岭。她死得很惨，是一个黑灯瞎火的雨夜。苏东坡也是从这座桥离开故乡的，从这座桥上离开的还有郭沫若、巴金等人。他们有的再没回来过，有的回来了，却已经老了，小童们已经不认得他们。

在这样一个名字的桥上，有一种失落感，烦人的是不知道失落了一些什么。心头空空的、乱乱的，坐在桥栏上，想念着一些什么，好像什么也没有想念，木木地坐着，望着远处，远处除了高楼外没有望见什么，依然就这么望着。仿佛只有这样心里才生出些想念来。

不远处工地上的打桩机沉闷地吼起来："轰咚！轰咚！轰咚咚！"那打桩机似乎也很烦躁，惊天动地乱吼一气。打下的水泥桩不会远走，它们要承重，成都叫它们支撑大厦。它们要是走了，谁来支撑大厦呢？看来，要叫人不离开，需得如水泥桩一样，用打桩机狠狠往地底里打。

现在在府河和南河，再也看不到来来往往的船，一艘也见不着。想离开成都的人，再也找不到那些船。它们消失了，消失得非常彻底，史料中繁华的码头，只是一场梦。远去的梦。梦到头是一场梦的空。

没了船，就没了码头。往日的码头，已随无数老人的死去而死去，今天的孩子们不知道码头是何物。府南河上不仅没了船和码头，甚至连水也没了，空空地让一条整治得完好的河就这么空着，做着一场水、码头和船的梦。

往日的货船、游船和客船，现在在一个什么样的地方搁浅？在河心取水煮茶的人不知去了哪里。在溪水里浣洗绸缎的女子，再也见不着，空留着岸在那里眼巴巴地等待。一切都没有了，全随着历史的那一页翻过去。繁华到头真是一场繁华的虚无。

如今的成都，当然有了长足的发展，但是，这发展是以丢失昔年的美好为代价的，显得有点得不偿失。

如果成都城内外的河流依然纵横交错，如果这些河流依然碧波荡漾，如果河流上依然千船竞游，如果码头上依然船队来往、人声鼎沸，如果府南河上依然是桨声灯影，如果成都依然是中国西部的威尼斯，这该是多么美好的一个所在！我们已经完全湮灭这些，我们的河流已经远逝，在史书里发黄，且日夜被书虫吃着。

这个时候，我是多想有一只船载我悠游，在波涛间去寻觅古成都的往昔。这样，我的灵魂就能够回家。

大地的生命

只要有盐和水，我们就能生存。

——鲁迅

生命的存在，实在是很奇怪的，一如鲁迅所说："只要有盐和水，我们就能生存。"其实，这种生存只是一种最低限度地活着，只是吊着一条小命，不至于成为孤魂野鬼罢了。虽然看上去很顽强、很坚韧，但毕竟太叫人伤心，太叫人感到无助，有一种在奄奄一息中挣扎与呐喊的意味。锦衣玉食也是一种活，吃龙肝凤胆还是一种活，这样的活，当然是无比的奢侈，无比的豪华，无比的像人。问题是，在这个世界上，靠"盐和水"而活着的人，太多；吃"龙肝凤胆"而活着的人，太少。这太多的人总是供养着太少的人，这太少的人又总是支配和奴役着太多的人。因此，这个世界就变得不公平起来，就有了起起伏伏的革命或抗争，当然也就有了反革命和反抗争。

好在鲁迅那个靠"盐和水"活着的时代已随历史而远去，今天的我们，虽不是一日三餐都大吃特吃"龙肝凤胆"，至少吃吃猪肉炖粉条和土豆烧牛肉之类的，是不成什么问题了。

但是，生命的存在，绝不仅仅是吃，虽然吃很重要。如果生命的存在仅仅是为了吃，那这样的生命就会卑贱得连狗都不如，因为狗至少还能够看家护院。生命的存在，其真正意义在于，对生命的热爱和对自然的抗争。热爱生命，是每一种生命必须坚守的底线。对于环境的抗争，是每一种生命坚守这一底线最起码的行为。

大量事实一再证明，生存的条件好了，反而容易死亡。比如花草：把它放在阳台上或者是室内，让它住高楼大厦，享受现代文明和现代生活，但它总是活得病兮兮的，一副要死不活的样子。如果把它放在荒野，让它被风欺雪辱，它反倒活得上好，不仅枝繁叶茂，而且繁花似锦，一派生机盎然的景象。

这种现象最具代表性的，是沙漠里的胡杨。

沙漠那种地方，实在不是什么好地方。比如在塔克拉玛干沙漠，一望无际，除了黄沙，还是黄沙；除了烈日，依然是烈日。在这里，气温在－39.8—41.5℃，年降水量仅 40—289 毫米，而蒸发量却高达 1 500—3 700 毫米。名义上是下了雨，实际上是把更多的水分给蒸发走了。在这样的环境中，很多生命都纷纷逃离了塔克拉玛干沙漠，到适合自己生存的地方去了。与之相反的是，据专家说，本来是生长在亚热带的胡杨，却放弃了雨量充沛、阳光温润和气候温和的亚热带，不辞辛苦，千里迢迢跑到新疆的塔克拉玛干来，与“死亡之海”的沙漠为伍，并在这里生存了一亿三千五百多年。胡杨的这种选择，对于99%的生命来说，简直是难以理解、不可理喻。

真正不太好理解的是，胡杨的寿命极其长，可以活上一千年！在滚烫的、缺水的、无生命的沙漠里活漫长的一千年，是什么滋味？除了胡杨，恐怕没有任何生命能够解释了。有人说，这是胡杨的命贱，放着好端端的亚热带生活不过，偏偏跑到沙漠里来，这不是贱是什么？这有点像梭罗，好端端的城市生活不过，偏要跑到凄清而寂寞的瓦尔登湖边去独自受苦，而且还说自己最大的本事就是所求不多。

我想，如果是在风调雨顺的亚热带，胡杨的生命，就不至于有沙漠里那样的荒凉与悲怆。我见过沙漠里的胡杨——它的皮，万分粗糙，比粗糙的鳄鱼皮还要粗糙，粗糙得凄凄惨惨、十分荒凉，粗糙得留下千千万万道横七竖八的风沙的擦痕，无言地裂着口子。这些口子像要呐喊什么，又像要控诉什么，或者像要倾吐什么，却又没有声音，哪怕是一丝沙哑的、微弱的的声音也没有，它就这么张着、咧着、干涩着并痛苦着，叫人一看就透心透肺的悲凉。它的枝干，几乎全是干瘪而扭曲的，是营养不良与水分奇缺的那种干瘪和扭曲，是不胜风沙折磨的那种干瘪和扭曲，这些枝干扭曲着伸向天空，像在颤抖，像在哆嗦，又像在呼喊着什么、抗争着什么。它的叶子，似乎已经不是叶子，上面有细微的鳞片，鳞片很粗糙，鳞片已经把叶脉严严实实地遮盖住了，这样的叶子似乎已不是叶子，这样的叶子只有沙漠里才有，只有胡杨才有……是的，如果是在风调雨顺的亚热带，它怎么会这样?!

但是，它选择了沙漠，而且成为沙漠中唯一能够参天的乔木，而且能够浩浩荡荡铺展开去几十万亩。望着这些胡杨，我就在想，它们为什么要放弃条件优越、环境舒适的亚热带雨林？

又为什么唯独选择了沙漠，而不是其他任何一个地方？

它们的这种选择，是想证明什么吗？展示什么吗？标榜什么吗？有人说：它们没有这样的思想。这话猛一听，确实有道理。但在仔细分析后，我就感到很疑惑：它们没有思想，又为什么能做出生存环境的选择，而且还跑了几千公里的长路？更不可解释的是，现在世界上的胡杨，几乎全是与沙漠在一起，亚热带地区已经看不到它们的身影。也就是说，这是一个树种的大迁徙，而不是某一株的单独行为。这种族群性的大迁徙，与我们人类和其他一些野生动物，是何等的相似！从这一点来看，它们至少也有族群意识和团队精神，否则，不可能从亚热带地区离开得那么彻底。最让人感叹不已的是，胡杨的迁徙，是依靠根系的一点点伸展来完成的。从亚热带到塔克拉玛干沙漠，是那么遥远，有那么多高山大谷，它们这样的移动，是何等地艰难，又要花去多长的时间？胡杨的迁徙，是这个世界上最悲壮、最艰难、最漫长、最惊人的迁徙，它的每一点移动，悄然无声，又轰轰烈烈，让所有的生物望而却步。

有人说胡杨是被人带到沙漠去的。这句话可以成立，但依然让人生疑。因为，你可以带一万株胡杨到沙漠去，绝对不可能把整个亚热带的胡杨全部带走。再说，如果胡杨不情愿，就是把它移植到江南水乡，它也活不了，就更不要说沙漠里了。因此，除了它们自身的迁徙外，其他任何解读都不能叫人信服。

现在，在我看来，胡杨就是有思维的树了，是有思想的植物了。它选择了沙漠，是要证明生命的顽强与坚韧，是为了展示野生植物不屈的意志。它们到达塔克拉玛干沙漠后，确实就做到了这一切，因为，它们耐寒、耐热、耐碱、耐涝、耐干旱、耐风暴。这一切，是它们在亚热带雨林时所没有经历过的，却在塔克拉玛干沙漠实现并完成了，而且是亿万年如一日。在这里，为了抵御干旱和风暴，它们不得不伸展出巨大的根系，牢牢地支撑着躯体，紧紧地抓着大地；为了抗击沙石和寒冷，它们不得不生长出很厚实的树皮；为了展示生命的风采，它们一个劲地往天空中伸展，不断地增粗着树干；为了飘扬生命的旗帜，它们在春天是一大片醉人的翠绿，在秋天是一大片迷人的金黄。这就是胡杨，全世界的植物中唯一能傲视死亡的乔木。它们用自己顽强的生命力，岿然面对一切艰难与残酷，甚至伤痛，甚至死亡。

在塔克拉玛干沙漠和塔里木河流域，流传着这样的说法："胡杨树，活一千年不死，死一千年不倒，倒一千年不朽。"我相信这话是真的。因为，一种能战胜残酷与死亡的乔木，要活一千年，是不成问题的；它有强大的根系，死后还要站立一千年，也是不成问题的；而在严重缺乏雨水的沙漠，它倒下后能够一千年不朽，这就更不成什么问题了。那些死了的胡杨，无言地倒在沙地上，弯扭在风沙中，虽然看上去十分沧桑，但它苍劲的枝干，依然储满了力量，依然饱含着倔强，甚至非常狰狞、十分威猛。那些倒下的胡杨，一千年了，也不肯腐烂，保持着生前抗击残酷的姿势，好像渴望重新站起来再活一千年。

据专家说，世界上百分之九十的胡杨在中国，中国有百分之九十以上的胡杨在塔克拉玛干沙漠和塔里木河流域。这真是一个有趣的现象。胡杨千里迢迢离开了亚热带雨林，把最后的落脚点选择在了中国，之后，它们又义无反顾选择了新疆的大沙漠，这意味着什么？又隐藏着什么样的深意？

无论怎样，我以为，胡杨这种生命，它绝不仅仅是为了活命而活命，如果它仅仅是为了活命，它就不可能跋涉千山万水来到塔克拉玛干沙漠，就不可能在瀚海中面对死亡、挑战残酷，而会在亚热带雨林中，颐养天年、享受一生……

大地的翅膀

一

前些年，法国人拍摄过一部大型纪录片，片名叫作《伟大的飞行》，讲述的是各种鸟儿生活的状态，其中尤以斑头雁占的篇幅最大。摄制组用了三年多时间跟踪斑头雁，真实而细腻地记录了它们的点点滴滴。

这些斑头雁最让人难以忘怀的，是它们年复一年地迁徙。每年初夏的时候，这些斑头雁就排着整齐的人字形队列，一大群接着一大群，从美洲大陆、欧洲大陆、澳洲大陆、非洲大陆以及亚洲大陆，陆陆续续向北极圈飞去，到那里去躲避漫长而炎热的夏季，并在那里孵育后代、壮大家族。待到秋天来临的时候，它们又陆陆续续从北极圈向各自最初出发的地方飞回。它们就这样，年复一年，一代接一代，从不间断，从不停止，在大地的上空往往返返，在岁月的流转间来来去去，它们把自己的一生都交给了天空，交给了那些云彩，那些虹霓、雾霭、风雨、雷电和橙色的黄昏、血色的黎明。

它们这样来来去去，不为别的，只为舒适地生存，悠然地繁衍。但是，为了这一点，它们付出的代价实在是太大。在它们往往返返的飞行中，就单边距离而言，最近的也有三千多公里，最远的有七八千公里之遥，而这，还只是空中的直线距离。做如此遥远的飞行，自然不是一天两天就能够到达的事情，它们往往要飞行上一两个月，甚至是更长的时间。它们这样的飞行，当然不全是在陆地的上空，更多的时候，它们是在海洋的上空穿行。海洋上的飞行，就为它们增添了许多艰难和困苦，比如找不到停息的地方，没有可以充饥的食物，尤其是遭遇到风暴，那简直就是一场生与死的较量。在与风暴和海洋的较量中，一些年迈的、体弱的、伤残的、不胜饥饿与疲惫的，就纷纷掉了下来，葬身于恶浪翻卷的海洋深处。那些战胜了风暴的，在到达陆地后，已经累得奄奄一息，巴掌大一块地方，居然密密麻麻地停满了斑头雁。可以想见，在同风暴与海洋的搏斗中，它们不仅筋疲力尽，而且是饥渴无比。在这块巴掌大的陆地上，它们所做的第一件事，就是休息，就是美美地睡上一觉，把生与死的噩梦，把艰难与险阻的折磨，把雷电与风雨的创痛，把长途飞翔的劳累，全都退还给海洋。在这巴掌大的客居之地，它们紧紧地依偎着同伴，趴在地上，闭上眼睛，把头插进翅膀里，进入一个甜美的梦乡。但是，它们在次日的黎明时分醒来后，发现有不少斑头雁已经死去，死在到达陆地之后，死在了一个温馨而久违了的睡梦里，永永远远不能再度飞翔，不能再在天空与大地间一展它们的风姿。看见同伴死了，斑头雁们十分悲伤，一只只站了起来，昂着头，竭尽全力伸长着脖子，使足劲地拍打着翅膀，冲着血色的天空，嘎嘎嘎地狂叫不止。这情景，十分悲壮，也非常凄凉。它们对着天空大肆狂鸣，犹如在唱一支挽歌和安魂曲。它们当然不像人类那样懂得埋葬和能够埋葬，它们只能仰天大肆狂叫，只能竭力伸长脖子，只能猛烈地拍打着翅膀，是的，它们只能这样，它们只能用这样的方式来慰藉同伴们那消散的野魂。

之后，它们便是开始大量觅食，补充体能，做继续飞行的准备。

斑头雁们飞走后，在这个巴掌大的地方，那些死去的斑头雁，静静地躺在阴冷的夕阳里，身上的羽毛，被寒风吹起，一飘一飘的，一颤一颤的，而风的声音，是那样地轻微、低迷而又空寂，似在哀述，似在招魂，又似在哭泣。此情此景，尤为凄凉、非常悲惨，叫人一看，就禁不住泪光迷离、魂魄呜咽，整个心灵有一种再也找不到回家的路的凄然与苍茫……

为了追寻良好的生存环境，这些斑头雁，就这样年复一年地耗损着族群，又壮大着族群。每一次的出发与回归，它们应该知道路途的险恶，应该明白死亡的威胁，但是，它们似乎没把这些放在心上，一心向往的，是更好的生存条件和环境。为了这一点，仅仅为了这一点，它们宁可用生命做赌注，用性命做抵押，用伤痛做支付，用死亡做填补。闯过去了，就胜利一次，没闯过去，也不要紧，精神还在，意志还在，希望与梦想还在，而且在做一代又一代的传承。

因此，若干年了，斑头雁从来就没有因艰难困苦和死亡的威胁而屈服，总是用翅膀鼓起生命的渴望与激情，来往于这一大片天地。

二

在纪录片《伟大的飞行》里，真正充满了诗情画意的，是天鹅们的飞行。天鹅也是一种候鸟，它们依然在冬暖夏凉间追寻着自己的生存，延续着一个纯洁的家族。可能是由于拍摄时天气很好的原因，也可能是做的刻意选择，又或许是摄制组不忍心让天鹅来承受斑头雁那样的困苦与艰难，总之，纪录片里的天鹅们在飞行时，总是风和日丽、蓝天如碧，而在蓝天的下面，是绿色的山川、肥美的大地、幽蓝的湖泊。在这样一个艳美的空间里，天鹅们飞翔得万分诗意——洁白的羽毛、长长的脖子、巨大的翅膀，远远地就能清晰地看见。它们的头、脖子和整个身躯，以水平的姿态，直指前进的方向。它们的翅膀，一律是非常幽雅、很有节奏地拍击着气流，一只紧接着一只，以人字形的排列，悠悠然然地滑过天空，飞向心中的圣地。

凡是候鸟，无论大小，它们的迁徙，都不像麻雀，一阵乱飞，而是极其有规律、有队形、有纪律，前呼后应、彼此照顾，在领头者的带领下，奋力扇动翅膀，飞向心中的那一片天地。这就是候鸟的特征，离开了团队，它们将无法独自生存。

在众多的候鸟中，最让人喜爱的，可能就是天鹅了。细想起来，人们的喜爱，就不无道理。天鹅，一听这名字，似乎就洋溢着浓浓的诗情与画意，而且特别温馨、特别和蔼、特别柔情。再一看它的羽毛、它的体态、它的神情，充满了一种既高雅又高贵的气质。这种高雅和高贵，唯有天鹅才有，无论它们飞翔在天空，还是行走于地面，或是嬉戏在湖里，那样子，怎是一个美字能够概括？但是，除了美，我们又去哪里寻找更适合赞美它的词汇？在天空中，它们是一群移动着的白云，那么从容、那么优雅。在湖泊里，它们犹如纯洁的天仙降落人间，一群群，在诗意十足的湖面上鼓翼击水、红掌踏波，或彼此追逐，或相互交颈摩挲，或是向天悠然而歌，总之，它们的飞、走、卧、游、戏，全都让人着迷，全都能够把人心拔出滚滚的红尘，获得一次又一次与圣洁和高贵者的交流。

在天鹅的嬉戏中，我最喜欢看的，是它们在水面上奔跑的样子——突然间，它们把翅膀一展，猛烈地拍击几下，于是就站立起来，红色的脚掌飞快地刨动水面，翅膀有力地扇动着，而它们的身体，以一种直立的姿势和昂首挺胸的神情，快速地向前跑着。那样子，十分昂扬，神采奕奕，得意非凡，欢乐无比。它们的奔跑，当然不是落荒时的惊恐，而是在追逐欢乐、展示风姿，是在表达意绪、诉说生命。这样的奔跑，不需要使命和意义，只享受过程，只陶醉于闲情，它的美，就在这里。其次，我爱看它们降落于水面那一瞬间：巨大的翅膀还没收拢，两个脚掌就先行垂了下来，把它当作滑板，接触水面后，这两个“滑板”就在水面上长长地滑动起来，直到没有一点儿惯性了，这才漂浮于湖面，将优美的曲线呈献给湖光山色，如云，如诗，又如梦。

天鹅的迁徙，依然如斑头雁那样遥远而艰难，由于它们的体形很肥硕，这就使得它们的飞行比斑头雁吃力许多倍。这样一来，天鹅在途中的伤亡度，时常比斑头雁大得多。也许，这正是天鹅的数量一直没有斑头雁多的原因之一吧？

在中国胶东半岛的最东面，有一个天然的湖泊，被人称作“东方天鹅湖”。每年十一月左右的时候，大量的天鹅便飞到这里来越冬。过完漫长的冬季后，它们又成群结队往遥远的西北迁徙，去那里躲避炎热的夏季。它们先飞向位于巴音布鲁克草原珠勒图斯山间盆地里的天鹅湖，在那里作短暂的休息和补充能量后，又起程飞往西伯利亚，然后再往北极圈飞去。

无论它们是在胶东半岛越冬，还是到北极圈里过夏季，每次到达目的地后，它们几乎都是伤痕累累了。不是肌肉拉伤了，就是翅膀折断了，或者是因过度劳累与疲惫，给身心带来了许多伤痛与疾病。受伤后，它们只能依靠自身的能力来进行恢复，只能靠意志力来战胜伤痛与病魔。在北极圈，它们把身体恢复好后，冬季就要来了，于是它们又飞越千山万水往南迁徙。在南方的湖泊里把身体养好后，夏季又要到了，于是它们就又夜以继日往北迁徙。在天鹅的一生中，它们就是这样不断地受着伤，又不断地自我疗伤，不断地飞过去，又不断地飞过来。像所有的候鸟一样，天鹅把自己的一生交给了天空，交给了飞行。它们就在这样的飞行中，一代代繁衍，一代代延续，一代代在天空中写满生命的诗行。

能够安全地到达目的地，是它们生命中的又一次幸运，或者是又一次胜利。但是，它们的迁徙，总是有那么多的未知，总是有那么多的难以估量和不可预测，它们不知道漫长的途中将有怎样的风雨，有怎样的困难和艰险。因此，它们的一生，就是在这无数个未知中连接与传递。每次仰望着天空中天鹅们迁徙的行列，虽然它们飞翔得异常优美与优雅，但在心头，老是有一种凄然的感觉，怎么也挥之不去。为了一种追寻与归宿，它们就这样义无反顾地把翅膀交给了长路，把生命托付给了天空，在穿越了许许多多个未知后，它们就老去，而更多的，是在生命的中途就夭折了，永远地告别了这个让它们飞来飞去的世界。

是的，天鹅，它是天上的鹅，它不属于人间，它的洁白、它的高贵、它的优雅，永远属于我们头上这片变化无穷的天空，并在那里展示它们生命的风采。

三

在美国，有一个与斑头雁有关的动人故事。

在美国西部的一个小镇，居住着一家人，父母和一个女儿。母亲是一个家庭主妇，父亲是一个懂得机械维修的铁匠。女儿很小，大约十一二岁的样子。一天，离女孩家不远的湖泊要搞开发，当推土机在推一大片芦苇时，这个女孩在芦苇丛中拾到二十多枚斑头雁的蛋。她把这些蛋带回家后，小心翼翼地放在抽屉里，用灯光给它们加热，进行孵化。二十多天后，这些蛋就孵出了小斑头雁，毛茸茸的，非常可爱。

斑头雁有一个习性，从蛋壳中孵化出来后看见的第一个生命，就会被它视为自己的父母。这些斑头雁孵出后，第一眼看见的，就是这个小女孩，于是，这一群小小的斑头雁就都把这个女孩当作了自己的母亲。当然，小女孩也就俨然做起小斑头雁们的“母亲”来。

有了这样的认同，小斑头雁们从小就与小女孩亲密无间，彼此充满了信任、服从与关爱。虽然它们与女孩间没有语言交流，但它们完全明白女孩的一举一动，而女孩也十分了解它们的喜怒哀乐。

半年后，这些斑头雁长大了，小女孩试图让它们飞翔，让它们有独立生存的能力。但是，由于这些斑头雁是被人饲养大的，像是失去了起飞的能力。小女孩没有气馁，一次次带着它们到草地上去奔跑，希望它们在奔跑中获得惯性后，能够展翅起飞。然而，小女孩试验了许多次，每次都以失败告终。斑头雁们不能飞起来，这可把小女孩急坏了，没了魂似的。

一天，一个偶然的动作使得小女孩明白该怎样带领斑头雁们飞翔了。经过是这样的：这天，小女孩与斑头雁们在草地上玩耍，当她跳过一个栅栏时，斑头雁们就飞起来翻过了栅栏。这个发现，使小女孩异常地兴奋。她急忙跑回家，叫爸爸给她弄一架飞机，说是要驾驶飞机带领斑头雁们飞翔。女孩的父亲觉得这个主意不错，就买来各种部件和材料，为她组装了一架小型的飞机。

飞机虽然有了，但出于安全的考虑，女孩的父亲说什么也不许女儿独自去驾驶飞机。于是，女孩的父亲就亲自驾驶着飞机，带领斑头雁们跟着飞机飞翔。可是，斑头雁们说什么都不跟她父亲飞，一只只回到了棚舍里，懒洋洋地睡大觉去了。

几天后，女孩趁父亲没注意，就偷偷爬上飞机，准备带领斑头雁们飞翔。这时候，斑头雁们见女孩上了飞机，就全拥挤在飞机的后面。当小女孩发动飞机开始滑行后，斑头雁们便扑闪着翅膀向飞机追去。飞机缓缓地飞起来，斑头雁们也跟着飞了起来。由于是第一次驾驶飞机，没有经验，没有飞多远飞机就掉了下来，摔在了丛林里。好在飞得不高，女孩没有伤着，只是飞机被摔坏了。

这次飞行，给了女孩巨大的鼓舞，她也因此明白斑头雁们只认她，不认其他任何人，当然也包括女孩的父母。这次斑头雁们跟着飞机飞行，虽然没有飞多远，但增强了女孩驾驶飞机带它们飞的决心。在父亲的帮助下，女孩很快掌握了飞机的操作要领，而且能够很熟练地起飞和降落了。为了使飞机看起来更美，女孩的父亲就把飞机装饰成斑头雁的形状。

打这以后，小女孩就每天驾驶着飞机，带领斑头雁们飞翔。她用循序渐进的办法来训练斑头雁。开始时，只在小镇的周围飞，等它们有了足够的经验的体力后，再往远处飞。经过一段时间的训练，它们就能够飞很远的距离了。这时候，小女孩在父亲的帮助下，带领着一群斑头雁，在美国的大地上飞来飞去。当她带领着斑头雁以人字形的排列飞行在大城市的上空时，人们开始很惊讶，继而为这壮观而有趣的飞翔场面兴奋不已，纷纷向小女孩挥手致意，表示欢迎与祝贺。

随即，这件事引来了美国各大电视网的争相报道，小女孩也因此成了美国家喻户晓的人物，而她的那群斑头雁，全都成了电视明星，就像乔丹、杰克逊、麦当娜和小甜甜布兰尼。

四

与美国这个小女孩有着类似经历的人，在中国也有一个。所不同的是，中国这个人不是女孩，是个男人，而且是个中年男人。还有一点不同的是，中国这个男人不是孵育或训练斑头雁，而是专门治疗一些受伤的天鹅。但是，他们之间又有一个最根本的共同点——为了那些翅膀，为了那些飞翔的精灵。

中国这个男人叫作袁学顺，他是胶东半岛那个叫作“东方天鹅湖”湖边的人。这个天鹅湖，每年都有七八千只天鹅来越冬，这里的天鹅有几种：有大天鹅、小天鹅，还有油鼻天鹅。它们来自不同的地方，有我国的新疆、内蒙古、黑龙江，也有贝加尔湖，还有冰岛和俄罗斯的，“东方天鹅湖”，是世界四大天鹅湖之一。袁学顺就是在这些天鹅的起起落落间长大的，就是在湖光山色中认识了天鹅的，他因此说：“我的祖先是很有灵气的，把我生在这个地方。”

在读高中的时候，袁学顺就与同学们一道成立了一个“天鹅医务观察小组”，主要是对受伤的天鹅进行观察和实施一定的治疗。这时是1974年。毕业后，“观察小组”也就解散了，同学们纷纷走上新的工作岗位，不再对天鹅进行观察和救助，唯有袁学顺一人留了下来，坚持为天鹅们疗伤治病。

一天，袁学顺下班回家的时候，看见一只受伤的天鹅在湖边痛苦地挣扎，鲜血染红了一大片湖水，他就下到湖里去救它。天鹅看见有人向自己走过来，非常惊恐和害怕，更加剧烈地挣扎着，并凄厉地鸣叫，那声音很凄凉，很痛苦。当袁学顺将要接近它的时候，这只天鹅突然大声哀叫了几下，然后猛地一下把头插进稀泥里，以自杀的方式离开了。望着死去的天鹅，袁学顺的眼泪情不自禁地流了下来。打这以后，他决定辞去工作，一心一意救助那些伤残了的天鹅。

天鹅自杀的事，对袁学顺的触动很大，它为什么要自杀呢？经过多次实践和观察，他发现，天鹅非常惧怕色彩明艳的衣服，尤其惧怕军大衣，这是它产生恐惧和自杀的根本原因。为了让天鹅不再害怕、不再自杀，袁学顺开始穿与天鹅的颜色相接近的服装。这一招真是很灵验，后来他每次接近天鹅时，那些天鹅不再惊恐，也不再有自杀的行为。

袁学顺辞去了工作，而每年的七八千只天鹅中，又有许多伤残的需要救治，这就使得他的经济出现很大的困难。而这时候，他的儿子正在上学，又需要支付学杂费，这样一来，他的经济就更加困难。为了能够给天鹅买药品和添置救治设施，他在无奈之下变卖了自己二十多万的家产，用这笔钱来救治天鹅。袁学顺把家产变卖后，他的爱人非常气愤，一怒之下回娘家去了，留他孤零零的一个人与残疾的天鹅为伴。

有了这笔资金后，袁学顺成立了一个“天鹅康复中心”，以更加专业和职业的方式救助着天鹅。其实，这个“康复中心”就他一人，他既是医生，又是护士、饲养员，还是救援队的队员。袁学顺救治天鹅的行为，在胶东半岛影响很大，“东方天鹅湖”周围的老百姓不仅对他十分敬仰，而且对他非常信任，从几百里外把受伤的天鹅抱到他的康复中心去治疗。这些百姓是他救助天鹅的主力军，袁学顺救治的天鹅，有相当大一部分，就是由湖边老百姓救助的。

这时候，袁学顺的爱人看见他救治了那么多天鹅，使它们重返了蓝天，重回了大自然，她被感动了，心也就软了，就又回到了他的身边。她不仅回来了，而且与丈夫一道，年复一年地救治着伤残的天鹅，成为他最好的帮手。

袁学顺从1974年开始救治伤残天鹅，到现在，已经有三十年了。在这三十年间，他总共治疗好五百多只天鹅，使它们获得了新生，重返大自然。

在每年的春天，袁学顺都要把康复了的天鹅放飞，让它们到北方去过夏季，如果不放它们走，它们就很有可能因为气候等原因死掉。所以，袁学顺对天鹅的治疗，必须在有限的时间内完成。但是，在2001年，春天已经来临了，眼看炎热的夏天就要到了，而这时却还有两只天鹅没有彻底康复，这件事可把他急坏了。为了不耽误它俩的迁徙时间，袁学顺一方面加大治疗的力度，一方面与有关方面联系，准备用最快的速度把它俩带到新疆去放飞。

这件事引起了威海市政府的高度重视，专门拨出一笔经费供袁学顺去新疆。保险公司还免费为他一行四人提供了大额保单。当地公安部门派出专车护送他们到威海机场。当地的群众和学生自发地为他捐款捐物，支持他的放飞行动，而航空公司，破例让袁学顺带着野生动物上飞机。这实在是一次全民大行动，上上下下，一齐使劲。这个大行动，不为别的，就为了放飞两只天鹅。

到了新疆后，当地的宾馆，史无前例地同意袁学顺把天鹅带进客房，并同意天鹅在客房里过夜。宾馆的负责人说："没关系，地毯弄脏了，洗了就是。"

袁学顺放飞这两只天鹅，是在珠勒图斯山间盆地里的天鹅湖边。这是一个极其美丽的高原湖泊，面积有三百多平方公里。1986 年被批准为国家级天鹅自然保护区。这里连绵的雪岭、耸入云霄的冰峰，构成了天鹅湖的天然屏障。泉水、溪流和天山雪水汇入到湖中，水丰草茂，食料丰足，气候凉爽而湿润，十分适合天鹅生长。在这样一个地方放飞天鹅，是袁学顺的精心选择。放飞的时间到了，他把天鹅轻轻地往前一赶，它俩就飞了起来，向着宽阔的湖面飞去。它俩在湖面上盘旋着、鸣叫着，非常开心与幸福的样子。忽然，它俩又从远远的湖面飞了回来，在袁学顺的头顶上来来回回地盘旋，并鸣叫不止，似在作答谢，又似在告别，更像是在表达无尽的眷恋。望着在头顶上不停盘旋的天鹅，袁学顺情不自禁地流下了热泪，接着，他又情不自禁地向着天鹅跪了下来，向着它俩一个劲地挥手。这时候，两只天鹅一转身，径直飞去了，留下一路鸣叫和洁白的身影，远远地飞去了，消失在苍茫的湖光山色里。

回到胶东半岛，袁学顺又继续着他的天鹅救治，一如既往地当着天鹅们的守护神。

五

天鹅的美，来自它本身的形态。天鹅在水里谈恋爱的时候，特别是发生交媾的前后，会在水中翻来覆去，你追我逐，时而在水面弯来弯去地奔跑，时而在水中拍翅旋转，时而又曲颈仰天高歌……这一切，简直就是在跳一曲优美的芭蕾舞。雌雄之间，彼此用翅膀摩挲着、拍打着、迎接着、相拥着，它们还会将脖子缠绕在一起，扭过来，又扭过去，跟舞台上的芭蕾舞演员没什么区别。它们的形态十分优雅，线条非常优美，而它们的羽毛，是那么洁白、那么美丽、那么富有弹性，在逆风的吹拂下，微微地翻起来、翘起来、颤动起来，美得就像芭蕾舞演员穿的白纱裙子。天鹅真正的动人之处还在于，它们是绝对的一夫一妻制，无论是天南海北，还是万水千山；无论是春去秋来，还是风霜雨雪，它们都始终形影不离，结伴天涯，共迎风雨，也共享虹霓，白头偕老，厮守终生。因此，天鹅的美，是一种大美；天鹅的爱，是一种大爱。这大美和大爱，在我们的大地上，在我们的云天间，铺展得尤为高贵和纯洁，使这个世界变得生动而迷人。

而那些斑头雁，是一群从不知疲倦的飞行者，无论在冰天雪地的北极，还是在姹紫嫣红的南方，它们永远都是一种飞翔的姿势，一种展翅的意态，就是停泊在水中，它们也时常击水而欢、追逐而乐，尤其以扎猛子为趣事。是的，斑头雁是一群快乐的精灵，它用生命的活力，用心灵的健康，为我们增添了生活的色彩和做人的乐趣。

望着大自然中的这些候鸟，就觉得，这个地球不只是我们人类的，它属于一切生命。但是，我们人类却经常以独霸地球的姿态，在驱赶和扼杀其他的生命。从这一点来看，我们人类真的是太霸道、太蛮横了。我们进化了，我们智慧了，但这并不表明我们就一定拥有控制地球的霸权。这是我们人类的错，更是一种罪恶。

据权威人士说，现在地球上的候鸟在急剧减少，其中一个最主要的因素，就是我们人类万分贪婪地霸占着地球——我们剥夺了它们的生存空间、侵害了它们美丽的家园，我们为了自己的生存，把大量有毒和有害的东西，肆无忌惮地排泄给了它们。它们因此死了，有的甚至是永远绝种了，再也见不到了。是的呵，我们是屠户，是刽子手，是法西斯呵！……

其实，那些候鸟不需要很多，它们只需要一片小小的净土和干净的湖泊，而它们的需要，不会碍着我们什么。它们无意与我们争夺地球，更无意与我们抢占天空，它们不仅不会这样，还用它们特有的美和生命，丰富这个世界，美化一片天空，净化一片心灵。

那么，还它们一点点空间吧，在这个空间里，它们的翅膀，会带着我们的梦高高飞翔，会给这个世界增添无穷的快乐。因为，它们的翅膀，毕竟是我们这个大地的翅膀呵……

大地的色彩

时常处于一种难以名状的激动与亢奋之中，不为别的，只为我们大地的色彩。

——题记

总是觉得季节是一个最伟大的画家，她用太阳做颜料，用雨露做稀释剂，用海洋做调色盘，在大地上涂抹出万紫千红的色彩。

大地上十分丰富的色彩，是一幅最伟大的抽象派绘画，不需要构思，不需要安排，也不需要煞费苦心地营造与烘托，一切就那么自然、那么协调。这个画家用她最杰出的才华，使最擅长挑剔与批评的人类，在面对这幅史诗性的绘画时，全都哑口无言，为之折服、为之陶醉。

这种感觉，在乘坐飞机时最为强烈。尤其是飞越在江南的上空，在飞机的下面，那是大块大块的绿色和黄色。绿色的是麦子，黄色的是油菜花。这错落有致的大块的彩色，像一张巨大的棋盘，犹如无数色彩缤纷的大地毯，一片片相接，一块块相连，绚烂而耀眼地铺满了江南，洋溢着永恒的魅力和不尽的风采。而在那“棋盘”与“地毯”间，就是江南的水乡，是水乡的柳烟，是柳烟间如诗如画的江南小镇。

在飞越黄土高原时，机翼下是一直奔涌向天边的黄色，黄得很厚重，黄得很潇洒，黄得淋漓尽致、无可阻挡。那沟沟梁梁，那山山峁峁，那皱皱褶褶，因为无尽的黄色而充满着一种神圣的大气，浩荡着一种大地的风范。在这样的黄土地上，自然是要飘荡起撩人魂魄又使人沉思的《信天游》来的。在蓝得如洗的天空下，在亮得如梦的阳光里，在黄得如龙袍的黄土高原上，最是其间点缀着的一坡一坡的蓝花花和山丹丹，缤纷而野性，把一个黄土高原装点成了一幅不朽的艺术作品，陈列于人间，让无数的生灵在上面生生息息，直到永远。

在飞越云贵高原时，又是另一番情景：机翼下是一望无际的红土地，那是一种高贵的红，是一种耀眼的红，叫人一看，就一定会醉得一塌糊涂的红。这红，能够激荡生命，可以放牧灵魂，可以生长希望。在广阔的红土地上，成片的庄稼绿得油亮，大面积的植物绿得旺盛，而那些姹紫嫣红的花朵，蝴蝶花像是在飞舞，杜鹃花仿佛在歌唱，喇叭花又似在奏乐。因此就觉得，在这广袤的红土高原上，花朵们在载歌载舞，在演奏一曲无比瑰丽的《大地颂》。在如此的歌舞乐曲中，红河在静静地流淌，它用它的波光涌动着夕阳，摇晃着霞光，荡漾着山影，又把两岸五彩缤纷的色彩，浩浩荡荡地带向远方，去装点一片更为神奇的土地。

而当我步下飞机，一头扎进九寨沟，放眼四望时，就感到自己掉进了一个极为艳丽而又万分魔幻的颜料池里——山坡上是成片成片的红叶，山顶上是高耸入云的白雪，海子里是深幽而透明的蓝色，草甸子上盛开着各色各样的花儿，一大片接着一大片，十分艳丽，还有那些高高飘扬的红色的经幡、白色的经幡、黄色的经幡和无数雕梁画栋的藏族人家……这一切的浓艳，使我的视神经成了一根奔涌着色彩的管道，缤纷着我的心田，瑰丽着我的灵魂，绚丽着我的生命，灿烂着我的梦境。在如此鲜明、浓烈而又细腻的色彩里，就感到自己已经被异化，异化成了仙，异化成了蝶，或是异化成了妖，又似梦游于百花园，迷醉在天国仙境，徜徉在伊甸园中。在这样的时候，才觉得活着是多么地好，有一双眼睛是多么地好！在这样的时候，真的是不想离开，一心想着的是在这里安家。能够在这里生息，就是成为一个野人也好呵，让九寨沟和整个香格里拉的色彩，一遍遍涂满我的生命，绚丽我未来的全部岁月。在这样的时候，就觉得这个伟大的画家特别偏心，为什么就把人间最艳美的色彩、最绝妙的构思、最动人的意境全部都给了九寨沟和香格里拉？在这样的时候，就特别想仰天高歌一曲：“哦嗬，神奇的九寨，人间的天堂，天下的人儿都把你向往……”这时刻，就特别想拉着藏族姑娘的手，跳它个三天三夜的锅庄；就特别想抱起青稞酒坛，在狂歌狂舞中醉它个十年八年……是的，真的是想这样，太想这样了，为九寨沟瑰丽的色彩、迷人的画卷，就是把我变成一块石头，我也愿意在如诗如画中为她守望千年。

大地的色彩，涂抹到青藏高原后，又有了另一番景象。站在青藏高原的某个制高点上，举目望去——一座座山相连着一座座山，一道道峡谷交织着一道道峡谷。在早晨的时候，青藏高原的色彩是青色的，是朦胧的，是迷离的，一直铺设到地平线的边沿。这种青色很纯正，唯有青藏高原才有这样的颜色，它给人一种浸入肺腑的清新，让人肃穆，叫人感到天地原来是如此地浩荡和磅礴。在正午的时候，青藏高原的色彩是铁色的，在这铁色里，每一座山都像是顶天立地的藏族汉子，粗犷而豪迈，健壮而刚烈。那岩石，棱角极其分明，线条十分硬朗，傲然地耸入云霄，似在向世人诉说高原民族不屈的秉性、执着的人生和永恒的信仰。而在夕阳西下的时候，青藏高原忽然变得柔媚起来，先前的刚烈与沉默，被夕光染成了橘红。这橘红一叠一叠地晕染开去，时而浓了，时而又淡了，时而又浓淡相间，层次尤其分明。望着这起伏连绵的橘红，就发现这里的雪山不仅不冷，而且弥漫着宫闱间那种旷世的温情。在这样的橘红里，那些高翔了整整一个白天的云朵，开始低垂下来，慢慢地往下降，缓缓地往下滑，然后，轻轻柔柔地停泊在山尖上，或者是山坳里，或者是峡谷间。望着那一朵朵橘红色的云，心头特别安然，有一种永恒而祥和的感觉。这时候，就觉得这个伟大的画家，把中国的许多地方绘制得姹紫嫣红后，在青藏高原完成了她最为苍茫而壮阔的一笔。这一笔涂得异常厚重，使得青藏高原成了这个世界的屋脊。完成这一笔后，她把画笔猛然一甩，飞落于喜马拉雅山脉，巍然成了一座伟岸于世的珠峰。站在喜马拉雅山上，才感到什么是伟大，才明白什么是气势磅礴，因此，就觉得全世界的山，都是珠峰的陪衬，都是它的小弟小妹，全是一些小得不能再小的盆景。

其实，这个画家最伟大之处在于，她为我们人类涂抹出了黄色的皮肤、黑色的皮肤、白色的皮肤和红色的皮肤，而在这些色彩浓烈的皮肤间，是蓝色的眼睛，是棕色的眼睛和黑色的眼睛。于是，我们就用这些色彩各异的眼睛，欣赏她的杰作，永永远远陶醉于大地的色彩。

在这样的陶醉里，我们就飘起棕色的和黑色的长发，像风，像云，像火炬，神采飞扬地飘了起来。

大地的收藏

一

在新疆的塔克拉玛干沙漠里，掩埋着许多古城。据考古学家说，那些古城，是在若干年前消失于一场猛烈的沙暴的。听到这话，心头猛然间塞满了怅然与迷茫——那是怎样的一场沙暴，居然能把偌大的一个城郭瞬间吞没？一段悠远的历史正等待交接，满城古老的文明还来不及传承，那古城，就这样被深埋于黄沙下，几千年来悄无声息、无人知晓。

考古学家还告诉我，许多年后，来了另一场同样猛烈的沙暴，把掩埋了多年的古城又刮出地面。但是，重见天日的古城已面目全非，错错落落的残垣断壁，在沙漠深处是那么凄然，尤其在夕阳下，满城坍塌的街市，更加地沉寂而荒凉。

考古学家还说，又是一场沙暴，把刮出地面的古城再一次掩埋。在漫长的历史中，沙漠里的古城，忽儿被沙暴掩埋，忽儿又被刮出地面，那铺天盖地而来又铺天盖地而去的沙暴，让古城在浩瀚的沙海里沉浮了千年。

因此，在沙漠里，你可能在今天还看见这儿有一座古城，但到了明天，它忽然就消失了，待你定睛看时，眼前除了茫茫沙海，还是沙海。

或者，你在这儿什么也没看见，极目处只有沙海，但次日天亮后，当你抬眼时，天边会突然耸起一座古城……

这就是塔克拉玛干大沙漠，一场风暴，搅起黄沙，把一段历史，把一城文明，蛮横地切断，霸道地吞没。当古城重见天日的时候，已经物是人非，那些街市、那些小巷、那些民居，已不知空寂了多少岁月。在这里，再也找不到当年车水马龙的景象，再也听不到小巷深处浑厚的歌谣，唯有那些土墙，还那么坚硬，还那么挺立，无声地向人们讲述着古城的一段段往昔，唤起人们对它被湮没了的文明的无尽想象。

在塔克拉玛干大沙漠里，究竟掩埋了多少座古城，没有谁能够说得清楚。在古城被沙尘暴掩埋的刹那，到底有没有人和牲口获得逃生，依然没有谁能够说得清楚。

因此，望着这一大片沙漠，就感到生命是那么单薄，人类是如此渺小。

二

在离我住家不到一公里的地方，有一处遗址，叫作金沙遗址。金沙在三千多年前是一座城市，城里生活着一个庞大的家族，但是，在许多年前，这座城市被活生生地掩埋在五米多深的地底。

据说，那是一场巨大的洪荒，夹带着大量泥沙，一路呼啸而来，不仅把这座城市夷为平地，而且把它深深地埋于地下。这一埋，就是三千多年。

一座曾经辉煌的城市，就这样被洪荒湮没。几千年后，人们在偶然间发现了它，在发掘中，除了挖出大量破碎的陶器、金银制品和生活用具外，没有发现一具古人的骸骨。也就是说，在那场巨大的洪荒来临时，全城的人曾拼命逃生。

可以想见，他们逃生时一定十分慌乱、十分惊恐。即便如此，他们也没落下一人，甚至连老弱病残也一并带离了灾难。正是因为没有发现一具骸骨，才给我们留下了揣摩的空间——那场洪荒，一定没有塔克拉玛干的沙暴那样突然，所以他们才有足够的时间携老扶幼，远离洪荒。但是，从他们遗弃的大量金银制品来看，他们的逃生又是那么仓促、那么慌张，以至于来不及收拾财宝、裹带细软。是的，洪荒袭来，哪里还顾得上身外之物，只要能够活命，身外之物就还能够再找回来。在洪荒到达之前，他们逃生了，一个都没少地远离了灾难。

成都地处平原，在这样的地方与汹涌的洪荒赛跑，那该是一种怎样的速度？况且，他们携带着老少，又没有车辆，这就使得他们的奔跑成了一种艰难中的狼狈、惊慌下的疲劳。然而，他们毕竟逃生了，男女老少，在颠颠簸簸中，居然把奔腾的洪荒遥遥地甩在了身后。

他们逃生了，但是，麻烦也来了，因为我们不知道他们逃向了何处。唯一的设想是，他们一定是逃向了某个山地。然而，在成都平原，四周都是山，究竟是哪一座山接纳了他们逃生的脚步？

考古学家们走访了许多山川，也不见他们的踪影。他们是已延续下来，还是消失在某个苍凉的年代？或者，他们已走得更远，彻底远离了无情的水患？现在，他们的行踪已经无从考证，唯有掩埋于地下的陶器和金银制品，向我们诉说着他们曾有过的灿烂文明。

这是成都平原继三星堆之后又一个辉煌的文明，一场恐怖的洪荒，却把它彻底终结在我们的视野前。

三

在从成都去九寨沟的途中，有一个海子，叫作叠溪海子。这个海子有几十米深，一年四季，海子里的水都蓝得像秋日的天空。

叠溪海子原来不是海子，而是一座小城。在许多年前的一个夜晚，地震导致了大地断裂，使得小城和小城里的人全部沉入几十米深的地缝。沉陷的时候，正是深夜，小城的人全都在梦中酣睡，所以，整个小城没有谁逃过这场灾难。

小城沉陷下去的时候，岷江的波涛立即汹涌而至，把塌陷的地方淹成了一片海子。小城中熟睡的人们，还来不及呼喊、来不及挣扎，懵懵懂懂就随泥石一道沉入了大地深处，接着又被翻卷的江水吞没。从此，这座小城消失了，那些居民消失了，取而代之的，是一片幽蓝而深邃的海子。

站在叠溪海子边，由于水太深，无法看见沉陷下去的小城，唯有岸边竖立的一块碑，在告诉人们这里曾经有过一座美丽的小城，小城里曾经生息着一群善良而勤劳的人。

这座小城已经消失许多年，现在，能够记住它的，就只有这块碑了。一块石头，替高原记住了这座小城，替那些死于天灾的人们记住了沉陷的时刻，替这片大山记住了这里曾经有过的欢笑与故事、歌声与传说。这座碑，是高原的大脑，它记住了一场灭顶的灾难，记住了漫长岁月里的一个绝望的瞬间。

由于叠溪海子是去九寨沟的必经之路，因此，所有的游客不仅要经过这里，而且他们纷纷要下车来，站在岸边，默默地望着海子，在心中无声地祭奠海子下的小城和那些罹难的人们。在这样的祭奠中，许多人在深深地叹息，叹息于天灾的难料、人生的无常。叹息后，他们大都要以叠溪海子为背景拍一张照片，让光与影凝固一段历史、锁定一场悲剧。我相信，在若干年后，当他们重温这张照片的时候，其心情，一定还如当初站在岸边时那样怆然而悲凉。

这么多年来，我不知道总共来过多少游客，不知道那些游客在这里照了多少张照片。但无论怎样，叠溪海子下的悲剧已被人们带往了五湖四海，带向了天涯海角，成了远远近近的怀想与祭奠。

在小城沉下去的那么多年里，没有谁下去打捞过。是的，不用打捞，就让它沉睡在水底吧，他们是在睡梦中沉下去的，去打捞，反而惊醒了他们的梦境。梦醒后的悲凉，无论是死去的人还是活着的人，都难以承受。

那就让他们永远保持沉没时的姿态，岸边有一块刻满祭文的碑，就已足够。

四

如果说上述的古城全都是消失于天灾，那么，柬埔寨丛林里的吴哥古城，却是荒废于人祸。

十九世纪中叶，一个来自法国的捕蝶人，在柬埔寨的丛林里，意外地发现了吴哥古城。见到吴哥古城，这个捕蝶人完全着迷了，只身一待就是三个星期。此时的吴哥古城已经衰败得不成模样："能打破这片孤独气氛的，只能是野兽的嚎叫和孤雁的凄鸣。"

吴哥古城是高棉帝国的首都，经过若干代帝王的修建，它已是南亚最为辉煌的一座城市。望着这座曾经十分辉煌的皇宫，人们不禁要问：这些庞大得惊人的艺术建筑群，它的建造者，消失在了哪里？一个如此文明、如此有教养的强大民族，为什么又要弃城而去？

后来经过考古学家们的一再考证，认定吴哥古城的荒弃有两个原因：一是无节制的修造吴哥古城使得国库衰竭，二是由于连绵的战争。

由于国库已经衰竭，在面对来自三面敌对国家的入侵时，曾经强大的高棉人已无还手之力，为了保命，帝王和平民们不得不弃城而去，逃往一百五十英里以外的金边。他们这一走，就是许多年，而且再也没有回来过，一座无比辉煌的国都，被泰国人和越南人肆意蹂躏、百般掠夺。

吴哥古城荒弃了，荒弃于过度的奢侈，荒弃于血腥的战争。

吴哥古城荒弃后，城里城外，立即被大量无花果树占领，并迅速被淹没在一片广阔而幽深的丛林之中，而丛林不断延伸的根须，以它无比强大的力量，又加速着吴哥古城的荒废。所以，当人们发现它时，它已被无数根须侵袭得接近于全面崩溃。

高棉人离开吴哥古城后，不仅没再回来，在几百年后，就连他们自己也完全遗忘了它的存在，如果不是外国人的发现，也许它至今还在丛林深处沉睡，也许它已倒塌，彻底沦为废墟，彻底成为一个民族永久的遗憾。

由于战争，吴哥古城里的文物，几乎被抢劫一空，一些带不走的，诸如雕塑，也被侵略者砍去脑袋，砸掉胳膊。

吴哥古城，因为追求辉煌而最终遭到废弃，因为期望庞大而最终沦为弱小，因为渴盼繁华而最终沉于死寂……这是活生生的历史教训，中国阿房宫式的大悲剧，在高棉人的身上再一次重演。那座无比华丽的吴哥殿和它周围那些壮丽的寺庙群，虽然为高棉人留住了曾经辉煌的文明，但也为他们高耸着深刻的教训、无尽的思索。直到今天，整个柬埔寨人的灵魂，都不忍同它久久对视。

五

在公元八世纪，位于美洲中南部的玛雅文明，曾经辉煌过若干个世纪，却在瞬间骤然消失，那巨大的科潘城、宽敞的街道空无一人，玛雅人抛弃了舒适的家、广场和宫殿，突然离它而去……

对于全世界来说，玛雅文明的消失，都是一个巨大的谜。他们为什么要消失？是活着还是死了？如果死了，那么他们为什么死得如此彻底？如果还活着，他们又去了哪里？这些谜团，把这个世界困惑了好多个世纪。

经过许多代考古学家的努力，人们终于发现，玛雅文明的消失，不是来自外力，是他们自己赶走了自己。

为了生存，也为了创建更辉煌的文明，玛雅人一方面大量占用土地，用于修建金字塔和贵族豪宅；一方面又大量砍伐树木来建造宫殿和城市。大量占用粮田和砍伐树木，造成了山川的荒瘠。土地越来越少，粮食就成了玛雅人最头疼的问题。树越来越少，也就加速了土地的沙化，水就难以存留，干旱就在悄无声息间逼近了玛雅人。如此的恶性循环，导致的直接结果是旷日持久的干旱，而在干旱如沙漠的地方，又怎么能够生存？再加上为了争夺资源，玛雅各城邦之间又展开了无休止的战争。因此，考古学家们得出结论：正是由于土地荒芜、战争不断、干旱缺水、饥荒连绵，显赫的玛雅文明终于不堪重负，趴下了。

玛雅文明的彻底崩溃，是在它文明的尾部又遭遇了一场七千年不遇的特大干旱。这场大干旱，对于玛雅人来说，无疑是雪上加霜，迫使他们不得不离开自己的家园，携家带口，浪迹于天涯。

应该说，他们是在万分悲怆的状态下离去的。那些巨大的广场、雄伟的金字塔、宽敞的街道和温暖的家，是他们用自己的双手建造的，如今，却又被他们亲手抛弃。这样的结局，无论从哪方面来说，都叫人难以接受。

但是，他们实在是出于无奈。当生存受到威胁的时候，再辉煌的宫殿，再华丽的家园，又有什么意义?

在玛雅人离去若干个世纪后，上帝似乎要故意作弄他们，因为，在他们曾经生活过的地方，生长出了一片广阔而葱郁的丛林，而且，土地也变得十分肥沃，山川变得万分秀丽。

玛雅文明的消失，真是上帝的惩罚。这惩罚，来自玛雅人对于大地的榨取。

玛雅文明的消失，太值得我们深思。

六

在全世界范围内，有十四个著名的城邦消失了。这些消失的城邦，无疑是人类文明最早的胚胎，有的城邦甚至可以追溯到人类的黎明时期。

对于我们人类来说，那些城邦消失了，有的甚至再也无法破译，再也无法找寻。但是，对于大地来说，它们却成了最为丰厚的收藏。大地无言地收藏了它们，或收藏于荒野，或收藏于丛林，或收藏于山间，甚至收藏于大地的深处。

大地不仅收藏了若干个城邦，还收藏了城邦的足迹、城邦的背影，那些曾经的辉煌、曾经的繁华、曾经的强大，统统成了大地的藏品。那些古埃及法老的木乃伊，那些王公贵族的金银财宝，那些文化，那些历史，全都被大地收藏了起来，大地为我们保留住了人类文明最早的胎记、最初的面影。

五千多年的文明，太长吗？对于大地来说，它不过是一瞬间，就是这一瞬间的文明史，却又总是断断续续、沉沉浮浮。应该说，人类太经不起时间的磨砺，那么多世纪过去了，那么多人死去了，那些威严而显赫的君王、英雄、艺术家，他们的大名又能在历史中存留多久？当一段文明消失后，所有的人就会被历史忘记得干干净净！因此，无论你是谁，到了最后，依然长眠于泥土之下，深埋于一片片孤坟野冢之中，成为大地的藏品。

在大地的藏品中，亚历山大也好，恺撒大帝也好，埃及法老也好，或是中国的秦皇汉武、唐宗宋祖，最后统统得消失，能够为文明史留下一点痕迹的，是金字塔，是兵马俑，是那些砖瓦陶罐、珠宝石刻。

因此，大地的收藏，更多的是在收藏文明，至于那些创造文明的人们，就像今天的考古一样，我们只能推测、只能想象，难以确切地看清他们的身影，而这样的推测和想象，又是那么模糊、那么笼统，最后只能给他们一个统一的称呼，比如：他们是玛雅人，他们是古希腊人，他们是古波斯人……

面对当今这个世界，我已能大致想象出五千年后大地的收藏。因为，那些消失已久的城邦，在一次次地启示着我。

大地的哲学

小　引

大地，它在我们的脚下，默默地隐忍着一切，包括对它的践踏，对它的掠夺，也包括对它的分割。

大地，它又在我们的头上，把一切的苦难、怨恨和不平等，最终彻底抹平，让灵魂归于永恒的静谧。

大地，它开创着一切，又消除着一切；它大度地包容着一切，又狭隘地拒绝着一切。

——这就是大地，它以一种无所不及的哲学形态，牵着所有的生命，在这个浩瀚的宇宙中旋转和漂游。

一

我的村庄，在川南的一个丘陵地带，这是一个有三个姓氏的杂姓的村子，一是汪姓，二是张姓，三是陈姓。

我的村庄不大，总共不到一百户人家。就是这样一个小小的村子，却被这三个姓氏的家族折腾得充满了恩怨情仇。

自我记事以来，我的村庄就从来没有过大一统的和睦局面。原因自然是上一代人的结怨太深，而村人的结怨，又大都是因为他们认为自己的家族应该强过其余的两个家族，成为这个村子里的一个霸族。以至于他们在教育自己的孩子时，都以一种复仇与逞强的心态在进行。比如：你是咱们汪家最有出息的，将来你可一定要强过陈家和张家呵！而陈族和张族，依然是这样教育着下一代。如此一来，村子里的怨恨，就从上一代传给了下一代，下一代又传给再下一代。这代代相传的怨恨，就没有止境，不能化解。

在我的村子里，要选村长，实在是一件万分艰难的事情。谁都渴望自己的家族当选，又谁都不愿去选别的家族。因此，村里的选举，往往是在吵架中进行。有一次，居然发展到打架的程度。陈族和张族，都要选自己家族的人当村长，但对方无论怎样都不服气，开始是吵，吵急了就骂，骂到了痛处就出手。于是，陈族和张族，不分男女老少，全上了，一时间，打得是昏天黑地。农民打人，特狠，不打断你几条肋骨，不打断你的胳膊或腿，是誓不罢休的，有一种歼灭敌人的架势和仇恨。在这次打斗中，有人的胳膊被打断了，有人的肋骨被打断了几根。

在陈、张二族打斗的时候，汪族的人，异常高兴，有一种幸灾乐祸的心态，以为在坐山观虎斗可以从中获得利益了，因此就希望他们打得越厉害越好。但是，当双方打斗得血流满面和断胳膊断腿的时候，汪族的人终于心软了，就去劝架。经过一番苦拉苦劝，这才好不容易叫陈、张二族停止了打斗。

后来追究打斗的凶手，但是，那么多人都在打，能追究谁？最后只能笼统地解决。张族断了两条胳膊，陈族也断了两条胳膊，这条就不追究了，因为双方伤的地方和数量一样，就抵消了。后来发现陈族的伤号比张族多出一个，于是就裁定张族出这多一个伤号的全部医疗费和营养费。没想到的是，张族的人居然十分愉快地接受了全部经济赔偿。

事后的当晚，张族的全部男女老幼聚集在他们的祠堂庆祝胜利，杀了两头猪，宰杀了许多只鸡，据说光是酒就喝了好几十斤。

陈族的人输了，心头十分屈辱、万分不爽，为了排解心头的仇恨，陈族的小伙子们就在半夜三更摸到张族的祖坟前，掏出家伙对着张族的祖坟撒尿，以此发泄仇恨。更有甚者，拉了张族祖坟无数堆屎。

次日早晨，祖坟被人拉尿拉屎的事被张族的人知道后，一个个愤怒无比，感到天大的耻辱，更是觉得对不起死去的祖宗。对于这件被严重侮辱之事，张族的人虽然怀疑是陈族的人干的，但由于没有证据，也就不敢贸然肯定。因此，张族的人就只好咽辱吞悲，在心头深深地记恨着陈族的几十号男女。

张族的人在经过紧急磋商后，决定派三名特别能骂人的太婆到祖坟边去骂那些撒尿拉屎的人。这三名太婆领命后，真是没有辜负家族的众望，骂得十分刻薄、十分歹毒，甚至是十分的下流。她们以一种哭坟的腔调破口大骂，拖声拖气的、哭天哭地的，显得尤其悲怆，尤其愤怒，尤其怨恨。这些太婆，整整痛骂了一天，嗓子都骂哑了。中午和晚上，她们饿了，张族还专门有人给她们送来好菜好饭，以示慰问。在她们因吃饭而不能痛骂的时候，送饭的人就接着骂，依然是骂得十分歹毒和难听，依然是哭坟一样地大骂着。

陈族的人听见张族的太婆们骂得如此恶毒，心头当然不是滋味，但能怎样呢？去对骂吗？自然要不得，一对骂就露馅了。因此，陈族的人就只好忍气吞声，把复仇举动留待今后慢慢再说。

由于张族和陈族这次的打斗，村长一职就被汪族轻轻松松获得了。汪族得到村长一职，高兴无比，为了庆贺，就大摆宴席（我的村子里叫作吃酒斗碗），而且，还放了大量鞭炮，妇女们扭起了秧歌，男人们还敲起了锣鼓。一时间，汪族的祠堂里，热闹得像争取到了奥运会的承办权一样。

对于汪族的当选，陈族和张族，心头自然是不安逸得很，但是，没办法，只能眼睁睁地看着汪族的男女老少们大碗地喝酒、大块地吃肉，有说有笑，一副胜利者的得意和做派。

其实，在我那边远而贫穷的山村里，当一个村长，是没有什么油水可捞的。但是，在村里的各族看来，当村长虽无油水，却有着比油水更加诱人的荣誉和面子。当上村长了，认为自己的家族在村子里就吃得开，就有面子、风光。落选了，就认为自己的家族没面子、不风光，甚至有一种被人骑在头上要的耻辱感。因此，虽然村长一职在我的村子里没有多大的实际意义，但对其争夺的激烈程度，绝对不亚于竞选美国的总统。

在我的村子里，有两个地方是最为神圣的。一个是各族的祠堂，一个是各族的祖坟。其中，在我看来，尤其是各族的祖坟最富深意。

那些祖坟里埋着的，是各族的祖先。他们已经死了许多年了，现在静静地躺在泥土深处。在他们活着的时候，也许依然是“你恨我一尺，我仇你一丈”；也许仍然是为了自己家族的利益，在做着死敌般的仇恨和打斗；也许因为这仇恨，他们之间一辈子也没有说过一句话，老死也没有过往来。但是，在他们死后，被埋葬于泥土中后，他们生前的所有仇恨，便被大地抹平，一笔勾销，不再有歇斯底里的恨和不共戴天的仇。

在这样的时候，大地，以它的宽厚，原谅了他们的恩恩怨怨和是是非非。大地又用它的襟怀，接纳了他们灵魂深处所有的抱怨与仇恨。

现在，那些还活着的村人们，似乎还没有意识到这一点，还在为一只鸡、一株秧苗、一个西红柿而结怨，而大肆渲染与发泄着这个恩怨。

活在地面上的人，总有太多的是非恩怨；埋于地下的人，已经平息了一切。在生与死之间，大地，为我们无声地讲述着一个永恒的哲学。

这哲学，犹如：存在与虚无。

二

我的村庄，从来就没有过工业，甚至连小手工业式的作坊都不曾有过。许多年来，村人们的油盐钱和零花钱，就全靠卖一些鸡鸭来维持。

这种靠出卖鸡鸭来维持生计的状况，不仅是我的村庄，在方圆几十平方公里内，都是如此。

我不知道中国其他地方的农民在卖鸡鸭时，是怎样一种状况，在我的故乡，卖鸡鸭是一桩极其恶劣的行为和交易。

每逢赶集的时候，农民们早早地就起来，把要卖掉的鸡鸭捆绑好，装进背篼里，然后背着它们朝集市摇摇晃晃地走去。

在离集市有一里路的地方，有一条小河，河边是一片河滩。卖鸡鸭的农民到这河滩时，都要停下，他们当然不是为了在这里休息，而是要在这里干一件很不光彩的事，那就是往鸡鸭的嗉子里猛灌沙石，以此来增加鸡鸭的重量，多卖上几个油盐钱。

我见过给鸡鸭灌沙石的情形：他们把鸡或鸭从背篼里抓出来，蹲下去，用两个膝盖夹着鸡的身子，用左手紧紧抓着鸡的脑袋并把它的喙掰开，接着用右手抓起沙石，往鸡或鸭的嘴里塞。鸡鸭当然不喜欢吃这些东西，于是他们就狠狠地往鸡鸭们的喉管深处塞，一直塞到它的嗉子里去为止。心肠软一点的，每只鸡鸭填塞半斤左右的沙石就算了。心肠狠一点的，起码要塞进去一斤左右的沙石。被灌了沙石的鸡鸭，在其脖子的根部，鼓凸着老大的一个沙包。

在早晨七点钟的光景，这片河滩上尤其热闹，给鸡鸭灌沙石的农民排满了一河滩。在这许多灌沙石的农民中，只有鸡鸭在痛苦地鸣叫，不见人声喧哗，谁也没有取笑谁，谁也没有指责谁，一个个在埋头苦干，动作娴熟而精准，并且是那样兢兢业业，一丝不苟，仿佛在干着一件极其崇高而又伟大的事情。

一些先灌完沙石的，见同伴还没有灌完，就帮助去灌，甚至还对同伴说：“那只鸭子灌少了，还应该再灌一点。”

很多年下来，农民们这样灌鸡鸭，已经灌出了一整套经验，知道灌多少沙石鸡鸭才不会当场死亡，知道怎样用力才填灌得快当。他们还知道，灌完沙石后，应该洗净鸡鸭的嘴巴，让它们看上去，洁净而光鲜。

其实，灌一斤沙石也值不了多少钱，顶多也就多卖上个五六块钱的人民币。但是，就为了这五六块钱的人民币，农民就可以干出如此的不义之事。

但是，就是这样的一群农民，你一旦到他家里去做客，他会异常地大方和慷慨。他会把家中最好的东西拿出来请你吃，可以把最舍不得卖掉的那只种鸡杀了来款待你。在你离开他家的时候，一家老小就拉着你的手，不要你走，叫你在这里住上十天半月，说地里的瓜马上就要熟了，等吃了瓜再走。在强留不住的时候，他会送你许多鸡蛋，会送你许多土产，会送你许多只鸡鸭。如果可能的话，他会把自己的衣服都脱下来送给你……

因此，每次回去或是离开村庄的时候，我都无法去评价他们。说他们善良吗？但他们又一次次在给鸡鸭灌着沙石。说他们卑劣吗？但他们又待人那么诚恳、那么热情。

难道真的是不能简单地用善良和卑劣这样的字眼去评价他们？

那么，用什么字眼呢？自私、贪婪、无耻、可恶、歹毒、缺德？还是用憨厚、淳朴、勤劳、热情、大方、慷慨？

也许，一切褒和贬的词汇，对于农民来说，都失去了最起码的意义。也许唯有“农民”一词，才能准确地概括他们的一生。

是的，他们是农民，一群以农事为本的民众，在田间，在地头，靠一把锄头折腾土地，凭一条扁担挑起荣辱。

也许是因为农民们与土地厮伴得太久，才使得他们具备了大地的本性？大地——它有鲜花，也有毒草；有清流，也有污泥；有乔木，也有荆棘；有天使，也有魔鬼……

农民的本性与大地的本性竟然是如此地相同！在农民与大地之间，究竟是农民教育了大地，还是大地教育了农民？

我想，应该是大地教育了农民，因为，大地的哲学是：荒诞与合理。

三

前年冬天的时候，有一个来自远方的乞丐，跌跌撞撞地进了我的村子。但是，他刚到村口就一头栽倒了，栽倒在村口那棵巨大的黄葛树下。

他栽倒的时候，村子里的人正在家里吃午饭，因此，没有人知道他来了，也没人知道他栽倒了。也许是饿的，或者是病的，他没能坚持走到离他最近的那户人家，就沉沉地栽倒了。他一头栽下去后，就再也没有起来。

村民们发现他时，他已经死得僵硬。

这个乞丐奇瘦无比，一头乱发、满脸污垢，大冷的天，还只穿着一件单衣，而且十分肮脏、十分破烂。由于弄不清楚他是哪里的人，村里的人就不知道该把他的尸体送回到一个什么样的地方去。在这样的时刻，村子里先前结怨很深的三个家族，为了这个乞丐的埋葬问题，就都暂时捐弃前嫌，坐到一块儿来商量。

有的说用一张草席子把他裹着，随便找个荒坡埋掉算了。

有的说这样不厚道，说他虽然是乞丐，但毕竟是死在咱们村子的，胡乱埋葬会遭人耻笑和辱骂。

有的说得弄口棺材才行，说他一生都没穿过像样的衣裳，现在他死了，总得有口棺材来安息他的灵魂。

有的说干脆把他弄到火葬场去火化，免得兜揽过多的麻烦。但是，这一提议立即遭到反对，说他这一辈子都是一无所有，在他死后，应该土葬，应该为他在坟墓里保留几根骨头，这也算是对他一生的安慰。

在一阵七嘴八舌后，最后决定违规对他进行土葬，而且是三个家族联合出资，为他买了一口棺材。

于是，这些曾经为争夺村长一职而打得头破血流的农民，这些曾经往鸡鸭的嗉子里猛灌过沙石的农民，这些曾经在别人的祖坟上恶意地拉过屎尿的农民，这些曾经非常歹毒地骂过假想敌的农民，在这一天，在凄厉的寒风中，忽然变得那么善良、那么仁义、那么厚道，共同为一个不知道名字的流浪汉，为一个死去的乞丐，举行着不算隆重的隆重葬礼。

这个乞丐，他死了。死在他最想活命的那一刻，死在他一生无居所的流浪的途中，死在他无家可归的异乡的土地上。现在，他死后，终于有了一座坟墓，有了一个属于他自己的家。

这也许是他不曾料想到的。死，消除了他的贫穷，消除了他的饥饿，也消除了他的无助与卑贱。在泥土里，这个乞丐与所有的死者一样平等了。

是的，这个乞丐在泥土中获得了平等。大地就是这样，把所有的不平等和恩怨留在了地面，把平等和尊严深藏于地下，均匀地分给了每一个死者。

埋葬完这个乞丐后，面对着他的坟墓，整个村庄里的人都沉默了。村民们的沉默，像是读懂了生与死后的那种沉默，像是明白了地面与地下之间的差异后的那种沉默。

村民们的沉默，让我理解了大地的又一门哲学：死亡与平等。

四

我的大姨妈和大姨爹很早就去世了，留下两个儿子，大儿子叫张少城，小儿子叫张少云。由于父母死得早，二表哥是在大表哥的拉扯下才长大的。其间的甘苦，怎是一个艰难困苦能够概括！大表哥为了供养弟弟，一直没有读过书，是一个彻头彻尾的乡间文盲。

由于大表哥生得奇丑，所以一直没有讨到媳妇。二表哥要稍微帅一点，因此他在二十出头便成了亲。他的媳妇姓黄，是本乡本土的女子，是一个没有文化的乡下女人。

二表哥结婚后，小日子过得有滋有味，充满了田园式的农家情调。但是，好景不长，在二表哥三十岁的时候，肝癌夺去了他的生命。这样一来，表嫂就成了寡妇，一个人带着个幼小的孩子，靠打理土地为生。

按说，表嫂她完全可以选择离开，或者再次嫁人。但是，她没有，一直留在张家，为丈夫守着那两亩土地和孩子。

两年后的一个晚上，表嫂心情忐忑地找到大表哥，说既然自己的丈夫已经死了，而自己又没有离开的意思，干脆大家合在一起过。

表嫂的意思再明白不过了，她要与大表哥结为夫妻。大表哥听后断然拒绝，说就是打八辈子光棍，也决不对自己的弟媳有非分之想。这时候，表嫂她突然跪在地上，说要是不答应就坚决不起来。表嫂她真的没有起来，一跪就是三天。

在第四天上，大表哥心软了，就勉强答应了这门亲事。原以为只是为了哄她起来，没想到她提出当天就成亲，否则，就不起来。无奈之下，大表哥终于同意，三天后，他俩成了亲。

其实，表嫂没有离去，完全是出于对自己丈夫的那一份感情。既然这份感情难以割舍，当然是连同他的土地、茅屋和屋后的那几蓬竹子都不能随意抛弃。她嫁给丈夫的大哥，其实是出于一种感恩、一种报答。因为，大哥曾经像爹妈一样历尽艰辛抚养过自己的弟弟，而这个弟弟，是她的丈夫。现在，丈夫死了，她要替他还大哥这一份亲情。作为一个女人，她用什么来还呢？那就用自己的全部柔情和贤惠，照顾大哥的后半生。

就这样，他俩结合了，两个目不识丁的中年农民，在川南的丘陵深处，默默地组建了一个新的家庭。

现在，他俩都已经步入了老年，脚下的土地见证了他俩的恩爱与坚贞，他们头上的白发和脸上的皱纹，为他俩留下了一段岁月的擦痕。

我以为，表嫂是一个了不起的女人，虽然她是一个农民，虽然她目不识丁，但是，她深明大义，知道报答，懂得感恩。她虽然不明白人世间的那些大道理，不知道世上还有哲学这种东西，但是，她用自己最朴实最本能的行为，实践了又实现了世界上所有大师对生命的千年追问。

表嫂她来自土地，一辈子也没有离开过土地，她是大地的女儿，是大地的媳妇，也许她到头来什么都不能留下，但是，她却给人间留下了至高无上的东西，那就是：真情。

离开对真情的追寻，世间的一切哲学，都将被抽干灵魂。

五

大地教育着我的村庄里的农民，大地是一本最伟大的教科书。就是一个目不识丁的农民，他也能够读懂大地的深刻含义——春天的时候，大地复苏了，他们就知道该播撒种子了；秋天，大地一片金黄了，他们就明白到了开镰收割的季节了；冰封大地的时候，他们就知道冬天来了，屋子里应该点燃火炉了。

的确，上述这些都是常识，这些常识是大地教给农民们的，农民们运用这些常识，在大地上活着，在大地上传宗接代。当农民们在泥土里挖红薯和挖土豆的时候，他们那种认真、仔细和执着的劲头，与那些在图书馆里苦苦寻找资料的哲学家们相比，有什么两样呢？

应该说，农民们在泥土里翻寻的，不仅仅是土豆和红薯，他们是在寻找生命的哲学，尽管他们意识不到这是一种哲学，但是，他们在寻找，在寻找一种活下去的信心、勇气和喜悦。土豆、红薯和麦子，是他们生命哲学中不可或缺的词汇。

大地教育了农民，大地又开化着农民，大地使他们懂得“靠山吃山，靠水吃水”的道理，也使他们获得了“因地制宜”的经验，大地使他们明白了遇山开路、逢河架桥的至理名言。因此，农民们总是小心翼翼地侍候着大地，总是掏心掏肺地尊爱着大地。大地上的一排排树木、一行行秧苗、一垄垄麦子，是农民们在大地这部哲学书上写下的最富哲理的诗行。

图书在版编目（CIP）数据

寂寞的月亮/汪建中著. —南京：江苏凤凰文艺出版社，2019.8
ISBN 978-7-5594-3601-6

Ⅰ.①寂… Ⅱ.①汪… Ⅲ.①散文集—中国—当代
Ⅳ.①I267

中国版本图书馆CIP数据核字（2019）第072916号

寂寞的月亮

汪建中 著

出 版 人 张在健
责任编辑 万馥蕾 张 黎
装帧设计 王小耳
责任印制 刘 巍
出版发行 江苏凤凰文艺出版社
南京市中央路165号，邮编：210009
网 址 http：//www.jswenyi.com
印 刷 江苏凤凰通达印刷有限公司
开 本 880×1230毫米 1/32
印 张 9
字 数 185千字
版 次 2019年8月第1版 2019年8月第1次印刷
书 号 ISBN 978-7-5594-3601-6
定 价 38.00元